SORTIE DE PISTE

MARC WELINSKI

SORTIE DE PISTE

roman

DAPHNIS ET CHLOÉ

ISBN 979-10-253-0058-9

Préface du Dr Jean-Jacques Charbonier

DU MÊME AUTEUR

Indices, Fleuve Noir, 2009.

Le secret de David Sender, Fleuve Noir, 2010.

Le syndrome de Croyde, Daphnis et Chloé, 2013.

Blue Velasquez, Daphnis et Chloé, 2015.

Pour Nadine et Patricia

COURTE PRÉFACE

On pourrait qualifier le texte de Marc Welinski de roman initiatique car, sous l'apparente légèreté d'une histoire prenante jusqu'à sa dernière ligne, le lecteur non initié au domaine des fameuses expériences de mort imminente (EMI) en apprendra beaucoup sur cette thématique. Après une « sortie de piste » aussi brutale qu'inattendue, on suit volontiers le personnage principal du livre dans ses questionnements et ses investigations. Le récit est sans concession et rempli d'humour. Mais cet humour-là n'est pas incompatible avec une certaine spiritualité qui plane tout au long de l'ouvrage. De fait, il s'agit beaucoup plus d'une complémentarité que d'une incompatibilité. D'ailleurs, ne dit-on pas de quelqu'un qui a beaucoup d'humour qu'il est très « spirituel » ? Les truculents dialogues des personnages soulèvent néanmoins des interrogations philosophiques fondamentales sur la nature de l'existence humaine ; qui sommes-nous ? D'où venons-nous ? Où allons-nous ? Que reste-t-il au soir de notre vie ? Quel bilan doit-on faire de son existence ? Sommes-nous un esprit éternel incarné le temps d'une vie terrestre ou bien, au contraire, sommes-nous voués au néant après la disparition du corps ? Je ne vais pas donner l'option choisie par l'auteur dans cette préface, ni vous dire s'il en a choisi une ; je vous laisse le plaisir de la deviner, ou plutôt de la découvrir, au fil des pages. J'ai beaucoup aimé le ton du narrateur qui, sur ce sujet touchant au monde invisible et à l'au-delà, ne tombe pas dans le piège de la mièvrerie. C'est sûr, ce n'est pas du Coelho ! On est ici dans la vraie vie et l'ambiance est donnée dès les deux premières phrases : « Comment annoncer à un restaurateur chinois que l'on saute sa femme ? C'est à peu près en ces termes que se pose le problème. » D'emblée, on pressent qu'il va y avoir de l'action ! Et on n'est pas déçu ! Les rebondissements sont au rendez-vous, avec leurs cortèges de surprises propres aux romans policiers.

Spécialiste des EMI, j'ai organisé des colloques scientifiques, participé à des tournages de films, à de nombreuses émissions de radio ou de télévision, rédigé des préfaces ou des articles de presse, dirigé des thèses de doctorat en médecine, et même parrainé une pièce de théâtre. Je n'avais pas encore préfacé un roman initiatique résolument jubilatoire. Grâce au talent de Marc Welinski, ce manque est désormais comblé. Qu'il en soit ici remercié, pour la plus grande joie de ses lecteurs que l'on pressent nombreux, tant il est vrai que le sujet traité concerne chacun d'entre nous.

Dr Jean-Jacques Charbonier

Jean-Jacques Charbonier est un médecin-anesthésiste-réanimateur français. Il est internationalement connu pour ses travaux sur les expériences de mort imminente. Il est l'auteur de plusieurs ouvrages sur ce sujet, et anime régulièrement des conférences en France et à l'étranger.

Note au lecteur

Ce roman est inspiré d'une histoire vraie, vécue par un de mes amis qui, n'ayant pas le goût de l'écriture, m'a laissé le soin de la raconter. À la suite d'un grave accident où il a failli mourir, cet ami a vécu une EMI (expérience de mort imminente) qui l'a conduit à se poser des questions nouvelles sur la vie, la mort, l'après-vie. Il était bien la dernière personne, jusqu'à cet accident, à se préoccuper de métaphysique, et pourtant les circonstances l'ont conduit à se poser toutes sortes de questions existentielles et ont radicalement changé sa vie.

Pour écrire ce roman, j'ai voulu me plonger dans son expérience personnelle, me coudre dans sa peau. J'ai, bien entendu, changé les noms et les situations, mais j'ai voulu garder de cet ami cet humour viscéral qui l'anime en toute circonstance, car je pense, comme lui, qu'on peut traiter avec humour des sujets les plus sérieux.

« Oui, c'était bien la mort ! Mourir et se réveiller ! La mort est donc le réveil ? À dater de cette heure, en s'éveillant du sommeil, le prince André s'éveilla aussi à la vie. »

Léon Tolstoï
Guerre et Paix

Comment annoncer à un restaurateur chinois que l'on saute sa femme ? C'est à peu près en ces termes que se pose le problème.

Alice est là, plantée devant moi, les poings serrés, les lèvres pincées, très agacée. Très, très agacée…

— Quand vas-tu enfin lui dire ? répète-t-elle.

J'émets quelques borborygmes.

Elle en a de bonnes, Alice ! Ce pauvre Wang, si doux, gentil, paisible, bonasse, la crème des hommes, qui me sert chaque samedi midi le *Menu du bonheur* avec 10 % de réduction, un joli petit menu qui change chaque semaine. Lui annoncer que j'entretiens une relation adultère avec sa femme… Ça va le tuer !

— Et toi, pourquoi tu ne lui parles pas ? C'est ton mari après tout, et depuis dix-sept ans !

— Je veux voir si t'es un homme. Un vrai !

Je hoche la tête et m'incline.

— OK, je vais lui parler, dis-je en enfilant mon blouson.

*

Wang m'accueille dans son restaurant avec son grand sourire habituel, peuplé de dents parfaites. Il a une jolie peau bronzée, des articulations très fines, un corps svelte et athlétique. Bref, c'est plutôt un bel homme, nettement plus jeune que moi, très intelligent, riche : il possède trois restaurants dans Paris et vit avec Alice dans un bel appartement avec terrasse, parking et un jacuzzi dans une salle de bain en marbre bleu. Pourquoi Alice s'est-elle lassée d'un homme séduisant, intelligent et fortuné, pour un homme comme moi, auquel on ne peut raisonnablement attribuer aucun de ces prédicats ? Sans doute l'ennui. Sa vie répétitive, pas d'enfants, moi je passais par là. Crac, elle tombe amoureuse ! Comment peut-on tomber amoureuse de moi ? Mystère. Je ne dis pas ça par coquetterie. Physiquement, je me tiens plutôt bien, mais je ne suis pas en très bonne situation professionnelle. Mon entreprise bat de l'aile depuis un an et mon compte en banque s'épuise.. J'avais dans ma jeunesse un sens de l'humour affûté, et ma compagnie était recherchée des femmes, je le dis sans forfanterie, mais les fatigues de l'existence m'ont rendu fade et taciturne. J'ai constamment mal quelque part depuis que j'ai cinquante ans, et je n'hésite pas à le faire bruyamment savoir à mon entourage.

— Moïse, qu'est-ce que tu prends aujourd'hui ? me demande Wang. Pour mon *Menu Bonheur*, j'ai fait des raviolis au saumon à la vapeur. Ou sinon, il y a le porc au caramel et à la cardamome.

Bon, voilà, c'est dit : je m'appelle Moïse. Moïse est un nom ridicule, ne dites pas le contraire ! Comment voulez-vous qu'on vive normalement avec un prénom pareil ? En fait, mes parents ont voulu me donner le nom de mon grand-père, Moishekh. Moïse, en français. Ils n'avaient pas lu Freud, c'est certain ! Moïse, ça vous plombe avec un surmoi pas possible, un truc qui pèse des tonnes, un machin à vous broyer. Ma grand-mère m'appelait Moïselè, petit Moïse, croyant adoucir le châtiment que ce nom a toujours été pour moi. Ma mère m'appelle Momo. Et je ne vous raconte pas les années de galère à l'école. Moïse, t'as appris tes tables ? Moïse, prends ton panier et va à la piscine ! Moïse, tu vas nous guider jusqu'au stade ! Et à la plage, en Normandie : allez Moïse, ouvre la mer, on va se boire une pinte en Angleterre ! Je suis allé à la mairie quand j'avais dix-huit ans pour savoir si je pouvais changer ce fichu prénom, mais j'ai essuyé un refus de l'administration. Mon prénom était jugé comme bien français, et ne me portant pas préjudice.

— Prenez un pseudonyme, m'a suggéré l'employé de mairie. Tenez, j'ai une cousine qui s'appelle Clitorine. Personne ne sait qu'elle s'appelle comme ça, sauf l'administration. Tout le monde l'appelle Cindy.

De toute façon, c'était trop tard. Tout le monde me connaissait sous le nom de Moïse. Ou alors, il aurait fallu assassiner tous les gens que je connaissais, que je massacre ma famille et tous ceux qui m'avaient connu afin d'effacer toutes les traces de mon ancienne identité.

Wang est du genre patient, mais là, je sens qu'il commence à s'énerver. Raviolis vapeur ou porc au caramel ?

— Wang, est-ce que tu es au courant, pour Alice et moi ?

— Au courant de quoi ?

— Au courant de… enfin, au courant.

— Tu ne me parais pas dans ton assiette, aujourd'hui, Moïse.

— Wang, ne me rends pas la tâche plus difficile ! Es-tu au courant ?

— Mais enfin, de quoi veux-tu parler ?

Je maudis Alice qui semble ne pas du tout avoir préparé le terrain. Elle aurait pu lui dire : « Tu sais, Wang, les choses ne vont plus très bien entre nous depuis quelque temps… » Ou encore : « Wang, je t'aime, mais entre nous ce n'est plus ça, nous le savons l'un et l'autre. J'ai tout essayé, mais vraiment non, il y a quelque chose de cassé… Remarque, ce n'est peut-être pas définitif. Mais nous avons besoin de faire une pause. C'est comme ça. Ne m'en veux pas. C'est la vie ! On vit trop longtemps, désormais. Un couple ne peut pas tenir plus de vingt ans. Vingt-cinq au maximum. Il y a cent ans, lorsque l'espérance de vie était de cinquante ans, dans un couple, un des deux mourait au bout de vingt ou vingt-cinq ans, et encore, c'est sans compter les guerres, les épidémies, les coups de grisou, les accidents de cheval… Maintenant, c'est plus pareil. » Oui, elle aurait pu dégager un peu la route, mais elle ne l'a visiblement pas fait.

— Wang, assieds-toi !

Il s'assoit, surpris.

— Sers-toi un verre.
— J'ai des clients.
— Sers-nous un verre ! insisté-je.

Il obtempère et hurle quelque chose en chinois à l'un de ses employés, qui nous apporte un cocktail verdâtre agrémenté d'un litchi translucide qui flotte à la surface et d'une paille.

— Moi et Alice…
— Oui, Alice t'aime beaucoup. Elle te trouve touchant. Elle me parle souvent de toi. Elle me dit : Moïse, c'est un type super, sensible, affectueux. Il est compliqué, il a des problèmes, mais il est craquant. Je sais que vous allez souvent prendre des cafés ensemble. Je suis content que vous soyez devenus amis. Ça te fait du bien. Depuis ta séparation d'avec Béa, tu n'as pas l'air dans ton assiette.

Wang ne me facilite pas la tâche. Je me mets à me frotter frénétiquement la nuque.

— Wang, Alice et moi, enfin, moi et Alice...

Je ne peux pas, je ne peux pas ! En sirotant son cocktail, Wang tend sa tête vers moi avec son grand sourire bienveillant. Il a un air bon, confiant. Punaise, il est tellement sympa, ce Wang ! Avec sa bonne bouille, et ses lèvres fines refermées sur sa paille.

— Alice et moi… on est amants.
— Vous… quoi ?
— Bah ! oui, quoi… on baise ensemble.

Wang n'a pas bougé. Il reste comme ça, la paille aux lèvres, sidéré. Il m'interroge du regard pour être sûr de bien comprendre. Puis une certaine pâleur s'installe sur son visage, mais il reste impassible. Le self-control des Asiatiques…

— Je suis désolé, Wang, tu es mon ami, mais c'est comme ça. C'est pulsionnel.
— Pulsionnel ?
— Oui, pulsionnel.

Il repose doucement son verre sur la table, attrape son smartphone dans la poche de son veston et appelle Alice.

— Ma chérie ? lui dit-il, je crois que Moïse ne va pas bien. Tu devrais l'appeler tout de suite. Il vient de me dire que toi et lui, enfin lui et toi…

Il se tait. Il écoute ce que lui dit Alice. Son visage se décompose. Manifestement, elle est en train de lui confirmer mes révélations. Ouf, je ne suis plus tout seul ! Je m'éponge le front avec une serviette en papier et j'entame à mon tour le cocktail. C'est abominablement sucré et ça a un goût de betterave macérée dans du papier journal. Pour faire passer le goût affreux, je l'avale d'un coup avec le litchi sans me soucier qu'il y ait ou non un noyau.

Wang raccroche et reste un moment hébété. Puis il se lève et se traîne jusqu'au comptoir, flageolant sur ses petites jambes fines. Il baisse la tête et son front heurte violemment le zinc. Puis il relève la tête et me regarde. Une bosse violette et turgescente pousse aussitôt sur son front comme un champignon. Ses employés sont tétanisés. L'un d'eux se précipite vers le frigo, en sort précipitamment une dizaine de glaçons, les enroule hâtivement dans un torchon et vient en compresser le front de son patron. Puis Wang, le paquet de glace sur la tête, va s'affaler sur une chaise au fond de la salle, hagard.

Au bout de cinq minutes, il revient devant moi, tenant toujours son torchon sur le front.

— Je te croyais mon ami, Moïse.
— Je suis vraiment désolé, Wang. C'est ainsi.
— Je te croyais mon ami, répète-t-il à plusieurs reprises.

Je ne dis plus rien. Je le regarde, compatissant. Lui répète en boucle qu'il me croyait son ami. Les clients du restaurant, pour la plupart des habitués, parlent à voix basse en lorgnant de temps en temps de notre côté d'un œil interrogateur. Puis Wang change progressivement de tête. Il s'empourpre, s'échauffe, et ressemble désormais à un dragon furieux ; je m'attends à voir des flammes rouges sortir de ses narines.

— Je vais demander à Alice de faire sa valise tout de suite. Ce soir, elle sera chez toi ! T'es pas au bout de tes peines, mon grand ! Tu vas voir ce que c'est que de s'attaquer à un Chinois.

Il attrape sa veste et sort du restaurant. Les employés me regardent comme un condamné à mort.

Lorsque je sors à mon tour, je rase les murs. Quelle est la teneur exacte de la menace de Wang ? Dois-je m'attendre à voir les triades chinoises fondre sur moi, à la suite de l'offense faite à l'un des leurs ? Dois-je désormais vivre dans l'angoisse des représailles ? J'ai lu quelque part que dans les sociétés secrètes mafieuses chinoises, le grand maître s'appelle le « Maître de la montagne ». Je l'imagine dans un grand appartement du XIIIe arrondissement, au sommet d'une tour dominant son fief, fumant l'opium sur sa terrasse avec ses adjoints en recevant en ce moment même un Wang furibond. Dans ce genre de cas, dit-on, quand un membre de la triade se plaint au Maître de la montagne du préjudice causé par une personne, en particulier un Occidental, la machine se met en marche, implacable. On nomme un enquêteur, appelé le « Patrouilleur du vent ». Ensuite, quand l'offense est avérée, les « Sandales de paille » établissent un constat et le « Bâton rouge » prononce la peine. Ensuite, on nomme l'exécuteur, le « Fanal bleu », qui va s'approvisionner en armes auprès de la « Planche de fer », l'armurier de la triade. L'exécuteur a trois jours pour réaliser la sentence. S'il n'y parvient pas, il est déchu, redescend au bas de l'échelle hiérarchique et l'on nomme un autre Fanal bleu qui à son tour a trois jours pour accomplir sa tâche. C'est pourquoi les jeunes employés de la mafia chinoise sont si motivés et si efficaces.

Je m'enferme chez moi, effrayé. Mais le soir, n'ayant été inquiété par aucun coup de fil, aucune violation de domicile de la part d'un quelconque porte-flingue asiatique, je descends boire une bière chez le péon (prononcer *péone)*, le tenancier du tabac/PMU Le Carancho, au coin de la rue Rubens, un solide Argentin du nom de Téo, aux cheveux noirs gominés et au regard ténébreux.

*

Je joue à l'Euro Millions tous les vendredis. Chaque fois, je joue pour un dieu différent : Jésus, Allah, Zoroastre, etc., à tour de rôle. Si je gagne un jour, pour remercier le dieu miséricordieux qui aura été l'auteur de ma fortune, je me promets d'embrasser sa religion. Ce soir, je joue pour l'Église orthodoxe ; si je touche le gros lot (le gros lot, je veux dire plusieurs centaines de milliers d'euros, pas trois cents euros), je me convertis à la religion orthodoxe et m'engage à en respecter scrupuleusement les dogmes jusqu'à la fin de mes jours. Ça paraît un *deal* raisonnable, non ? La semaine dernière, je jouais pour Allah ; là, j'ai un peu tremblé car, quand j'ai ouvert mon ordinateur, j'ai vu tout de suite deux numéros gagnants. Je me voyais mal me convertir à l'Islam, mais je l'aurais fait, car je suis un homme de parole. Heureusement (ou malheureusement), c'étaient les deux seuls bons numéros. Allah ne m'a accordé qu'un remboursement de mon ticket ; je n'allais pas me convertir pour si peu. La semaine prochaine, je joue pour Vishnou.

J'ai définitivement exclu Yahvé, le Dieu de mes ancêtres, du panthéon de mes négociations divines. Lui, je lui en veux. Ça fait un demi-siècle que je demande un signe de lui sans résultat. J'en ai assez de faire l'aumône. On a sa fierté, tout de même.

— Alors Moïse, tu joues pour qui aujourd'hui ? Pour le Grand Manitou ?

— Bonne idée ! Après tout, c'est aussi bien que l'Église orthodoxe et nettement plus exotique.

Je me souviens vaguement que le *Manitou* est l'esprit suprême des Indiens Algonquins. J'attrape mon portable afin de me documenter sur le web à propos de la religion que je vais devoir adopter si la fortune s'abat sur moi. J'y découvre que les adeptes du dieu *Manitou* s'enferment deux fois par semaine dans une hotte à sudation, au milieu de la forêt, et y transpirent jusqu'à l'extase. Or, je déteste la chaleur.

— Non, je vais faire dans le classique, répliqué-je au péon. Tu me donnes une grille pour les Évangélistes pentecôtistes. Un bon baptême dans l'eau claire me rafraîchira.
— Dans ce cas, fais-toi mormon, me glisse le péon avec un clin d'œil, tu pourras avoir plusieurs femmes.
— Ah ! ne me parle pas de ça aujourd'hui !

Tandis que le péon me tend le ticket, un policier entre dans le café et lance à la cantonade :

— Quelqu'un connaît un dénommé Wang Lu, le restaurateur de la rue Coypel ? Il est assis au milieu de l'avenue des Gobelins. Il ne va pas bien. Pas bien du tout.

En effet, Wang est assis en tailleur au milieu de la chaussée, la tête dissimulée sous une serviette éponge. Je m'approche de lui. À voir son état de détresse, j'en déduis qu'il n'a pas été voir le Maître de la montagne. Ou bien que celui-ci l'a éconduit.

— Ça ne sert à rien de te rendre malade, Wang, lui susurré-je à l'oreille tandis que les voitures klaxonnent de tous côtés. Viens, on va parler, toi et moi.

Je réussis à le faire lever et à le traîner jusqu'au bistrot du péon qui lui sert, d'office, un double scotch. Wang a la tête basse et ne me regarde pas.

— Dix-sept ans de mariage, tu te rends compte ?

— Attends un peu, dis-je, ce n'est sans doute qu'une aventure sans lendemain. Dans quelque temps elle va peut-être revenir.

Je me surprends à lui parler comme si je n'étais pas partie prenante du drame. Wang lève la tête et plante sur moi ses yeux rougis par le chagrin. Il serre les dents et me lance :

— De toute façon, on va tous vous niquer, nous les Chinois !

— Mais bien sûr, acquiescé-je pour le consoler.

— La civilisation occidentale est morte.

— Un vrai suicide ! confirmé-je. Deux guerres mondiales au vingtième siècle, cent millions de morts ! La fin de l'Europe est programmée depuis un siècle. On vous a fait place nette, en quelque sorte. Maintenant, c'est vous les maîtres du monde. Tu sais combien les États-Unis vous doivent déjà d'argent ? 165 milliards de dollars, tu te rends compte ? Vous nous tenez tous !

— Et les youpins comme toi, on les a eus ! poursuit Wang, croyant sans doute me blesser. On leur a piqué tout le business des fringues.

— C'est évident, attesté-je en soupirant.

Je sens que ça lui fait du bien de dire ça. Et moi, je ne suis pas loin de penser la même chose…

Wang siffle son whisky d'un trait en grimaçant. Puis il se lève et se dirige vers la sortie.

— T'as pas fini de souffrir, mon grand, me lance-t-il avant de sortir. Alice, tu vas voir, elle est complètement allumée !

— Qu'est-ce que tu lui as fait, à ce mec ? me demande le péon après que Wang est sorti.

— Rien. Enfin, si… Je suis l'amant de sa femme.

— Ah, merde !

— Je ne sais pas ce qui m'a pris, je ne voulais pas. Un jour, elle est venue au bureau parce que son Mac était bloqué. Je lui ai dit que je ne faisais pas d'intervention informatique chez les particuliers. Elle m'a supplié, et je lui ai promis que je passerais chez elle. Je suis venue la voir l'après-midi et je lui ai réparé son ordinateur. Elle paraissait vraiment contente. Et puis là, elle s'est jetée sur moi.

— Ah, merde ! répète le péon.

— J'ai pas compris ce qui m'arrivait. J'ai pas pu résister. Ça faisait déjà six mois qu'on était séparés, Béa et moi. Depuis ce jour, Alice vient chez moi deux fois par semaine, le mardi et le vendredi à 16 heures précises. Elle repart à 17 h 30 pétantes.

Le péon a failli réitérer son « Ah, merde !… » mais il s'est repris. Il veut me servir une deuxième pression, que je décline.

*

En rentrant chez moi, je m'aperçois que ma fille a cherché à me *skyper* depuis Perth, en Australie, où elle est installée depuis un an.

— Barbara ! fais-je, heureux de voir apparaître son joli petit minois sur l'écran de mon ordinateur.

Elle est bronzée, toute dorée, toute pimpante, ma Barbara.

— *Mon petit Papa, tu vas bien ?*

Elle a l'air rayonnante ; ça me fait plaisir.

— *Maman m'a dit que tu allais peut-être sauver ta boîte ?*
— Oui, je discute avec de nouveaux banquiers.
— *Je serais contente pour toi, Papa.*

Son compagnon, Madison, apparaît dans le champ de la webcam et me fait un petit signe. C'est un Australien pur jus, à demi aborigène, qu'elle a rencontré lorsqu'elle faisait Sup de Co à Paris où il préparait un mastère. Elle l'a suivi à Perth lorsqu'il a repris la pépinière de son père, spécialisée dans la production de roses qu'il exporte dans toute l'Australie.

— *J'ai quelque chose à t'annoncer, mon Papa.*

À son air comblé, je devine aussitôt le contenu du message. Barbara prend la main de son compagnon.

— Je crois comprendre…

— *Je voulais attendre le troisième mois pour te l'annoncer, comme les reines au temps de l'Ancien régime, mais je peux pas.*

— Tu es heureuse ?

— *Tellement heureuse !* fait-elle avec un sanglot d'émotion.

— Moi aussi, Fifille. Même si je sens que je ne verrai pas souvent mon petit-fils, ou ma petite-fille.

— *Tu sais, il y a des billets pas chers pour Perth, maintenant. Une compagnie qatarie fait des vols à 650 €. Il faut juste accepter de passer une soirée à l'aéroport de Doha.*

— On verra ça.

*

Après cette brève conversation numérique filiale, je m'allonge sur mon canapé afin d'assimiler ma nouvelle identité de grand-père. Mais c'est si loin, l'Australie… Je ne verrai sans doute mes petits-enfants qu'une fois par an, au mieux. Je repense à Barbara, lorsqu'elle était petite, à ses longs cheveux blonds qui cascadaient sur ses épaules, à son rire joyeux lorsqu'elle sortait la tête après avoir fait toute une longueur de piscine sous l'eau. Je revois ces après-midi passées, avec elle et son frère, dans la pinède de la maison que je louais chaque année en Provence, autour de la table de pierre où nous dessinions des paysages imaginaires où des animaux placides broutaient dans des savanes moelleuses. Je dois avoir des films où elle était enfant quelque part. Où donc ? Quelque part chez Béa, probablement, dans la grande armoire du cagibi. Mais ce sont encore des cassettes magnétiques, ça ne doit plus être lisible. Pourquoi n'ai-je plus pris de films depuis qu'elle a passé dix ans ? Les souvenirs c'est bien, mais en vieillissant ça s'use, ça se disloque, ça se dissout. Comment fait-on pour retenir le passé pour qu'il ne file pas entre les doigts comme l'eau vive ?

*

Béa, mon ex-femme, m'appelle. Elle revient d'un week-end de voile en Bretagne avec son nouveau compagnon (un skipper forrrrmidable !). Concernant Barbara, elle a su la nouvelle avant moi, c'est normal, c'est sa mère.

— *Elle a l'air si heureuse,* dit Béa.

— Oui, mais est-ce que ce n'est pas un peu tôt ?

— *Elle a vingt-huit ans, Moïse.*

— Mais Madison, est-ce l'homme qui lui convient ? C'est un gentil garçon, d'accord, mais... Et puis, est-ce qu'elle a envie de passer sa vie en Australie ?

— *C'est sa vie, ce n'est pas la tienne.*

— Oui, mais est-ce qu'il faut courir à l'autre bout de la terre pour trouver le bonheur ?

Béa ne répond pas. Je sais qu'au fond elle ressent la même chose que moi.

Soudain un choc violent ébranle la porte d'entrée de mon appartement. Lorsque j'ouvre, je suis à deux doigts d'être écrasé par le train de valises à roulettes qu'Alice pousse devant elle.

— Béa, je te rappelle, dis-je. Je crois que ma vie est en train de se compliquer…

Alice ne dépose pas moins de cinq bagages volumineux au centre de mon salon riquiqui. Puis elle s'assoit sur l'un d'eux pour reprendre son souffle.

— J'irai chercher le reste plus tard, dit-elle.
— Le reste ?
— Wang m'a demandé de vider l'appartement de toutes mes affaires. On est mariés sous le régime de la séparation de biens et l'appartement lui appartient, tu comprends ?
— Alice, mon appartement fait 50 m^2. Je ne crois pas que tu puisses…
— Ah ! ne complique pas les choses ! T'as quelque chose à manger ? Je crève de faim.

Mon frigo est vide, comme tous ceux des célibataires. Je cours chercher un poulet rôti chez le volailler, et je dresse rapidement la table dans la cuisine. Alice dévore en moins de dix minutes les trois quarts du poulet.

— Dommage que les volailles n'aient pas quatre cuisses, dis-je.
— Les émotions, ça me donne toujours faim.

Soudain, elle fond en larmes.

— Qu'est-ce que je vais faire ? J'ai pas de toit, un boulot de merde, je gagne trois fois rien.

Je la prends dans mes bras.

— Écoute Alice, je suis là. On va s'organiser, tu vas voir.

Elle m'embrasse avec fougue. Puis elle me prend le bras et veut m'entraîner dans la chambre.

— Non, restons tranquilles. Ça a été une journée riche en émotions pour moi aussi.

Alice allume alors la télé, me pousse sur le canapé, entame une tablette de chocolat et me réclame un massage de pieds, une de mes grandes spécialités.

*

Cette nuit, je ne parviens pas à dormir. Alice, qui pour la première fois passe une nuit complète avec moi, a un sommeil agité, se tourne, se retourne, ouvre parfois les yeux pour me demander l'heure ou boire une gorgée d'eau. Puis elle se pelotonne contre moi et se met à ronronner.

Le lendemain matin, avant de risquer un pied hors de l'immeuble, je regarde longuement à droite et à gauche.

— Qu'est-ce qui t'arrive ? me demande Alice.
— C'est à cause des triades.
— Des quoi ?

— Laisse tomber. Je t'accompagne au boulot.

*

Alice est assistante dans un cabinet médical du boulevard Saint-Marcel. Wang lui a proposé plusieurs fois d'arrêter de travailler. Il gagne joliment bien sa vie et n'a guère besoin de son maigre salaire. Il voulait qu'elle cesse ses activités professionnelles pour avoir des enfants, mais ça ne venait pas. Ils se sont traînés de spécialiste en spécialiste, mais aucun n'a détecté l'origine de la stérilité du couple. Alice ne m'a épargné aucun détail sur la question. Je sais tout des gonades de Wang, de la mobilité de ses spermatozoïdes, ainsi que de la glaire cervicale d'Alice, abondante et bien filante, qui n'est vraisemblablement pas non plus à l'origine du problème. Donc les médecins ne comprennent pas la cause de la stérilité du ménage. L'absence d'enfants a peut-être contribué au délitement du couple, en tout cas c'est ce que pense Alice.

Avant d'entrer dans son labo, elle vérifie trois fois qu'elle a bien le double de mes clefs dans son sac, puis me gratifie d'un long baiser fougueux.

*

Barbara, la fille de Moïse

Papa, oui, ça a l'air d'aller. Je lui ai annoncé la nouvelle. Il est super content, mais en même temps, il dit qu'il ne verra pas souvent son petit-fils, ou sa petite fille… Quoi ? Oui, une dorade grillée, comme la dernière fois… Tu peux pas leur dire qu'ils baissent un peu la sono ? C'est vrai, quoi, on est au bord de la mer, sur l'une des plus belles plages d'Australie, on n'a pas besoin de cette musique débile... les Australiens sont vraiment nuls. Enfin, pour en revenir à Papa, je crois que oui, il a quelqu'un dans sa vie... Ce n'est pas lui qui me l'a dit, bien sûr, c'est Ted, mon frère. Oui, tant mieux pour lui. Maman, elle est partie comme ça, du jour au lendemain... Le soleil tape dur, tu ne trouves pas ? Oui, mais toi, c'est pas pareil, tu ne risques pas d'attraper des coups de soleil... Ah, bon ! Tu peux en attraper toi aussi ? Alors à quoi ça sert d'être black ? Même pas cet avantage ? Non, je blague... Bon, t'as perdu ton sens de l'humour ? Mais oui, je t'aime. I love you ! Pourquoi je te parle toujours en français ? D'abord, ça te permet de ne pas oublier cette langue. Et puis, je compte parler français à mon enfant. Sa langue maternelle, ce sera le français, pas ce *globish* pourri qu'on parle ici. Quoi ? L'australien ? De l'anglais appauvri, avec 75 % de mots en moins. Et puis si on se sépare un jour, moi je rentre en France, avec mon gosse, ou mes gosses. S'ils connaissent le français, ils n'auront aucune difficulté à s'adapter... Mais non, enfin, je blague ! Faudra vraiment que tu te fasses à mon humour. Sinon, tu vas déguster, avec moi...

*

Moïse

Ce soir-là, je rentre de mon bureau harassé par une accumulation de problèmes nouveaux venant s'ajouter aux anciens : ma trésorerie qui fond chaque jour comme neige au soleil, les relances des créditeurs pour les impayés, les commandes qui ne rentrent pas, le personnel morose qui m'interroge du regard, se demandant si InnSoftware échappera au dépôt de bilan.

Je trouve Alice assise en tailleur sur le tapis du salon, discutant au téléphone. Elle me lance un petit bisou amical tout en poursuivant sa conversation :

— Ma Colinette, mais calme-toi, calme-toi, je t'en prie ! Tu dois passer le cap des prochaines semaines, ensuite tu verras, ça ira mieux… Tu as besoin de quelque chose pour t'aider. Tu devrais vraiment te mettre à la méditation… Non, je t'assure, c'est une question d'habitude, et puis ça fait un bien fou, c'est prouvé scientifiquement… Oui, je sais que ce mec est nul, mais ça ne suffit pas de le dire, il faut que tu retrouves en toi l'énergie de le quitter… Oui, moi aussi ça a été dur de quitter Wang, et puis là je fais un saut dans l'inconnu, avec un type que je connais à peine… mais j'ai la foi, tu comprends, j'y crois. Toi aussi tu vas vite retrouver un mec super…

Alice me lance un grand sourire, me faisant signe que la conversation téléphonique risque de s'éterniser. Je vais me servir un verre de scotch et reviens m'asseoir dans le salon.

Elle poursuit :

— Ce qui me rend si forte ? Je vais te dire. Tu sais que je suis la voie du Tao depuis plusieurs années… Oui, oui, avec une coach spirituelle… Ce que ça m'a appris ? Je vais te le dire. Le Tao privilégie l'être au paraître, tu comprends, ça permet de découvrir sa nature profonde, de s'accorder à l'univers… Selon les sages et les mystiques, le Tao est à la fois la toile de fond du monde et la nature profonde de l'Être. Mais pour qu'il se révèle à toi, il faut que tu aies la conscience ouverte. Il faut suivre ta voie intérieure pour devenir consciente de l'Être. Et c'est ça qui permet de ressentir l'harmonie, la joie, la santé, l'amour, en nous… Oui, et puis j'explore l'énergie féminine en moi, j'essaie de ressentir mon corps, d'approcher ses mystères, d'établir un lien spirituel avec mon utérus…

La conversation qu'Alice entretient avec sa correspondante semble évoluer vers l'intime et, pour ne pas la gêner, j'esquisse un mouvement pour aller finir mon scotch dans la chambre, mais elle me rattrape par le pied, me disant en aparté :

— Non, tu peux rester, c'est Coline, ma meilleure copine, elle est super mal.

Elle poursuit au téléphone :

— Tu peux essayer un thérapeute Tao, ma chérie, ou alors commencer le tai chi chuan, il paraît que c'est génial, ou la sophrologie… Ou alors carrément, le jeûne, alors là tu y vas à fond ! Il paraît que ça fait un bien fou… Ah ! oui, il faut au moins quarante jours pour que ce soit efficace… Mais non, tu vas pas mourir, tu bois beaucoup de tisane.

Et puis toi, t'as de la réserve... Non, c'est pas ce que je veux dire, c'est ton métabolisme qui est comme ça, faut assumer... Attends ! Y a un truc génial aussi, c'est le tantra cosmique ! J'en ai entendu parler, il y a des stages qui sont organisés dans la Creuse. Ça te remet en harmonie avec le cosmos en deux temps trois mouvements ! Tu veux que je me renseigne ? Mais non, ça me dérange pas. Je vais le faire tout de suite. Et puis, je te rejoins vers 21 heures pour boire un verre. Allez, ma belle, haut les cœurs ! Tu vas t'en sortir !

— La pauvre, s'exclame Alice en raccrochant, j'en suis malade pour elle. Elle vient d'apprendre que son mari, un pizzaiolo bulgare, la trompe avec une serveuse du restaurant ! Faut que j'aille lui remonter le moral ce soir, ça t'ennuie pas ? Et toi, comment tu vas ?

— Bof ! J'ai eu merde sur merde aujourd'hui. Et la banque refuse une nouvelle avance de trésorerie. Je ne demande pourtant que deux semaines, le temps d'encaisser une ou deux factures. On dirait que quand ça commence à aller mal, tout s'emballe.

Elle vient s'asseoir sur mes genoux et m'entoure de ses bras.

— Bah, et moi, dans tout ça ?

— Toi, dis-je en l'embrassant, tu es mon petit rayon de soleil...

Elle saute soudain sur ses pieds :

— Je sais ce qu'il te faut, dit-elle.

— Quoi donc ?
— Il faut que tu trouves ta *mission d'âme !*
— Ma mission d'âme ?
— Nous avons tous une mission à réaliser sur cette Terre, t'es d'accord ?

Elle ne me laisse pas le temps de répondre.

— Visiblement, ce que tu fais actuellement, t'épuiser à essayer de sauver cette boîte, ce n'est pas dans ta réelle mission d'âme. Il faut que tu trouves exactement pourquoi tu es venu t'incarner sur Terre.
— Bah ! Oui, mais on est peut-être sur Terre comme ça, sans but particulier.
— Pour connaître et concrétiser ta mission d'âme, poursuit-elle sans m'écouter, il faut libérer les énergies bloquées de ton corps subtil et accueillir la Lumière en toi. Ce qu'il te faut, c'est un bon bio-énergéticien. Il y en a un qui est super, il paraît. C'est Claudia, ma coiffeuse, qui m'en a parlé.

Elle me tire devant l'écran de l'ordinateur et pianote Haroun Gassan, bioénergéticien. Son site web apparaît, bien fait, agrémenté de jolies photos de sources écumeuses, de lacs paisibles, de forêts, d'oiseaux colorés.

Le programme de reconstruction bioénergique se fait en deux phases : une phase de détoxination et (après un test des champs énergétiques) une phase de restructuration. Il est écrit que les cellules « restructurées » retrouvent rapidement leurs fonctions au sein d'un organisme purifié. La méthode de régénération énergétique permettrait à l'organisme de se débarrasser des toxines et des déchets, renforcerait ses fonctions immunitaires et le rétablirait dans son équilibre global…

— Tu crois à tous ces trucs, Alice ?
— Bah, regarde un peu les commentaires !

Effectivement, le site expose une longue série de témoignages qui m'évoquent irrésistiblement les ex-voto des églises ou des lieux sacrés.

Commentaire de Simon :

J'ai vu Haroun pour la première fois il y a deux ans. J'avais l'impression de faire du surplace dans ma vie et je ne savais plus quoi faire. Après la première séance, je me suis senti plus léger et nettement plus joyeux. Haroun n'est pas un charlatan, il est vraiment à l'écoute. UN GRAND MERCI pour ce que tu nous apportes, Haroun !

Commentaire de Lucien :

Franchement, au début, je voulait (sic) pas croire qu'Haroun il puisse m'aidé (re-sic) mais vite j'ai vu que j'avais affaire à un mec sérieux et Haroun il a été vraiment génial et gentil en me donnant des tas de trucs qui m'ont vraiment aidé dans ma vie quotidienne de tous les jours.

Commentaire de Mélissa :

Quand j'ai rencontré Haroun, j'étais sombre et dépressive. J'avais l'impression de passer à côté de ma vie. Il a suffi d'une seule séance pour retrouver l'influx corporel et surtout, le plus important, la sérénité. Un vrai miracle ! Haroun est un type bien et profond.

Commentaire de Clara :

J'ai des maux de ventre depuis l'enfance, et ça a empiré avec mes premières règles. Aucun médecin ne pouvait me soigner. J'ai tout essayé : neurologue, acupuncteur, ostéopathe, etc. Rien ne marchait. Haroun oui, il a pu. En une séance ! Il peut tout. Maintenant je n'ai plus mal au ventre et je peux enfin vivre normalement. Merci beaucoup Haroun !

Commentaire de Gus :

La mort de ma mère m'a anéanti. Mon compagnon m'a dit d'aller voir Haroun, et j'y suis allé, et ça a été miraculeux. Vraiment ! Deux jours après j'avais retrouvé la joie de vivre, la bonne humeur et le sourire. Je te remercie beaucoup Haroun. Tu es plein de lumière ! Gros bisous.

Commentaire de Lison :

Haroun m'a sauvé la vie grâce à sa thérapie. Il m'a permis de me reconnecter au réel, d'arrêter la drogue, de rencontrer un homme que j'aime. Petit message pour les sceptiques : l'essayer, c'est l'adopter ! Gros bisous !!

Commentaire de Jean-Loup :

Merci Haroun, grâce à vous je me sens libéré des trucs hyper lourds de mon passé. Merci, merci.

Commentaire de Frédéric :

Je croyais pas trop à tous ces trucs sur les énergies. Maintenant, je ne vois pas comment je pourrais m'en passer. Vive Haroun !

Commentaire de Farida :

Il y a deux mois, nous avons contacté Haroun, mon mari et moi, parce qu'il y avait des phénomènes paranormaux dans notre appart. Par exemple, quand mon mari faisait du café, on entendait comme un cri venant des murs, et plein de choses comme ça. Maintenant c'est fini et je pense qu'Haroun y est pour quelque chose.

*

— Tu sais, Alice, ce genre de thérapie, c'est pas mon truc.

Trop tard, Alice a déjà retenu une séance pour moi sur l'agenda en ligne du praticien…

***

Le lendemain, j'arrive à mon bureau de Malakoff, un local coquet de deux étages en fond de cour, ombragé d'un bouquet de tilleuls. C'est un ancien atelier textile qui recèle encore deux métiers à tisser du XIXe siècle que nous avons intégrés au décor design conçu il y a trois ans par un architecte en vue, un copain d'école. À l'époque, quand j'ai créé InnSoftware, j'étais un entrepreneur plein de fougue. J'avais été pendant quinze ans cadre commercialdans l'informatique, spécialisé dans la gestion hôtelière, , et je voulais lancer des logiciels qui révolutionneraient le monde du tourisme. J'étais gonflé à bloc. Nous avons même été les premiers à faire des réservations de logements de particuliers sur Internet, avant les *airbnb* et autres. Mais les investisseurs français, avec leur mine chafouine et leurs oursins dans les poches, ne m'ont pas suivi au-delà du premier tour de table. Et puis de grosses boîtes américaines, canadiennes, suédoises se sont installées sur le secteur et ont siphonné la plupart de mes clients. Il ne me reste plus qu'un groupe hôtelier et une compagnie aérienne américaine. Et lorsque cette dernière m'a annoncé, il y a six mois, qu'elle fermait ses bureaux à Paris, j'ai su que cette fois, la boîte était morte. J'ai joué le tout pour le tout : j'ai embauché deux commerciaux pour prospecter en Europe et en Asie, mais ça n'a rien donné. Et il me reste environ deux mois de trésorerie, pas plus.

Je suis accueilli par mon bras droit, Aziz, qui veut me parler seul à seul. Je l'invite à passer dans mon bureau. Depuis quelques semaines, entrer dans ce bureau est devenu très désagréable pour moi. Je ne le supporte plus. C'est sans doute le signe que je ne suis pas dans ma *mission d'âme.*

— Le personnel réclame une réunion sur l'avenir de la boîte, annonce Aziz.

— Qu'est-ce que tu veux que je leur dise ? Le carnet de commande est vide, tu le sais mieux que moi.

— Il faut leur parler. ça papote dans tous les coins. Amélie fait ce qu'elle peut pour remettre les gens au boulot, mais elle ne parvient pas à les rassurer.

Je regarde par la fenêtre. Trois employés mornes et silencieux fument une cigarette sous les tilleuls.

— OK, dis-je, convoque-moi tout le monde à 11 heures dans la salle de réunion.

Je m'assois à ma table de travail pour pondre un PowerPoint qui synthétise avec réalisme mais sans pessimisme la situation financière de l'entreprise, mais mon optimisme forcé ricoche à tout moment sur la dure réalité du compte d'exploitation. Je me résous à appeler encore une fois mon banquier.

— *Nous nous sommes parlé hier, monsieur Steiner, je ne peux rien vous dire de plus. Nous avons notre comité hebdomadaire mardi. Mais il y a toujours trop peu de mouvements sur votre compte…*

— Il va y avoir un paiement des Espagnols demain. Et je vous ai montré le *Memorandum of understanding* de la boîte israélienne. Un contrat de trois millions d'euros.

— *Oui, mais nous ne sommes pas sûrs que votre futur client soit solvable. Et vous demandez un nouveau prêt de deux cent mille euros pour couvrir l'échéance d'août. Je ne peux pas vous le concéder sans garantie complémentaire.*

— Il y a déjà un million d'euros qui tombe en septembre de chez Greensparrow.

— *Ça ne couvrira pas toutes les créances, vous le savez bien.*

Il s'ensuit un long et répugnant silence.

— *Je vous soutiens depuis le début, monsieur Steiner. Je souhaite sincèrement que vous parveniez à constituer un nouveau tour de table.*

Je raccroche et je m'accorde, pour me consoler, quatre fraises Tagada sorties de ma réserve secrète, au fond du tiroir de mon bureau. Sur le paquet, il y a toujours le vieux post-it de Béa : *En hommage à ton adorable petit bedon et à tes délicieuses poignées d'amour, ta femme.* Je veux jeter le papier, mais je n'en ai pas le courage. Béa ne m'a pas quitté pour ça, tout de même ? À cause de mon petit ventre avantageux et de mes hanches prospères ? Bien sûr, son skipper forrrrrrmidable dispose peut-être de chairs plus fermes, mais ce n'est pas du jeu, il s'entraîne trois fois par semaine dans une salle de sport. Et lui, c'est un héritier ! Le fils d'une famille de vignerons bordelais qui pré-vendent chaque année l'intégralité de leur récolte aux Anglais et aux Japonais avant même les vendanges. Pas besoin de courir la prétantaine pour harponner le client ou de minauder avec des banquiers !

Je m'autorise une cinquième fraise Tagada.

*

Dans la salle de réunion du deuxième étage, Aziz et Amélie, notre secrétaire générale, ont disposé les chaises en arc de cercle autour d'un petit podium. La vingtaine de personnes que compte notre entreprise prennent progressivement place par petits groupes compacts. Je souffle dans le micro pour le tester.

— Tout le monde est là ? demandé-je.

Hochement de tête général.

— Voilà. Je vous ai réunis pour vous parler de la situation d'InnSoftware. Comme vous le savez, nous vivons une période difficile. Ça arrive dans la vie de toute entreprise.

Un retardataire prend place. C'est Gallois, notre chef programmeur, qui bouscule une chaise en s'excusant.

— Je ne veux pas vous cacher la vérité, dis-je en allumant l'écran sur lequel s'affiche la désespérante réalité, résumée en une courbe cinglante. Voici les comptes à mi-année. Ils ne sont pas définitifs, mais je pense qu'il n'y aura pas de gros changements, n'est-ce pas Christophe ?

Je me tourne vers notre comptable à grosse moustache, qui acquiesce.

— Si Big moustache est d'accord, c'est déjà ça.

Je récolte quelques rires épars qui détendent un peu l'atmosphère.

— Au 30 juin, nous enregistrons donc une perte nette de 657 000 euros, pour un chiffre d'affaires de 5,2 millions. C'est une perte importante, mais ce n'est pas catastrophique.

— Ça fait quand même plus d'un million et demi de déficit cumulé sur les deux dernières années, lance Bertram, un concepteur développeur logiciel, un type dolent et cacochyme qui se plaint régulièrement de la mauvaise odeur de ses collègues dans l'open space et demande qu'on laisse une fenêtre ouverte été comme hiver.

— Oui, c'est exact, nous avons creusé notre déficit, je n'en disconviens pas. Mais nous avons de sérieuses opportunités devant nous.

Je fais la liste des prospects, ponctuant mon énumération d'une demande de confirmation de nos quatre commerciaux qui se pelotonnent en bout de salle.

— Il n'y a pas eu une seule commande ferme depuis trois mois ! lance Romuald, le responsable de l'administration des ventes.

Les quatre commerciaux, se sentant mis en accusation, se serrent les uns contre les autres comme des lapereaux sous l'orage.

— Nous devons tous être solidaires de notre force de vente, qui fait un travail remarquable, déclaré-je.

Une onde de scepticisme parcourt l'assistance. Les commerciaux pâlissent. Sauf Babacar, un mastard d'origine ivoirienne, qui se lève et prend la parole.

— Le marché est hyper difficile, mes amis.

Remous incrédules dans la salle.

— Et nos prestations sont 20 % plus chères que celles de nos concurrents.

Frisson de désapprobation généralisée. Il faut dire que Babacar a, dans l'entreprise, une réputation de cossard hédoniste qui altère passablement le crédit de ses propos. Il court une légende insistante sur lui. Les jours où il n'est pas soi-disant « en clientèle », il se pointe couramment au bureau à 11 heures du matin, et le quitte à 5 heures pour rejoindre, selon la rumeur, Jocelyne, la gérante de la supérette voisine, réputée *l'Impératrice de la turelutte* dans le secteur. De fait, la supérette est souvent fermée de cinq à sept, accréditant les on-dit.

Je vole au secours de mon commercial.

— Nos vendeurs font un bon boulot. C'est Babacar qui a décroché le contrat Longeville l'an dernier : 500 000 euros annuels.

— Oui, mais on manque de stratégie, s'exclame Bernard, le chef de projet applicatif. On sait pas où on va !

Une partie de l'assistance approuve, l'autre non, et de petits groupes de discussion spontanés se mettent en place, échangent des arguments. Je laisse le débat se diffuser quelques instants, puis je lève le bras.

— Mais j'ai une solution, clamé-je alors. Ce n'est pas encore fait, mais ça peut marcher.

Je présente une diapositive où trois financiers cravatés posent devant un hôtel de luxe flambant neuf.

— Un fonds d'investissement bordelais spécialisé dans l'hôtellerie s'intéresse à notre logiciel et à notre savoir-faire. Ils doivent me faire une proposition dans les prochains jours.

— Ils vont nous racheter ? demande l'un des commerciaux.

— Nous parlons d'une augmentation de capital. Ils pourraient injecter 3 millions dans l'entreprise.

— Et ils en prendraient le contrôle ?

— Peut-être. S'ils me demandent de quitter la direction de l'entreprise, je le ferai, pour la sauver.

Là, grand silence.

— Après tout, je n'ai pas fait preuve de beaucoup de clairvoyance dans mon management ces derniers temps, ajouté-je dans un élan palinodique.

Toujours pas de réaction. Je m'attendais peut-être secrètement à une vague solidaire, à une déferlante de soutien spontané. Mais non, rien. Un silence plombé, des mines engourdies, des gestes embarrassés. Je ne suis pas aimé. Je m'en rends brutalement compte. Dans cette entreprise que j'ai créée, je ne suis pas aimé, par toutes ces personnes que j'ai recrutées une à une, formées, aidées, parfois choyées. Je croyais être un patron social, compréhensif, convivial. Bien sûr, je le suis. Mais à ce moment, je ne suis pour eux qu'un manager en échec et l'angoisse de perdre leur emploi balaie tout.

— Mais c'est vous qui l'avez créée, cette boîte, risque Santiago, l'agent de maintenance assis au fond de la salle et que sa petite taille dérobe à mon regard.

— Oui, j'y croyais ; j'y crois toujours. Mais nous devons lutter contre des sociétés plus grosses, mieux capitalisées que nous. C'est pourquoi un rachat par le fonds Guézac est une opportunité. Ils rapprocheront peut-être InnSoftware d'autres sociétés afin d'atteindre la taille critique.

Puis je finis en annonçant que je les tiendrai au courant de l'avancée des discussions dans les tout prochains jours.

L'auditoire se disperse comme il s'était formé, par petits groupes confabulants, plus inquiets que rassurés par ma prestation. J'ai été nul. J'ai manqué de pêche, d'optimisme, d'enthousiasme.

*

Ce soir-là, je dîne chez ma mère. J'ai l'air absent quand elle me raconte, comme d'habitude, des histoires de notre enfance, à moi et à ma sœur. Des vacances, des anecdotes. Je bâille en face d'elle. Mais ma mère continue de parler. J'ai une technique bien au point avec elle. Quand elle me cause, je la fixe et je fais constamment oui avec la tête, elle continue à parler et moi je peux penser à tout autre chose. C'est très pratique.

*

Odette, mère de Moïse

Momo ? Non, il va pas bien du tout… du tout, du tout… C'est depuis que sa femme l'a quitté… Oui, je te le dis… Avant, il racontait toujours des histoires drôles. Tu te souviens ? Depuis qu'il est tout petit. Maintenant, il est terne, il ne dit rien. Y a son entreprise, aussi, qui va mal… Ils sont très bons, ces biscuits. Je peux en reprendre un ?... Oui, je sais, mon diabète, mais j'ai quatre-vingts ans passés, mon diabète, tu sais ce que je lui dis ?... Je te disais, oui, sa femme… depuis qu'elle est partie… Quoi ? Je ne l'ai jamais beaucoup aimée ?... J'ai rien à dire, c'était sa femme, c'est tout… Oui, elle dépensait beaucoup d'argent, mais bon, les femmes sont comme ça, maintenant, qu'est-ce que tu veux que je te dise ? À l'époque, Momo, il gagnait bien sa vie… Ah oui !… Mais dès qu'il a commencé à avoir des problèmes avec sa boîte, sa femme est partie… Son entreprise ? Elle n'est pas fermée, mais ça marche mal dans l'informatique, à ce qu'il paraît… Quoi ? Qu'est-ce que tu dis ?...Tu parles ! Sa femme, elle a rencontré un héritier d'une grande famille bordelaise très riche, c'est facile. Ces gens-là, ils ont qu'à se donner la peine de naître. Tandis que mon Momo, il a bossé dur… oui, ça a pas toujours été rose, mais il s'accroche, tu vois, il se bat !... Bon, je vais te dire, je devrais pas, mais je vais quand même te le dire… Il a retrouvé quelqu'un… Tu le dis à personne, hein ? Oui, je veux bien encore un peu de thé avec une rondelle de citron… Non, je la connais pas, je l'ai jamais vue. Ted, mon petit-fils, l'a aperçue… elle est plus jeune que lui, trente-cinq ans, quelque chose comme ça. Non, elle n'a pas d'enfants… Ah ! je suis contente pour lui. C'est dur pour un homme de vivre seul… Oui, ton frère, je sais, mais c'est pas pareil… enfin, lui il n'a jamais pu se marier. Quand on n'aime pas les femmes… Je dis pas ça, mais enfin quand on lui a présenté la petite Feinmann, il y a combien de temps déjà ? Vingt ans ? T'es sûre ? Eh bien, la petite Feinmann, comment elle s'appelait déjà ? Véronique, non Dominique… enfin bref, elle avait tout de suite eu le béguin pour lui… ce schmokov, il l'a jamais rappelée. Et quand il a rencontré son Éthiopienne, ça n'a pas marché non plus… Ah bon ! c'était pas une Éthiopienne, c'était une étiopathe ? Peu importe... Non ça veut pas dire qu'il soit pédé, mais quand même... Quoi, te fâche pas, qu'est-ce que j'ai dit ?

*

Moïse

Lorsque je rentre chez moi, Alice est assise en tailleur au milieu du salon, les bras repliés sur le ventre, environnée d'effluves d'encens. En faisant un moulinet avec son doigt, elle me signifie de revenir plus tard, à l'issue de sa méditation.

Je descends donc lamper un drink chez le péon.

— On joue ? Euro millions ? Loto ? me demande-t-il.
— Pas aujourd'hui.
— Pourquoi ?
— J'ai pas la frite.
— Je comprends. Toujours ta boîte ?
— Oui. Et je ne veux pas jouer pour une quelconque divinité. Non seulement je n'ai pas la forme, mais en plus les dieux n'existent pas. Tu sais que j'ai plus de chance de trouver un coffre rempli d'or dans ma cave que de gagner une somme substantielle à tes putains de jeux ?
— T'énerve pas, Moïse. Tiens, voilà un mojito offert par la maison.
— Le monde n'est pas fait pour répondre à nos désirs, fait alors une voix fluette au fond de la salle.

C'est un petit monsieur entre deux âges qui flotte dans une chemisette trois fois trop grande pour lui. Il est pâle, légèrement barbichu, et porte de grandes lunettes rondes qui dépassent de part et d'autre de son étroit visage comme des hublots. Il est assis seul et semble écrire sur un grand cahier d'écolier.

— Tu me remets un Kamikaze? lance l'homme à Téo.
— C'est un prof de philo dépressif, me glisse le péon à l'oreille.

L'homme se lève et s'approche du comptoir. Il observe longuement à la lumière le cocktail vert olive à base de vodka qu'on vient de lui servir.

— Oui, monsieur. Pourquoi le monde répondrait-il à nos désirs? poursuit-il. Nous lui sommes parfaitement indifférents. Et nous, nous le lui rendons bien.

Il avale son verre d'un coup. En redemande un autre.

— Je pense que ça suffit pour aujourd'hui, notifie raisonnablement le péon.
— Savez-vous pourquoi je bois? me demande l'homme qui effectivement semble déjà bien alcoolisé. Parce que je ne lirai jamais *L'Être et le néant.* Non, et pourtant, je suis prof de philo. J'ai essayé à de nombreuses reprises d'avancer dans cette œuvre imposante de Jean-Paul Sartre, mais je n'ai jamais dépassé la page 30. Impossible d'aller plus loin!

— C'est une raison pour devenir alcoolique ? lui demandé-je.

Il hausse les épaules en guise de réponse.

— Je connais pourtant une phrase de ce bouquin par cœur, reprend-il, une phrase qui se trouve à la fin du livre, je suis tombé dessus par hasard : « C'est à partir du jour où l'on peut concevoir un autre état de choses qu'une lumière neuve tombe sur nos peines et sur nos souffrances et que nous décidons qu'elles sont insupportables. »

— Je ne suis pas sûr de comprendre, avoué-je. Je ne suis pas un intellectuel. Mais ça n'a pas l'air d'être une phrase gaie.

— Vous y réfléchirez, fait le prof en payant ses consommations.

Il se dirige vers la sortie, puis tire son parapluie pliant de son cartable de cuir.

— Tiens, ça y est, il pleut. Ils l'avaient annoncé sur mon appli : « pluie à partir de 19 heures ». C'est fou comme les prévisions des météorologistes sont devenues précises. Il y a vingt ou trente ans, ces gens-là racontaient à peu près n'importe quoi, il faut bien le dire. Mais c'est une science qui a tellement progressé. Maintenant ils savent prédire le temps trois ou quatre jours à l'avance, à la demi-heure près. Ce sont les pythies des temps modernes, des prophètes que la science a rendu presque infaillibles. Un jour, vous verrez, ils arriveront à prédire l'avenir.

Il sort en déployant d'un clic son parapluie vers le ciel nébuleux.

— Il s'appelle Antoine Pétronov, me glisse le péon, mais on l'appelle Popov. Quand je l'ai connu, il était joyeux et sportif. Tu ne me croiras pas : c'était un marathonien performant. Sa femme est morte il y a deux ans. Une superbe Antillaise. Il ne s'en est pas remis, semble-t-il. Il s'est dégradé à toute vitesse et maintenant, il ressemble vraiment à un vieillard.

*

Lorsque je remonte dans l'appartement, Alice m'accueille en me mettant sous le nez un tian de légume fumant dans un plat de terre.

— Tu as faim ?

Une vague odeur de brûlé flotte dans l'appartement.

— Je l'ai un peu oublié dans le four. Ma copine Lina m'a appelée. Tu sais, c'est celle qui fait du packaging pour l'Oréal. On avait plein de choses à se dire, dit-elle en retournant à la cuisine.

Je me demande toujours comment Alice fait pour passer tant de temps au téléphone. Parfois, elle passe trois quarts d'heure en conversation avec une amie qu'elle a vue la veille ! Moi, les plus longs coups de fil, et même de sans-fil, que j'ai donnés de toute ma vie ont été passés à supporter les musiques affligeantes des plateformes téléphoniques tandis que j'attendais désespérément qu'un téléacteur m'explique pourquoi je ne recevais plus mes SMS.

Alice dresse la table dans la cuisine, allume quelques bougies, puis, comme il est encore un peu tôt pour dîner, s'emploie à peaufiner quelques détails de la décoration de l'appartement.

Tout en la regardant tourbillonner çà et là, je pense à la rapidité avec laquelle elle a investi les lieux. Elle a déjà réorganisé ma demeure de célibataire en y déplaçant tous les objets, prétendument pour les rendre plus faciles d'accès. En fait, elle y imprime définitivement sa marque, ce qui m'arrange bien car depuis que j'ai pris cet appartement, peu après ma séparation d'avec Béa, je n'avais fait aucun effort de décoration. Là, mon petit trois-pièces a subi une révolution de type copernicien : le centre n'est plus la cuisine où, pendant plusieurs mois, je passais l'essentiel de mon temps, lisant ou rêvassant en me décongelant des plats tout préparés, délaissant le salon et me rendant dans la chambre uniquement pour dormir. C'est le salon qui est devenu le centre de gravité de l'appartement, sacralisé par un nouvel agencement de coussins et de poufs multicolores, mes gros meubles petit-bourgeois ayant été exilés à la cave. La pièce est désormais nimbée en permanence d'une musique planante et parfumée d'encens ou de fumigations aromatiques. Les trois tapis, me servant essentiellement à masquer les fatigues du parquet aux endroits usés par les pas de générations de locataires, ont été remplacés par des nattes de sisal. La table à manger a été reléguée en fond de pièce, dans le prolongement de la bibliothèque, laquelle a été émondée des épais dossiers administratifs qui y traînaient et de divers objets utilitaires comme les chargeurs de smartphone, le casque audio, les vide-poches, la corbeille fourre-tout, tous impitoyablement ostracisés dans les placards, laissant la vue nette et les lignes pures.

— Comment tu trouves ? me demande-t-elle.

Pour être honnête, je suis pris de terreur à l'idée de ne plus retrouver, dans ce nouvel écosystème, mes clés, mon smartphone, mon portefeuille, en démarrant le matin. La seule chose qui a échappé à ce tourbillon, c'est la photo de Karl Marx dans un cadre de bois que je conserve dans ma bibliothèque comme un souvenir de jeunesse.

Nous dînons à la lueur vacillante des bougies qui projettent nos deux silhouettes sur les murs et au plafond comme des ombres chinoises démesurément étendues. Nous ne parlons pas. Alice est souriante, heureuse. Ses magnifiques yeux clairs percent la pénombre et scintillent à la flamme des lumignons. Nous nous couchons sans même allumer la lumière pour une étreinte pleine de *zenitude,* escortée par une musique cristalline destinée (prétendument) à transformer l'orgasme en expérience spirituelle. Puis Alice s'endort et mes soucis reviennent m'assiéger la tête en cohorte serrée et insistante. Je prends un cachet de *Déridax,* un anxiolytique vaguement hallucinogène que m'a prescrit mon cousin, le docteur Epstein. Je suis rapidement engourdi dans une veille cotonneuse, mais les soucis sont toujours là. Ils se sont transformés, travestis, colorés, mais ils sont toujours là. Ils défilent devant mes yeux comme un pénible corso fleuri, une sorte de *gay pride* où chacun a son char : les banquiers, les investisseurs, les clients, les comptables… Ils rient à la cantonade et sèment sur leur passage, comme des confettis, des traites, des mises en demeure et des lettres recommandées.

Je me relève et erre un moment dans l'appartement. Puis, sans doute aiguillonné par les propos du philosophe alcoolique rencontré quelques heures plutôt dans le café du péon, je saisis un petit ouvrage sur Épicure, jauni et oublié, remonté à la surface de ma bibliothèque, sans doute à la faveur du maelström provoqué par Alice. J'y lis les quatre remèdes pour vivre heureux contenus dans la *Lettre à Ménécée* :

« Il faut vivre en se persuadant que :
Les dieux ne sont pas à craindre
La mort n'est pas à craindre
On peut supporter la douleur
On peut atteindre le bonheur. »

Je m'endors, apaisé mais sceptique.

*

Le lendemain, à mon bureau, je compulse mes premiers mails. Mais les nouvelles qui tombent sont mauvaises. Ces putains d'Israéliens ajournent le contrat de 3 millions qu'ils m'avaient promis ! « Sorry, 6 months postponed », annonce laconiquement Dan, mon interlocuteur. Six mois ? Mais ma boîte sera morte d'ici là ! Deuxième mauvaise nouvelle, quelques minutes plus tard : le fonds d'investissement Guézac a eu une réunion hier et ils ne donnent pas suite à leur offre de rachat d'InnSoftware. Ce n'est pas le moment pour eux : la conjoncture, leur agenda stratégique qui ne colle pas avec cet investissement et aussi les incertitudes qui pèsent sur les coûts de maintenance de notre logiciel hôtelier qui a été développé il y a déjà trois ans et qui doit sûrement être *upgradé*.

Upgradé toi-même, espèce de blatte !

Anéanti, je me traîne jusqu'à la machine à café où Ruth, mon assistante, bavarde avec Amélie. Voyant ma tête, elles cessent leur conversation et s'éloignent. Bientôt, la rumeur enfle au sein de l'entreprise : ça ne va pas, ça ne va vraiment pas. J'évite de rencontrer le personnel et je me terre dans mon bureau : si on m'interrogeait, je n'aurais pas la force de démentir la gravité de la situation.

Je fais venir mon adjoint.

— Aziz, il faut que tu prépares la déclaration de cessation de paiement.

Et je lui tends le mail de Dan que je viens d'imprimer.

— Tu es sûr que nous devrions le faire maintenant ? Nous avons encore deux mois de trésorerie.
— Nous sommes en juin. Il ne se passera plus rien en juillet ni en août. En septembre, nous serons à sec. Faisons les choses proprement. Crois-moi, c'est mieux ainsi.

Aziz hoche la tête et se passe la main dans les cheveux.

— C'est la fin de notre aventure ?
— J'en ai bien l'impression.

Mon adjoint pose son regard sur un trophée qui trône sur mon bureau. Il y a deux ans, nous avions reçu le prix de la start-up la plus performante, décernée par le site *Business Adventures.* Deux ans, et déjà une éternité ! Aziz m'a accompagné depuis le début. Je l'avais débauché de chez Hewlett-Packard quand j'ai quitté l'entreprise. Je m'en veux à présent, il va se retrouver sur le carreau, comme les autres, alors qu'il aurait pu poursuivre une bonne petite carrière ronronnante, sans éclat, mais sans autre souci que celui de négocier son bonus annuel.

Je n'ai pas le courage de rester au bureau aujourd'hui. J'avise Ruth, ma secrétaire, que j'ai un déjeuner à l'extérieur qui se prolongera tard dans l'après-midi par une réunion, et que je ne reviendrai sans doute pas. Je vais déjeuner seul à l'autre bout de Paris, dans une obscure pizzeria où je sais que je ne rencontrerai personne qui me connaisse.

*

Je reprends la voiture et erre par les rues, au hasard, pendant plus de deux heures. Décor de mon périple aléatoire, Paris fait grise mine. À travers les vitres voilées par une bruine incessante, je perçois les images gauchies de la capitale, encombrée, nerveuse, tristement laborieuse. Les scooters pressés d'aller livrer on-ne-sait-quoi on-ne-sait-où, s'égrappent de droite et de gauche en jouant des semelles pour écarter les voitures. Les piétons, énervés par la pluie, tentent de naviguer dans cet enchevêtrement mécanique en pestant contre les véhicules bloqués sur les passagespiétons. Les avenues enchaînent les vitrines bardées de calicots criards annonçant des soldes tapageurs : -30, -40, -50 %, parfois plus ; et dans les boutiques, des vendeuses à la mine renfrognée constatent avec angoisse que les stocks ne baissent pas. C'est la crise, quoi.

*

J'arrête la voiture dans une des contre-allées de l'avenue Foch, un endroit déserté par la population active, où seules quelques nounous africaines poussent des landaus surmontés de parapluies, croisant d'austères joggeurs au T-shirt détrempé et aux cheveux collés sur le crâne.

Je songe à Alice. C'est à ce moment la seule pensée qui me fasse plaisir.

Depuis que nous avons débuté notre relation, me suis-je vraiment occupé d'elle ? Tout cela est venu si vite après le départ de Béa que je n'ai pour ainsi dire pas eu le temps de reprendre mon souffle. En fait, Alice a débarqué à point nommé dans ma vie, avant que je me pose trop de questions sur mes capacités de séduction. Béa m'a quitté si brutalement. Je ne dirai pas qu'il n'y avait pas de signes avant-coureurs, mais sans doute m'efforçais-je de ne pas y voir autre chose qu'une évolution naturelle, quasi biologique, de la vie conjugale. Le lent engourdissement de notre couple me paraissait être le sort inéluctable de tous les ménages, et loin de m'en inquiéter, je l'accueillais avec une bonhomie bourgeoise. Les enfants étaient partis ; les soirées étaient plates sans être ennuyeuses ; les étreintes étaient rares sans être dénuées de plaisir ; les week-ends étaient dénués de surprises sans être monotones. Bref, un entre-deux convenable qui aurait pu se prolonger jusqu'à la vieillesse sans l'arrivée de ce skipper forrrrrrrmidable, ce vigneron céleste au scooter rouge (d'un vulgaire !) qui a déclenché chez Béa une sorte d'éruption volcanique tardive dont elle fut la première surprise. Il avait débarqué un soir, recommandé par des amis qui s'approvisionnaient chez lui en bordeaux gouleyants et en graves subtils. Le jeune homme (il n'a que trente-quatre ans, Béa en a quinze de plus !) a commencé par déployer sur la table du salon l'arbre généalogique de sa famille, cultivateurs installés à Léognan depuis le haut Moyen Âge, fournisseurs exclusifs d'une demi-douzaine de lords anglais et de leurs descendants depuis la fin de la guerre de Cent Ans. Le fils de famille nous a fourgué quatre caisses de Château Pigneux que nous avons entreposées à la cave. Je ne savais pas, bien sûr, que le perfide Alexis Pigneux avait également glissé à Béa une invitation pour une dégustation privée dans un bistrot de la rue Monge quelques jours plus tard, avec son numéro de portable.

Je ne sais pas exactement où et comment a débuté leur idylle, mais quelques jours après la visite du bellâtre vendangeur, Béa changea du tout au tout. Cette femme habituellement active, précise, efficace, organisée, promenait désormais partout les yeux hagards d'un animal nocturne surpris par la lumière. On avait l'impression à chaque instant qu'elle venait de se réveiller. Il fallait lui poser plusieurs fois la même question avant qu'elle réponde. Elle ne se connectait plus au réel qu'à certains moments bien précis de la journée, lorsqu'elle devait se concentrer sur une tâche concrète, et le travail achevé, elle retournait brouter avec ravissement dans les estives éthérées de ses rêveries.

Le jour où elle redescendit définitivement sur terre, ce fut pour me dire qu'elle partait. Comme Béa ne mâche pas ses mots, elle m'a exposé la chose de façon quasi chirurgicale : elle s'ennuyait avec moi, on n'avait plus rien à se dire, on ne baisait plus, ou mal, on n'avait plus de projet, bref, on était devenus un couple de lémures.

De lémures !

Je me suis regardé dans la glace ; je ne me voyais guère ressembler à un de ces primates malgaches avec leurs grands yeux effarouchés qui leur mangent le visage, jusqu'à ce que Béa (dont j'ai peut-être omis de vous dire qu'elle est prof de latin) m'apprenne que les lémures, qui n'ont rien à voir avec les lémuriens, étaient des fantômes, chez les Romains, des sortes de zombis qui hantaient les rues de Rome en poussant des cris effroyables et en tapant sur les murs tellement ils s'ennuyaient.

Elle fit ses valises en quelques heures et partit sur-le-champ s'installer chez le très regrettable Alexis Pigneux, qui possède un duplex rue de Saintonge, une sorte de pied-à-terre de deux cents mètres carrés, en plus de son appartement de Méribel, de sa maison de famille en Gironde, de son loft à Bordeaux et de sa villa de Lacanau, à cent mètres de l'océan.

Nos enfants, Barbara et Ted, avaient été prévenus par Skype de la séparation de leurs parents.

L'abandon que j'ai subi s'apparente à un largage en haute mer. C'est comme si on avait passé par-dessus bord un objet devenu inutile afin d'alléger le navire. Si Alice n'était pas miraculeusement entrée dans ma vie quelque temps plus tard, mon ego aurait sans doute connu une sorte d'explosion atomique, une déflagration sidérale qui l'aurait déchiqueté et en aurait projeté les débris sanguinolents aux quatre coins de l'univers. Mais Alice est arrivée à point nommé. L'ai-je assez remerciée ? Me suis-je suffisamment occupé d'elle ? Obsédé par le sauvetage de ma société, n'ai-je pas négligé cette fée envoyée *just in time* par un enchanteur compatissant afin d'éviter ma dispersion cosmique ?

Je me sens soudain pris à la gorge par un sentiment de culpabilité, mêlé à une immense reconnaissance dégoulinante et à un amour démesuré. Je me précipite chez un fleuriste, achète un somptueux bouquet de glaïeuls, passe chez un traiteur renommé pour y prélever une tourte aux coquilles Saint-Jacques et une bouteille de Mumm et me retrouve chez moi au moment où Alice revient du travail.

Le bouquet de fleurs lui fait un plaisir immense, mais lorsqu'elle découvre la tourte aux coquilles Saint-Jacques, son sourire se fige.

— Bah, Momo, tu sais bien que je mange sans gluten !
— Sans gluten ?
— Et dans la pâte, il y en a forcément.
— Il ne doit pas y en avoir beaucoup.

Je suis donc le seul à manger la tourte, et Alice dîne d'une grande salade en me regardant langoureusement.

*

Le soir même, je me rends à ma séance avec le bioénergéticien Haroun Gassan. Je suis surpris par sa jeunesse et son aspect sérieux, avec sa blouse blanche et ses petites lunettes qui lui donnent un air d'étudiant pakistanais. Il m'ausculte, puis vérifie mon « équilibre global » à l'aide d'un stimulateur qui renifle la circulation énergétique en émettant des bruits désagréables de roulette de dentiste. Il hoche la tête en me regardant.

— Vous ne pouvez pas continuer comme ça, m'annonce-t-il.
— Pourquoi ?

Sans me répondre, il sort d'un coffret en plastique un instrument baroque, à mi-chemin entre l'antenne de télévision et la règle à calcul, un objet qui semble sorti tout droit d'un attirail New Age des années 70.

— C'est une antenne de Lecher, me dit-il. Les repères gradués correspondent aux organes, aux différents systèmes et l'instrument permet de tester l'ensemble du système énergétique : méridiens, canal solaire et lunaire, chakras, corps auriques, et aura. Il peut également détecter certaines pathologies. Ne vous inquiétez pas, ça ne fait pas mal.

Il me promène longuement l'instrument au-dessus du corps.

— Vous êtes complètement épuisé au plan énergétique et magnétique.
— Qu'est-ce que je dois faire ?
— D'abord, je vais vous prescrire des régulateurs naturels : huiles essentielles, oligoéléments, qui vont combler votre carence vibratoire. Ensuite il vous faut…

Il réfléchit un moment. Puis, énigmatique, il continue :

— Je sens que quelqu'un vous aime. Je me trompe ?

— Peut-être pas.

— Ne négligez pas cet amour, il est précieux.

*

Le lendemain, je décide de ne pas retourner à InnSoftware. L'ambiance doit y être délétère et je n'ai pas encore le courage d'annoncer notre capitulation au personnel. Je demande par téléphone à Amélie d'organiser une réunion du personnel lundi à 11 heures, et d'ici là je m'offre, c'est décidé, un petit week-end surprise en amoureux avec Alice.

Je scrute rapidement les offres de séjour sur Internet et je trouve un hôtel à l'entrée de Cabourg, dans le Calvados, où il reste une chambre avec vue sur mer. Comme en ce début d'été les plans corrects semblent pris d'assaut, je retiens immédiatement la chambre et annonce la nouvelle à Alice par SMS.

— *Super, j'adore la Normandie,* me répond-elle. *À tout à l'heure, mon chou.*

Mais soudain, une idée me secoue comme une gifle : dans ma précipitation, j'ai omis de regarder la météo. Je consulte mon appli et là, catastrophe : des petits rais obliques sur fond gris qui symbolisent la pluie, pendant deux jours, et une température qui ne dépassera pas les 14 degrés Celsius, un plus bas historique pour un début juillet. Je me dis que la météo peut se tromper, mais je me remémore la réflexion du philosophe que j'ai aperçu l'avant-veille chez le péon : les météorologues sont devenus les pythies des temps modernes, mais des pythies crédibles, rendues infaillibles par la science. Bah ! il se peut quand même qu'ils se trompent parfois. Et puis, l'enchanteur qui a mis Alice sur ma route au moment où j'en avais le plus besoin prolongera peut-être son bienveillant sortilège en m'accordant quelques rayons de soleil pour mon premier week-end avec elle.

Sur le coup de midi, après une matinée oisive et molle, je descends chez le péon dans l'intention d'y déguster une de ses tortillas.

Il y a là deux jeunes filles en tenue d'été, lunettes de soleil, sandales, robe légère sur leurs jambes minces et bronzées. Elles sont en compagnie d'un jeune homme assis sur sa moto. Elles veulent qu'il reste prendre un verre avec elles, mais le jeune homme décline. Il doit filer. Il remet son casque, démarre sa moto et les quitte avec un geste de la main, en slalomant à travers les voitures.

— Eh, ben, celui-là, il est canon ! s'exclame la première jeune fille. On dirait Marlowe Brando.

— Tu veux dire *Marlon* Brando ? rectifie la seconde.

— C'est ça. On dirait un ange, mais un ange un peu inquiétant.

— T'excite pas, il est pédé, dit la jeune fille numéro 2 en pianotant quelque chose sur son portable.

— On dit pas pédé, on dit gay, c'est plus correct.

À ce moment, Popov, qui sirotait son Kamikaze en père peinard au bout du bar, s'approche des jeunes filles.

— Pourquoi n'aurions-nous plus le droit d'appeler les choses par leur nom ? intervient-il. Pourquoi veut-on jeter un voile pudique sur le réel ? Parce qu'il nous déplaît ? Qu'il nous paraît trop inacceptable ? Trop vrai ? Alors on préfère changer le monde que vouloir le voir tel qu'il est ? Le dissimuler au regard ? S'illusionner ?

Les deux jeunes filles se regardent en se demandant ce que le vieux bonhomme peut bien leur vouloir.

— Eh bien non, poursuit-il, moi, de mon temps, on disait les choses. On n'avait pas peur. On disait pédé, ou homo. Un vieux, comme moi, on appelait ça un vieux, pas un senior. Les non-voyants, c'étaient des aveugles, les malentendants des sourds, les gens de petite taille des nains, les gens du voyage on les appelait des Gitans. De mon temps on appelait un chat un chat ! Et une chatte, une chatte, car l'origine de l'expression est bien féminine et désigne une partie bien précise de l'anatomie féminine, si vous voyez ce que je veux dire.

Il accompagne sa sortie égrillarde par une œillade qui ne l'est pas moins.

Les deux jeunes filles prennent de la distance afin d'échapper au vieux professeur libidineux et se faufilent vers une table en fond de salle.

Cependant, l'homme poursuit, à leur attention :

— Une travailleuse du sexe, on appelait ça une pute, on n'avait pas peur.

Le péon l'interpelle :

— Tu as assez bu, Popov, tu devrais rentrer chez toi !

Mais le philosophe renchérit :

— C'est vrai, les mots ont changé. Par exemple, on ne dit plus clochard mais SDF. On ne dit plus gâteux mais « souffrant d'Alzheimer ». Ah, c'est plus chic, c'est sûr !

Et il continue : on ne dit plus guerre mais « intervention », on ne dit plus « victimes de guerre » mais « dégâts collatéraux », on ne dit plus « bombardements » mais « frappes chirurgicales », et ainsi de suite.

— D'ailleurs on dit plus un pauvre, ajouté-je afin d'apporter ma pierre à l'édifice, mais un Rmiste.

Soudain, une des jeunes filles lance à son intention :

— Bientôt, au lieu de dire un con, on dira un non-comprenant ! s'esclaffe-t-elle.

— Chez moi, on ne dit plus « C'est l'Amazone », renchérit le péon, mais « C'est dans ce quartier pourri que je crèche ».

Les jeunes filles éclatent de rire.

— Plus « Allegro », mais « Vas-y l'obèse ! »

Et la joute oratoire entre les clients du café se poursuit. Chacun se creuse la tête pour trouver un nouveau calembour. Ainsi, on apprend qu'on ne dit plus « javelliser » mais « j'ai lu un livre », « un poète » mais « un klaxon », « immaculé » mais « je me suis fait mettre », « acide aminé » mais « ecstasy pour chat », « le Petit Poucet » mais « le môme était constipé », un « enfoiré » mais « une année foutue », « Il est népalais » mais « c'est un beau gosse »... Ravi, le péon accorde à ses clients une tournée générale et quand arrive ma généreuse part de tortilla, je suis déjà gagné par la gaieté ambiante.

Mais au moment du café, la déprime revient, en repensant à mon dépôt de bilan qui m'apparaît un peu comme la perspective de devoir porter ma croix jusqu'au sommet du Golgotha.

*

Dès que je suis rentré à la maison, Alice sent mon humeur sombre.

— On va faire les soldes ! décide-t-elle alors.

Alice a décidé de changer mon « look de notaire » et de me rhabiller de pied en cap. Exit les costumes gris, les chemises approximatives et les slips kangourou. Me voilà en jean, avec des vestes Mango et des chemises à carreaux.

Je tente de m'insurger, prétend qu'elle veut me déguiser en adolescent, et de fait, elle adore me faire essayer tout et n'importe quoi. Ça l'amuse beaucoup de me voir dans les pires accoutrements. Puis elle finit par secouer la tête en avouant :

— Non, là, ça va pas du tout.

Son terrain de jeu préféré, c'est les grands magasins. Nous arpentons les rayons « Hommes ». Alice rafle sur les portants tout ce qui lui plaît « Mais si, tu verras ! porté, ça change tout ! », entasse son butin sur mes bras, et quand je crie grâce, me pousse dans une cabine d'essayage et m'oblige à enfiler chaque vêtement. Pour Alice, le shopping est la meilleure anti-déprime.

***

L'arrivée à Cabourg est encore plus catastrophique que j'aurais pu l'imaginer. Non seulement les météorologues ne se sont malheureusement pas trompés, mais en plus de la pluie qui tombe dru, des bourrasques de vent spasmodiques fouettent la voiture et lui infligent de dangereuses embardées. Il fait nuit et j'ai un peu de mal à trouver l'hôtel dans lequel j'ai retenu une chambre car ce secteur paraît ignoré de mon GPS. Pas étonnant : il se trouve dans une zone commerciale flambant neuve sans doute inconnue de l'application. Nous finissons par l'identifier après être passé trois fois devant. Il y a quelques mois encore, ce joli petit hôtel de style normand, avec ses colombages et son toit piqué de clochetons, devait dominer une sorte de lande sauvage à la sortie de la ville, mais désormais, il surplombe le parking d'un centre commercial, juste derrière *la Halle aux Vêtements,* jouxtant un *Buffalo Grill.*

— C'est là ? s'étonne Alice.
— Visiblement.

L'hôtelière, une dame boulotte avec une mise en plis de caniche et une estampille de rouge à lèvre vermillon en forme de cœur sur une bouche de mérou, me le confirme en me tendant la clef.

— La 203, au deuxième. Petit déjeuner entre 7 heures et 10 heures. Passez une bonne nuit.

La chambre est vieillotte et sent l'humidité, ce qui somme toute est acceptable en Normandie. Mais la vue sur mer, où est-elle ? En me penchant par la fenêtre, j'aperçois sur la gauche, derrière la zone de déchargement du centre commercial, un carré gris frangé d'écume blanche. Oui, la mer est bien là. On l'entend mugir au loin, à sept ou huit cents mètres, et les parfums marins, poussés par les poudrins, parviennent à nos narines entrecoupées d'odeurs de viandes braisées provenant du *Buffalo Grill.*

— Tu veux qu'on aille ailleurs ? demandé-je à Alice.

Elle s'assoit sur le lit en écrasant un bâillement.

— On va pas chercher un autre hôtel à 11 heures du soir.

Je me range à cette raisonnable suggestion. Nous passons l'un et l'autre dans la salle de bain. L'eau qui coule des robinets et de la pomme de douche a une couleur brunâtre. À la suite de nos courtes ablutions, nous allons une dernière fois à la fenêtre afin de profiter du paysage commercial avant de nous glisser dans la literie moite. Au-dehors, des fêtards engagés dans une sorte de rallye improvisé font vrombir leurs scooters sur le parking, cassent des bouteilles et hurlent des chants patriotiques dévoyés en chansons salaces.

— Désolé, dis-je en me couchant, demain on se trouvera un lieu plus charmant.

Alice pose la tête sur ma poitrine. Je caresse un moment ses cheveux et sa nuque.

— Tu crois que tu vas réussir à dormir ? me demande-t-elle.
— Je ne sais pas.
— Tu sais, tu n'es ni le premier ni le dernier dont la boîte dépose le bilan.
— Tu aurais peut-être dû rester avec Wang, murmuré-je, amer. Lui, il n'est pas près d'être pauvre.

Elle sourit, peinée de ma détresse.

— Y pas que l'argent qui compte, Momo.

Non, bien sûr, elle a raison, mais tout de même... J'ai encore 300 000 euros d'emprunts personnels en cours depuis la création d'InnSoftware, et bientôt plus de revenus. Quel avenir a-t-elle avec moi ?

Je constate qu'elle s'est endormie. Je dégage doucement mon bras et retourne dans la salle de bain. Un comprimé de *Déridax* accompagné d'un grand verre d'eau marron me fera le plus grand bien.

*

Le lendemain, nous arpentons la rue principale de Cabourg, serrés l'un contre l'autre sous un parapluie battu par le vent. Les vacanciers, malmenés par les intempéries, se sont réfugiés dans les bistrots, avalant des crêpes et buvant du cidre pour tuer le temps. Nous traversons le Grand Hôtel qui dégouline de références à Marcel Proust, puis nous trottons sur les planches, face à la mer. Celle-ci nous fait l'effet d'un grand monstre à la fois fascinant et décevant, gris et maussade sous un ciel boudeur. De là, nous partons, comme tous les promeneurs, pour une longue randonnée rêveuse sur la plage, les pieds dans l'eau, les chaussures à la main, tâchant de nous protéger comme nous le pouvons des embruns en feignant de les trouver délicieux.

Mais je ne peux empêcher mon esprit de revenir régulièrement à ma situation professionnelle. Lundi matin, je dois réunir le personnel et lui annoncer la situation catastrophique d'InnSoftware. J'essaie périodiquement de fixer ma pensée sur le spectacle de la mer. Sur l'estran, où des enfants vêtus de cirés jaunes tentent une miraculeuse pêche à la crevette dans les petites mers, et où leurs interjections se mêlent aux rengaines plaintives des goélands. Paresseuses, les vagues montantes, s'annonçant par un souffle d'algues, prennent mollement d'assaut quelques vestiges de châteaux de sable et effacent progressivement les pas des promeneurs. Sur les quelques dunes chauves que la frénésie immobilière a encore épargnées, les longues tiges des oyats ébrouent leur crinière blonde ; les argousiers et les chardons bleus offrent un étroit refuge à des nuées de passereaux piailleurs.

Parfois, je prends la main d'Alice, silencieuse, rêveuse, dont la chevelure, ébouriffée par les vents marins, balaie le visage. Notre week-end s'étire ainsi jusqu'au dimanche soir, venteux et méditatif.

*

Alice

Non, Laura, c'était chouette, je t'assure, malgré le temps pourri… C'est la Normandie, tu sais, fallait s'y attendre… Attends, je règle l'intensité de mon vélo… pfff! Fait chaud dans cette salle de sport, on dirait qu'ils ont pas mis la clim'… Oui, je sais que je suis là pour transpirer, mais quand même… Je te disais que c'était bien, à part l'hôtel, en plein milieu d'un centre commercial… Moïse a trouvé ça au dernier moment… Mais il est tellement préoccupé en ce moment… Oui, c'est sa boîte qui marche pas bien… Ce n'est pas tellement pour lui qu'il s'inquiète, c'est pour la trentaine d'employés qu'il fait travailler… Tu sais, c'est une vraie responsabilité… Wang ? Je n'ai pas de nouvelles. Il ne veut plus me voir. C'est dur de vivre avec quelqu'un pendant dix-sept ans et du jour au lendemain, le voir disparaître de ta vie… Non, je ne regrette pas, c'était terminé entre nous. Je n'ai rien à lui reprocher, c'est un type attachant, solide, mais enfin, c'est comme ça, quand c'est fini, c'est fini… Je pense qu'il doit bosser comme un fou depuis qu'il est seul, encore plus qu'avant. C'est le genre à faire sa comptabilité jusqu'à 3 heures du matin… Quand même, ça me fait quelque chose de ne plus le voir. Parfois, je me mets à pleurer, comme ça, d'un seul coup. C'est con, non ? Et puis je me calme… Non, c'est pas à cause du sexe, ça marchait plutôt bien sur ce plan-là avec Wang, il est très doux, très endurant, et très patient… Moïse, c'est autre chose, c'est un nerveux, mais je m'en fous… Ça m'embête qu'il soit si déprimé. Je voudrais bien pouvoir l'aider. À Cabourg, il était très silencieux, il regardait la mer, je vois bien que ça cogitait dur là-dedans. Parfois, il se sentait bête, me prenait la main, m'embrassait, il craignait que son silence me dérange, mais pas du tout, je comprenais très bien… Le retour à Paris a été un peu triste… Je n'avais pas mis en marche le lave-vaisselle avant de partir et ça puait dans tout l'appartement… Il s'est mis sur son ordinateur vers 11 heures et je ne l'ai pas entendu se coucher, je me suis endormie tout de suite. Tu sais, moi, si je n'ai pas mes huit heures de sommeil par nuit, je suis insupportable… Mais je te parle que de moi… Et toi, alors ? Raconte !

*

Moïse

Ce matin, je me lève avec une migraine de tous les diables, à force d'avoir remâché toute la nuit les éléments de mon discours au personnel. J'enfile mes pantoufles qui semblent de plomb et me traîne jusqu'au lavabo de la salle de bain. Je regarde un long moment ma bombe de mousse à raser avant de me décider, dans un geste héroïque, à m'en oindre les mandibules et à y faire courir le rasoir crissant. Chaque geste me coûte, comme si j'avais quitté la planète Terre et que je m'étais réveillé sur Jupiter, où la gravitation est deux fois et demie plus élevée, et où je pèserais donc dans les 190 kilos. La douche n'est pas plus amicale avec moi : il semble qu'elle précipite sur ma nuque un déluge de graviers. Et pour couronner toute la négativité de ce douloureux réveil, je m'aperçois, en urinant, que mon ventre commence à dérober à mon regard mes parties génitales. Il faut dire que je n'ai pas fait très attention à mon alimentation ces dernières semaines, et qu'à mon âge, les écarts se paient cash. Impitoyablement.

Comme chaque matin, je dépose Alice au labo. Elle me gratifie d'un baiser tout maternel, me dit que tout se passera bien, que c'est une étape douloureuse mais que je m'en remettrai. Et qu'elle m'aime…

*

En arrivant à mon bureau, je ne perds pas une seconde et commence à récapituler avec Aziz les éléments administratifs du dépôt de bilan. Dans les couloirs, les employés maussades errent par petits groupes compacts en attendant d'être fixés sur leur sort, quoiqu'ils sachent déjà ce qui va leur arriver. Dans quelques semaines, ils pointeront à Pôle emploi.

Vers 10 heures, je décide de tenter un dernier coup de poker ; j'appelle Dan à Tel Aviv. Est-il possible de me donner un petit coup de main ? Peut-être de m'envoyer un mail me confirmant leur intérêt pour la commande de prestation de service, même un mail non-engageant peut encore me sauver auprès des banques. Dès que je l'ai au téléphone, je sors le grand jeu. Alors là, tout y passe : de l'évocation de nos grands-pères issus de villages voisins en Pologne à l'appel solennel à la solidarité juive, en passant par la défaillance cardiaque (imaginaire) qui ne manquera pas de m'emporter si ma boîte s'écroule. De guerre lasse, Dan finit par céder. Il s'engage du bout des lèvres à me faire parvenir un mail. Dans ce mail, que je reçois effectivement une demi-heure plus tard, il stipule, en prenant autant de précautions juridiques qu'un chirurgien s'apprêtant à opérer de la prostate un président des États-Unis, que sa société pourrait envisager, peut-être, l'implémentation de notre logiciel, si les tests de compatibilité avec leur système s'avéraient concluants, si leur plan de développement était approuvé par les actionnaires, si toutes les clauses de propriété intellectuelle et de délai d'implémentation étaient garanties par InnSoftware, si, si, si… J'ajoutai perfidement en moi-même : si l'Iran ne balance pas une bombe nucléaire sur Israël, si le réchauffement climatique de la planète ne subit pas une brusque accélération à la faveur d'un été plus chaud que la moyenne, élevant brusquement les eaux de la Méditerranée jusqu'à inonder Tel Aviv, engloutissant ses habitants qui, *eo ipso,* ne se trouveraient plus en état d'honorer leurs engagements commerciaux, ou si, tout simplement, une météorite ne venait pas s'écraser sur la Terre, anéantissant toute forme de vie à l'exception des méduses, des scorpions et des orties.

Dès la réception du mail, dans un dernier sursaut d'espoir, je téléphone à Yvon Sellier, mon interlocuteur chez Guézac investissements. Celui-ci m'accueille au téléphone avec courtoisie, mais son embarras est palpable. Il me dit qu'il comprend la situation, qu'il est désolé, que ça s'est joué à peu de choses, mais, non, ce n'est vraiment pas possible pour le fonds d'investissement d'entrer dans ma société. Je lui parle du mail des Israéliens. Il me dit que ce ne sera pas suffisant et qu'il ne fera pas le forcing auprès de ses associés.

— Qui est-ce qui bloque ? demandé-je.

— *Surtout Grammont. C'est un pétochard de première, une couille molle.*

— Je peux essayer de le convaincre.

— *C'est inutile, Moïse.*

— Je viendrai à Bordeaux demain matin défendre mon dossier.

— *Vous perdez votre temps, et votre argent.*

— Il y a un avion à 7 h 15 demain matin, continué-je, imperturbable, en pianotant sur mon smartphone. Je peux être dans vos locaux à 9 heures.

Gros soupir de mon interlocuteur.

— Demandez à Grammont si je peux m'entretenir avec lui.

— *Je vais voir,* soupire Sellier.

Il s'absente un moment.

— *Bon, c'est possible,* dit-il en revenant, *mais vous n'avez aucune chance. En plus, il a horreur qu'on lui force la main.*

— Confirmez-lui que je serai là. À demain.

Mon opération de la dernière chance provoque en moi une poussée d'adrénaline. Je demande à Ruth d'annuler la réunion du personnel et je convoque Aziz et Big moustache pour revoir une fois encore le business plan, le bilan, les encours, les prévisions de chiffres.

— Tu crois qu'on peut encore s'en sortir ? me demande Aziz.

— C'est le moment de mobiliser Allah, Elohim, le Christ et tous les dieux de l'Olympe, m'écrié-je ! Et ce coup-là, ce n'est pas pour gagner à l'Euro millions.

Mes interlocuteurs ne comprennent pas la plaisanterie, mais je les vois ragaillardis par la bouffée d'enthousiasme qui s'est emparée de moi. Au bout de trois heures de travail ininterrompu, nous sommes un peu fatigués. Notre vue se trouble ; les grilles Excel se mettent à vaciller, les chiffres commencent à piaffer dans leur petites cellules, et à se mélanger dans une soupe de formules où nous commençons à patauger tragiquement.

Sur le coup de 14 heures, je décide d'emmener mes collaborateurs manger un sandwich sur le pouce au bistrot du coin.

*

En passant devant la supérette voisine, Jocelyne nous salue, assise sur le pas de sa porte avec un éventail car le soleil tape dur en ce début d'après-midi. C'est plus fort que nous, mais lorsque nous voyons Jocelyne, une blonde platine bien en chair et pas loin d'être sexagénaire, nous ne pouvons pas nous empêcher de l'imaginer en situation scabreuse avec Babacar. Connaît-elle sa réputation d'impératrice de la turelutte ? Heureusement que non.

— Alors ? nous lance-t-elle. Les affaires ? Ça boume ?
— En tout cas on fait ce qui faut pour, lui répond Big moustache.
— J'espère, dit-elle, car dans le coin, toutes les boîtes ferment. Une vraie hémorragie. Et le commerce s'en ressent.

Elle s'éponge le front avec un kleenex roulé en boule.

— Avec cette chaleur, je sens que je vais terminer la journée sur les rotules, moi, ajoute-t-elle en déclenchant sans le vouloir, l'hilarité générale.

— Ben quoi, qu'est-ce que j'ai dit ? fait Jocelyne en haussant les épaules.

*

Au *Bistro des Orpailleurs,* nous prenons une place à l'ombre et nous commandons trois sandwichs, deux demis et un coca pour Aziz qui ne boit pas d'alcool. Big moustache nous raconte que son beau-père vient de faire un AVC. Il est resté une journée entière dans le coma.

— Il a failli y passer, ajoute le comptable. C'est un peu comme notre entreprise, explique Big moustache en entamant son sandwich à belles dents. Elle fait une sorte d'AVC. Qui sait, si on la réanime, elle survivra peut-être.

— En tout cas, soyez certains que je ne lésine pas sur les électrochocs, ajouté-je.

Je ne suis pas sûr d'avoir rassuré mes collaborateurs, mais enfin, ils semblent me suivre. Ils n'ont pas le choix.

La faune matinale des aéroports est très caractéristique. Des hommes surtout, en veste sombre, chemise blanche, avec des sacoches de cuir ou des attachés-cases, un journal économique à la main. Dans la salle d'attente, la plupart pianotent sur leur smartphone ou sur leur ordinateur portable. On dirait qu'il n'y a rien de plus important au monde que d'être connecté dès potron-minet avec le monde entier, comme s'il y avait quelque part un cœur unique qui bat pour tout le monde et auquel il convient de se brancher pour que le sang circule dans nos veines. Je ne fais pas exception : je suis de ceux-là. Je suis déjà penché sur mon ordinateur portable à reprendre mes chiffres, à peaufiner mes *slides,* à ajouter ici une virgule, là un tiret. Dans le même temps, je contrôle mes mails toutes les minutes au cas où quelque chose d'important m'arriverait. Mon angoisse du moment serait qu'on m'annonce que ma réunion avec Grammont est annulée, qu'il a un empêchement, qu'il est inutile que je me rende à Bordeaux. Au moins, quand je serai arrivé, ils ne pourront décemment pas annuler la rencontre.

Enfin, l'embarquement est annoncé et l'avion absorbe rapidement sa cargaison d'humains affairés. J'ai de la chance : dans un avion aux quatre cinquièmes rempli d'hommes, je me trouve assis à côté d'une jolie brune en tailleur bleu qui sent le muguet comme un printemps. Elle me sourit.

Le voyant lumineux s'allume, annonçant le décollage prochain. Une hôtesse passe dans les couloirs afin de vérifier que les ceintures sont bien attachées.

— C'est barbare de se lever si tôt, dis-je. J'ai dû quitter mon domicile à 5 h 30.

Effectivement, je suis parti en essayant de ne pas réveiller Alice. Dans son demi-sommeil, elle a tout de même tendu vers moi ses lèvres veloutées et m'a souhaité bonne chance.

— Oui, répond ma voisine. Surtout que je prends l'avion pour la première fois.

— Pour la première fois ! m'exclamé-je comme si la chose n'était même pas imaginable à notre époque pour une femme qui devait avoir la trentaine.

— Je voyage toujours en train. Là, je me suis fait violence. J'ai voulu contrecarrer ma phobie. Ma psy m'a dit que c'était le moment, que j'étais prête. Lorsque je l'aurai fait une fois, mes fausses croyances disparaîtront.

Elle hésite un instant.

— C'est bizarre de demander ça à quelqu'un que je ne connais pas, mais ça ne vous ennuie pas si je vous prends la main au moment du décollage ?
— Non, bien sûr, réponds-je, surpris.

Je ferme les yeux un instant et lorsque je les rouvre, nous avons déjà décollé. J'ai dû m'assoupir sans m'en rendre compte. Ma voisine me regarde en souriant.

— Vous ne m'avez pas pris la main ? remarqué-je.
— Non, vous dormiez ; et puis, ça s'est passé beaucoup mieux que je ne pensais.

Nous flottons désormais au-dessus des nuages. La lumière qui irradie le ciel est blanche, presque irréelle. L'appareil est particulièrement silencieux et on ne ressent pas la moindre secousse, pas le moindre soubresaut ne perturbe le vol. Il semble que l'avion glisse sur les nuages.

Je regarde ma voisine. Son visage me paraît d'une pureté infinie. Je ne dirais pas que c'est une belle femme, une belle femme ça ne veut rien dire. En tout cas, pas dans son cas. Non, elle est simplement pure. Son visage est comme illuminé.

— Quel est votre nom ? demandé-je.

Elle ne répond pas.

— Il est peut-être temps de sortir, dit-elle.

Et elle désigne devant nous une ouverture béante dans la carlingue de l'avion.

— Je ne pense pas que ce serait très prudent, dis-je.
— Je vous assure que nous ne courons aucun danger.

Soudain son corps s'élève doucement au-dessus du siège et se met à voler, ou plutôt à planer.

— Venez, dit-elle.

Étonnamment, je ne suis pas surpris de planer à mon tour. Je la suis. Nous survolons les fauteuils des autres passagers. Certains ont un visage paniqué et semblent pousser des cris, mais moi je n'entends rien. Sous moi, une femme est inerte, la tête renversée. Un filet de sang coule de sa bouche. Nous traversons une épaisse fumée roussâtre et nous sortons de la carlingue, comme ça, aussi simplement que si nous nagions dans les airs. Nous montons un peu, et nous retrouvons parmi de petits nuages accueillants qui moutonnent à l'infini dans un ciel diaphane. En regardant en dessous de moi, je m'aperçois que nous sommes à trois ou quatre cents mètres du sol. Je survole la piste de l'aéroport et j'observe la grande agitation entoure l'avion à demi basculé vers l'avant, le nez endommagé et une aile fracassée. Des voitures de pompiers, des policiers, des ambulanciers s'agitent en tous sens. Deux pompiers arrosent abondamment l'avant de l'appareil pour y étouffer un début d'incendie, dégageant une épaisse vapeur blanche qui monte en colonne étroite sur plusieurs centaines de mètres. En un instant, je surplombe des sauveteurs. Deux hommes en tenue ignifugée tentent de désincarcérer un corps. J'entends très clairement un homme parler dans son talkie-walkie.

— Capitaine Imbert ? dit-il, (Imbert ou Albert, je ne sais pas très bien), je suis sur les lieux de l'accident... Oui, apparemment, c'est une sortie de piste au moment du décollage. 132 personnes à bord... À première vue, une trentaine de blessés... C'est la partie avant qui est la plus touchée... L'évacuation est en cours.

En me retournant, je m'aperçois qu'on évacue les passagers indemnes dans un bus de piste à l'arrière de l'appareil. Juste en dessous de moi, un infirmier dégage la main et l'avant-bras d'un homme inconscient couché sur le tarmac et lui pose une perfusion. La victime doit avoir la cinquantaine, elle a le crâne dégarni couronné de duvet de poule, est vêtue d'une veste bleu marine. Je le pointe du doigt (quoique je ne voie pas mon doigt).

— Ils font tout ce qu'il faut pour sauver cet homme, on dirait, dis-je à la jeune femme qui m'accompagne et dont je ne connais même pas le nom. Mais que lui est-il arrivé ?

— Il semble que l'avion a eu un accident, me répond-elle, sans le moindre affect.

Je stationne toujours à quelques mètres au-dessus de l'homme accidenté, planant comme un oiseau. À un moment, l'infirmier fait un signe de la main en direction de ses collègues et hurle :

— Je n'ai plus de pouls !

Il est immédiatement rejoint par un urgentiste qui pratique un vigoureux massage cardiaque. L'homme est intubé et transfusé. L'infirmier tient un flacon de sang au-dessus de sa tête et le liquide grenat commence à réensemencer son corps. Pendant ce temps, tout autour de lui, des sortes d'ouvre-boîtes géants montés sur roues cisaillent les flancs de l'appareil, des disqueuses découpent la carlingue. Libérés de leur prison de tôle, deux autres corps inanimés apparaissent et sont rattrapés par les pompiers avant qu'ils ne basculent dans le vide.

— Toujours rien, fait l'urgentiste qui comprime la poitrine du blessé, à intervalles réguliers, en redoublant d'efforts.

— Non. Et aucune réponse motrice, ajoute l'infirmier. Glasgow 1.

Une secouriste arrive avec un défibrillateur. Les yeux des trois sauveteurs qui l'entourent sont désormais rivés sur le moniteur dont la ligne est irrémédiablement plate.

— Toujours en arrêt cardiaque.

— Cela doit faire au moins deux minutes maintenant.

— Combien de morts en tout dans l'accident ? demande le médecin.

— Avec celui-là, ça fait huit, pour l'instant.

Ils ne disent plus un mot.

À ce moment, je sens que je prends de la hauteur. Je suis toujours à la verticale de l'homme allongé par terre, mais de plus en plus haut, tournoyant, regardant en bas les secouristes comme s'ils étaient les acteurs d'un film. J'essaie de redescendre mais je ne peux pas. Soudain, je m'aperçois que l'homme allongé est habillé comme moi, porte les mêmes chaussures, la même montre... Je tente de redescendre mais j'en suis incapable. Pourquoi tente-t-on désespérément de réanimer ce pauvre homme ? Ne peut-on pas le laisser reposer en paix ?

— Vous venez ? me suggère alors la jeune femme en tailleur bleu en m'invitant à monter avec elle vers le ciel.

D'ailleurs, elle n'est plus en tailleur bleu. Elle est vêtue de manière indéfinissable, une sorte de tunique blanche faite d'une ouate luminescente, comme une luciole.

— Attendez, je dois rester un moment auprès de lui, dis-je.
— Vous ne pouvez rien faire pour lui.

En contrebas, une ambulance arrive et on y embarque aussitôt l'homme inanimé. Je suis un moment le parcours de l'ambulance qui file bientôt vers l'autoroute. Par moment, je suis au-dessus de l'ambulance qui, toutes sirènes déployées, se faufile entre les voitures. À d'autres moments, je suis à l'intérieur, auprès des deux secouristes qui se relaient pour prodiguer au patient un ultime massage cardiaque. Le thorax de l'homme est couvert de sang. On lui ôte ses chaussures ; cette fois, plus de doute, je reconnais les chaussettes jaunes que m'a offertes ma fille. C'est donc moi, c'est bien moi, cet homme sans vie que l'on transporte vers l'hôpital. Je regarde mon corps inerte avec un sentiment de compassion, et aussi de gratitude pour cette enveloppe corporelle qui m'a accompagné pendant plus d'un demi-siècle. Je comprends à cet instant le sens de la veillée des corps dans toutes les cultures : il s'agit d'entourer le mort d'un cercle intime, de l'accompagner dans son cheminement, de l'aider à quitter ce monde. C'est ce que je fais spontanément en veillant un long moment ma propre dépouille.

*

Puis la jeune femme revient me chercher et m'entraîne à sa suite. Nous sommes immédiatement transportés très haut dans le ciel. Au loin, on aperçoit Paris dans son intégralité, la tour Eiffel, Montmartre, les immeubles de la Défense. Puis l'image s'estompe. Nous pénétrons dans une nappe lumineuse bleuâtre, indéfinissable et changeante. Autour de nous, l'air est parsemé de filaments argentés verticaux qui semblent comme des rubans d'aluminium en suspension. Les filaments changent sans cesse de place, s'entremêlent, se croisent et se décroisent à l'infini. Dans le même temps, c'est comme si je percevais des sons, une musique enveloppante, créant en moi un sentiment de bien-être et, comment dirais-je ? une sorte d'universalité.

Puis tout se resserre dans un tourbillon, d'abord clair mais devenant de plus en plus sombre. La couleur dominante autour de moi est une sorte de bleu fluo, mais ce n'est pas une lumière extérieure. Comment l'expliquer? C'est une lumière qui à la fois me baigne et émane de moi. Bientôt je ne vois plus rien. Mais je n'ai pas peur. Un point lumineux attire mon regard. Un point fixe, très petit, mais qui ne scintille pas.

La première personne que je vois, dans cette sorte d'éther où je me trouve, c'est Wang. Il semble marcher dans la rue avec un grand sac en plastique. Je veux aller vers lui et lui parler:

— Wang, dis-je, je suis désolé de t'avoir volé Alice. Tu sais, avec elle, les choses sont venues sans que je le veuille. Mais j'aime Alice, et Alice m'aime. Je n'y peux rien. C'est ainsi.

Mais Wang ne m'écoute pas. Il dépose son sac en plastique sur un comptoir et en sort une boule d'habits froissés. En face de lui, l'employée du pressing sépare les vêtements et les compte. Puis elle lui tend un ticket.

— Je ne pensais pas avoir une liaison si vite après le départ de Béa, poursuis-je. Tu sais, elle m'a quitté si brutalement. Après vingt-cinq ans de mariage. Moi aussi j'ai connu ça. Comment l'expliquer? Lorsque nous épousons une femme, nous nous jurons fidélité jusqu'à la mort, malgré les vicissitudes et les tentations de l'existence. Sinon, quel sens pourrait bien avoir le mariage ? Mais à un moment quelqu'un passe, et les serments s'évaporent d'un seul coup. Pourquoi ? Je ne sais pas. C'est l'époque qui veut ça.

Mais Wang ne me répond pas. Je me retourne et je ne vois plus la jeune femme. Par contre, le point lumineux que je percevais il y a quelques instants est devenu une lumière brillante et chaleureuse au-dessus de moi. En fait, ce n'est pas une lumière, c'est une sorte de source lumineuse, très concrète, et irrésistiblement attirante. La jeune femme est là, un peu plus loin, juste au bord de la source lumineuse. Elle se retourne vers moi et me fait un signe amical de la main.

— Attendez, dis-je, je viens avec vous.

Mais elle ne m'a pas attendu. Elle est entrée dans la source lumineuse et sa silhouette s'irise. Elle disparaît peu à peu, comme si elle s'effaçait, lentement.

— Attendez-moi ! répété-je.

Mais je demeure immobile. Je ne la vois plus. Cette sorte de soleil liquide l'a totalement engloutie. Je suis seul, désormais. Je ne vois plus rien en dessous de moi. D'ailleurs le haut et le bas n'existent plus, je suis comme flottant dans l'espace. Je peux me déplacer à ma guise dans toutes les directions, Je me sens comme un plongeur immergé dans une mer chaude qui m'enveloppe et m'apporte me donne une remarquable sensation de bien-être. Quelque chose de feutré, d'ouaté, m'environne. Des bruits me parviennent, mais comme étouffés, amortis. Je perçois une pulsation. Un cœur qui bat. Je ne sais pas d'où ça vient, cela m'entoure. C'est très beau, très réconfortant. Je ne vois rien de concret, je ne sens rien de particulier. J'ai le sentiment d'être haut, très haut, d'avoir atteint quelque sommet.

Mais il y a autre chose : je suis à la fois sans pensée, et dans une pleine connaissance de ma vie. Autour de moi, se mettent à évoluer de nombreuses personnes que j'ai connues : mon père, mort il y a déjà vingt ans, des oncles et des tantes, décédés eux aussi, des vivants, ma mère, ma sœur, mes enfants, mes oncles, tantes, cousins, amis... Il semble qu'il n'y a aucune différence entre les vivants et les morts. Tous sont là, présents de manière furtive, mais peu distincts les uns des autres. De même, une série d'épisodes de ma vie m'apparaît, mais pas de façon chronologique : ils sont tous représentés comme dans de petites scènes de théâtre, côte à côte. De cette mer de souvenirs, quelques images se détachent comme des clapotis : le goût acide d'une pomme que je viens de cueillir dans le jardin de mes grands-parents en Vendée, le bruit du vent dans les branches des grands peupliers, le roucoulement d'une tourterelle. Je vois aussi le préau d'une école, l'odeur de l'encre mêlée à celle de la colle, une de mes institutrices qui écrit au tableau. On voit une touffe de poils roux garnir son aisselle quand elle lève le bras. C'est étrange, je ne savais pas que les femmes aussi avaient des poils, me dis-je avec ma vision d'enfant. De nos jours, on ne voit plus ça. Toutes les femmes se rasent consciencieusement sous les bras.

Je poursuis mon ascension. À ce moment, un petit homme à long nez, vêtu d'un costume défraîchi, me dit de retourner sur mes pas. Je me surprends à lui dire :

— Mais non, pourquoi revenir sur Terre ? Mes enfants n'ont plus besoin de moi, ma femme vit sa vie avec un jeune homme riche, et je ne peux plus rien apporter à mes employés. Non, je suis désormais inutile sur cette Terre. Je veux rester ici.

Mais le petit homme silencieux insiste, avec un geste de la main, pour que je retourne sur mes pas. À ce moment, un étrange sifflement se fait entendre et je suis brusquement happé vers le bas. Je me sens chuter en direction du sol. Je vais sans doute m'écraser. Mais cela n'a pas la moindre importance...

*

Un journaliste radio

— *Nous reprenons notre édition spéciale sur l'accident d'avion qui s'est produit il y a quelques minutes à l'aéroport d'Orly. Nous rejoignons notre correspondant. Alors, Benoît Glasounov, que pouvons-nous dire à ce stade ? L'avion qui effectue la navette entre Paris et Bordeaux s'est, semble-t-il, écrasé au décollage, c'est bien ça ?*

— *Oui, Étienne. C'est à 7 h 22 exactement, que l'Airbus A320 d'Air France aurait été victime, selon toute vraisemblance, d'une sortie de piste alors qu'il se trouvait en phase de décollage. Selon les premiers témoins, au moment où il a quitté le sol, l'avion s'est fortement penché à droite et l'aile a touché le tarmac. Il a pivoté sur lui-même et est venu s'abîmer en bout de piste. Un début d'incendie se serait déclenché à l'avant de l'appareil.*

— Sait-on déjà s'il y a des victimes ?

— Les secours sont arrivés extrêmement rapidement, mais il n'y a pas de bilan pour le moment.

— Bien, Benoît Glasounov, vous nous rappelez dès que vous avez des nouvelles.

*

Huit minutes plus tard, sur la même station

— Une dépêche de l'AFP nous apprend à l'instant que le bilan serait de huit morts et d'une trentaine de blessés. Le reste des passagers a été évacué et pris en charge par une cellule psychologique. Il y avait 173 passagers en tout dans l'avion. Voilà ce que nous pouvions dire à 8 h 40 sur ce crash qui, je vous le rappelle, s'est produit ce matin à l'aéroport d'Orly. Nous reviendrons bien sûr sur cette catastrophe aérienne dès que nous aurons d'autres informations.

Moïse

Ma première image : la chevelure blonde éclatante que je reconnais immédiatement être celle de ma fille Barbara, quoique encadrant un visage dont je ne peux identifier les traits.

— Tu n'es pas en Australie ?

J'ignore si les mots que je viens de prononcer sont sortis de ma bouche pâteuse, quasi paralysée, et s'ils en sont sortis, s'ils ont été autre chose que d'indéchiffrables borborygmes.

— Il a les yeux ouverts ! s'écrie la voix de ma mère.

Je distingue alors trois ou quatre têtes penchées au-dessus de moi.

— Il revient à lui, s'exclame Béa.

Je sens autour de moi une agitation joyeuse, des cris d'allégresse, des embrassades, des « je vous l'avais bien dit », des « j'étais sûr qu'il ne nous quitterait pas » des « merci mon Dieu » (d'ailleurs je me demande bien qui peut proférer ces paroles, ne connaissant personne qui croie en Dieu dans mon entourage proche). Ma fille m'embrasse le front à plusieurs reprises en répétant, émue aux larmes :

— Je suis trop contente, trop contente.

*

Le lieu où je me trouve, que je ne peux ni voir ni identifier, me fait l'effet d'un populeux hall de gare où les gens courent en tous sens. Mais bientôt, mon corps immobile est envahi d'une intense douleur au crâne et au ventre. Cette douleur, insupportable, m'arrache un cri.

— J'ai mal, j'ai si mal !

Quelqu'un s'assoit près de moi.

— Je vais augmenter les antalgiques, fait une voix masculine inconnue.

Au bout de quelques instants, je flotte dans une espèce d'éther qui ne supprime pas mes douleurs mais qui m'en distancie. Il semble que mes yeux deviennent un peu plus lucides. Je distingue clairement dans mon voisinage proche Béa et Alice. Toutes les deux ensemble dans la même pièce ? Est-ce possible ?

L'homme qui est assis près de moi écarte mes paupières et me darde dans un œil puis dans l'autre un désagréable rayon lumineux.

— Monsieur Steiner, monsieur Steiner, fait-il, est-ce que vous m'entendez ? Est-ce que vous pouvez bouger ?

Oui, je l'entends, je le distingue, mais bouger, impossible ! Il me semble que mon corps est sanglé au lit ; même ma tête paraît ligotée au sol par les cheveux, comme celle de Gulliver s'éveillant à Lilliput. Je ne peux donc pas réagir à la demande de mon interlocuteur, sauf par un clignement d'œil.

— Il m'entend, fait l'homme à l'attention des autres personnes présentes. Il est en train de reprendre conscience. Mais il va falloir du temps. Ne le sollicitons pas trop.

Je sens qu'on me prend la main. Je ne sais pas qui, mais c'est une main chaude et aimante.

Quelques minutes plus tard, je retrouve quelques sensations dans le haut de mon corps. Je sens que ma poitrine est totalement entourée de bandages, ainsi que ma tête.

— Monsieur Steiner, m'interpelle de nouveau l'homme, essayez de bouger la main.

Cette fois, je parviens à imposer à mon bras un bref soubresaut.

— C'est bien, dit l'homme. Savez-vous où vous êtes ?

— Non, parviens-je à souffler entre mes lèvres molles et manifestement tuméfiées.

Il formule un résumé de la situation en quelques phrases.

— Vous avez été victime d'un accident d'avion il y a trois jours, le 4 juillet exactement. Votre appareil s'est écrasé en bout de piste à Orly, au moment du décollage. Nous sommes le 7 juillet. Vous souffrez de nombreuses lésions : perforation du thorax, traumatisme crânien, entre autres. Et vous avez passé trois jours dans le coma. Mais vos jours ne sont plus en danger. Vous vous trouvez à l'hôpital du Kremlin-Bicêtre, dans le service du professeur Puchet.

Je retrouve peu à peu l'usage de la parole.

— Est-ce que je vais encore... souffrir longtemps ?

— Que ressentez-vous ?

— J'ai mal... un peu partout... Et puis, j'ai l'impression... d'être à l'étroit dans mon corps, d'étouffer.

— Rien d'étonnant, monsieur Steiner, vos lésions au sternum sont probablement à l'origine de cette sensation d'étouffement.

— Non, ce n'est pas ça... J'ai l'impression d'avoir gonflé... que je suis trop gros... pour mon corps...

— Vous allez mettre du temps à récupérer toutes vos sensations et toutes vos fonctions corporelles. Cela prendra vraisemblablement plusieurs semaines.

— Je suppose… que vous êtes docteur…

— Je suis le docteur Pedrelli, un des chirurgiens qui vous ont opéré.

— Qu'est devenue… la femme… la femme qui était assise à côté de moi dans l'avion ?

— Je ne sais pas. Vous pourrez vous informer auprès de la compagnie aérienne quand vous serez sur pied.

— Il y a eu des morts… n'est-ce pas ?

— Oui, sept en tout, et une trentaine de blessés. C'est une des pires catastrophes aériennes de ces dernières années. Maintenant, il faut vous reposer.

Pedrelli demande aux personnes présentes dans ce qui doit être une chambre d'hôpital, mais dont je ne distingue encore ni le volume ni le mobilier, de me laisser seul. Alice reste à mes côtés, sa main dans la mienne, silencieuse et tremblante.

— Je savais que tu reviendrais, me dit-elle.

— Moi pas, dis-je. J'ai bien failli rester là-bas.

— Là-bas ?

— Oui, avec les autres.

*

Vers le soir, j'ai récupéré une acuité visuelle acceptable, ainsi que la plupart de mes sens, à part la sensibilité de la partie droite de mon corps. Je peux voir ma poitrine entièrement enfermée dans une coque rigide. J'ai beaucoup de mal à respirer. Je ne peux ni vraiment inspirer, ni expirer, et j'en suis réduit à une pénible suffocation.

Trois hommes en blanc entrent dans la salle. Ils se présentent : il y a Pedrelli, Puchet, le chef de service, et un troisième homme que je reconnais immédiatement.

— Vous étiez… près de moi… n'est-ce pas ? au moment de l'accident.

Le troisième homme décline son identité. C'est le docteur Mignart, médecin-chef des pompiers. C'est lui qui était auprès de moi lorsque je gisais sur le tarmac de l'aéroport et que je me voyais depuis les airs.

— Vous avez même dit à votre collègue que mes lésions au thorax vous paraissaient irréversibles. Apparemment, je m'en suis sorti.

Mignart semble étonné que j'aie pu entendre sa réflexion à ce moment-là.

— Lorsque vous êtes arrivé ici, explique le professeur Puchet, vous souffriez d'un grave hémothorax ainsi que d'un traumatisme occipital avec écrasement des nerfs crâniens entre l'oreille gauche et les cervicales C1 et C2. Et diverses choses dont je vous passe le détail, comme une fracture des os métatarsiens.

Je m'aperçois effectivement à ce moment que mon pied droit est entièrement bandé.

— L'opération a duré deux heures et quarante-cinq minutes. Je vous donnerai l'ensemble du compte-rendu opératoire, si vous le désirez. Mais ce n'est pas tout…

Puchet marque un temps d'arrêt.

— Vous avez subi un arrêt cardiaque de 35 minutes. Votre cœur n'a redémarré que dans l'ambulance, entre Orly et ici.

Puis il ajoute :

— Vous êtes une sorte de miraculé, monsieur Steiner. Mais il se peut que vous gardiez des séquelles de cette détresse cardiaque prolongée. Cela dépend de la façon dont votre cerveau a été oxygéné pendant cette période.
— J'étais donc mort… ?

Puchet semble embarrassé pour répondre.

— En quelque sorte, oui. Disons plutôt que vous avez navigué aux frontières de la mort.

Les médecins se retirent après m'avoir donné une série de consignes pour la nuit. On m'apporte un plateau-repas fait de soupe, d'omelette et de quelques biscuits et Alice se propose de m'aider à manger, mais je n'ai pas faim.

Elle finit par me laisser vers 9 heures du soir, après m'avoir demandé une dizaine de fois si je ne voulais pas qu'elle reste pour la nuit dans le fauteuil près de moi.

— Va te reposer, Alice, dis-je, je t'assure que ça va aller.

Elle me contemple avec une joie palpable, quoique encore toute barbouillée de l'angoisse qu'elle a vécue pendant les trois jours qu'a duré mon coma, et s'émerveillant que je sois vivant. Elle n'en finit pas de me dévisager comme si j'étais un miraculé (ce que je suis probablement, d'ailleurs), et ne parvient pas à quitter la chambre, revenant régulièrement me déposer un baiser sur la bouche, sans cesse au bord des larmes. Je perçois alors avec émotion à quel point elle m'aime, à quel point notre liaison, initiée de façon presque anecdotique et toute impulsive il y a quelques semaines à peine, s'est transmuée en un amour vaste, immense, océanique.

— Je vais bien, mon Alice, je t'assure. Ça va me faire du bien d'être un peu seul. C'est le premier jour de ma nouvelle vie, n'est-ce pas ? Je dois faire le point.

*

À la télé, les chaînes d'informations continuent d'évoquer le crash de l'Airbus A320 d'Air France, quoique de façon beaucoup plus sporadique, étant donné que nous sommes déjà trois jours après l'accident. C'est le moment de l'analyse, du bilan, de la recherche des responsabilités.

*

Une chaîne d'information

Un expert : Il semblerait, je dis bien il semblerait, car les enquêteurs à ce stade sont extrêmement prudents, qu'il se soit agi d'un dysfonctionnement au niveau des volets de l'appareil, d'une défaillance du système qui contrôle leur ouverture. Il se pourrait que les volets n'aient pas pu sortir, mais que l'équipage n'en ait pas été averti par les indicateurs et qu'il ait poursuivi normalement les différentes phases de l'envol. Cette affaire n'est pas sans évoquer le crash de l'avion de la Spanair à Madrid, qui a fait 153 morts le 20 août 2008. Là aussi, c'était au moment du décollage que le drame s'est produit. En tout cas, fort heureusement, le nombre des victimes est plus réduit que lors de cette catastrophe.

Le journaliste : Il y a tout de même 8 morts et une centaine de blessé.

Un expert : Non, 7 morts. Au dernier bilan, l'un des passagers grièvement blessé a semble-t-il miraculeusement survécu à ses blessures et se trouve actuellement en soins intensifs à l'hôpital du Kremlin-Bicêtre.

*

Une infirmière entre dans la chambre en poussant un chariot de soin. Elle est jeune, petite, brune, avec une peau très blanche et un joli visage un peu rond marqué par deux fossettes encore adolescentes.

— Bonjour, je suis Malika. Comment allez-vous, monsieur Steiner ?

Sans attendre la réponse, elle s'assoit au bord du lit et vérifie ma tension.

— Parfait ! fait-elle.

Puis elle change mes pansements au bras et à la jambe. Je découvre en soulevant le buste que ma jambe droite est toute violette et gonflée comme une manche à air. J'essaie de me redresser un peu plus mais l'infirmière m'invite gentiment à rester bien allongé.

— Ne vous inquiétez pas, votre zizi est toujours là, annonce l'infirmière avec un sourire malicieux. Vous voilà rassuré ?

J'essaie de nier que le but de mes contorsions ait été de m'assurer de mon intégrité génitale.

— Allons, vous êtes tous pareils, vous les hommes ! Lorsque les femmes se réveillent après un accident, la première chose qu'elles font est de demander des nouvelles de leurs proches. Et vous savez quelle est la première chose que font les hommes ? Regarder s'ils ont toujours leur sexe !

L'infirmière vérifie le débit de ma perfusion et ajuste mon cathéter.

— Il y a des journalistes qui ont défilé toute la journée, poursuit-elle. Ils voulaient vous interviewer. Vous êtes devenu une vraie star, monsieur Steiner. On parle de vous comme du « miraculé du Paris-Bordeaux ».

— Mon heure n'était sans doute pas arrivée, dis-je.

Elle s'assoit au pied du lit.

— Qu'est-ce que ça fait, demande-t-elle ?

— De quoi parlez-vous ?

— Qu'est-ce que ça fait d'être mort ?

— Mort ?

— Votre cœur et votre cerveau se sont arrêtés trente-cinq minutes, m'a dit le docteur Pedrelli. Vous étiez donc cliniquement mort.

— Je ne me souviens pas vraiment, dis-je, embarrassé. J'ai plein d'images dans la tête, mais j'ignore à quel moment ces scènes se sont produites.

— Comment vous sentez-vous ?

— Bien. Surtout, ce soir, je souffre moins.

— Ça, c'est la formule, dit-elle en désignant la potence à laquelle pend un flacon légèrement bleuté qui distille goutte à goutte une substance anesthésiante dans mes veines : morphine/AINS.

— Oui peut-être, réponds-je, mais il n'y a pas que ça. C'est bizarre, indéfinissable.

Au bout de quelques jours, je me sens beaucoup mieux. On m'a libéré de la coque de plastique qui emprisonnait ma poitrine, remplacée par un simple bandage, on a ôté la minerve qui ceignait mon cou, et je trottine maintenant résolument dans les couloirs du service, appuyé sur des cannes anglaises, avec mon pied plâtré.

Je me sens plutôt bien dans cet hôpital. Moi qui suis habitué à une vie de responsabilités, comme père de famille, patron d'entreprise, ici, je suis entièrement pris en charge, choyé, bichonné, dorloté par un personnel hospitalier d'autant plus attentionné que je fais figure de célébrité. Mon statut de rescapé du crash du vol AF6252 d'Air France me confère un statut particulier ; je remarque que les infirmières font des stations plus longues dans ma chambre que dans celles des autres pensionnaires du département de soins intensifs, que les internes regardent avec plus de concentration mes fréquence cardiaque, tension, formule sanguine, et que je bénéficie souvent sur mes plateaux repas, au demeurant très corrects, d'un rabiot de saumon ou d'un ballotin de chocolat orné d'une faveur bleue.

Des journalistes sont venus m'interviewer à plusieurs reprises pour me demander de leur raconter le déroulé du crash, mais je leur fais invariablement la même réponse, décevante : je ne me souviens plus de rien. À partir du moment où j'ai bouclé ma ceinture, j'ai tout oublié du film des événements, jusqu'à mon réveil à l'hôpital. Les médecins disent que c'est courant, que mon cortex, par protection, a préféré oublier les éléments traumatisants de l'accident, et par sécurité, la séquence d'oubli remonte un peu le temps, bien avant le moment du choc lui-même, comme si j'avais subi un nettoyage en profondeur de mon disque dur. J'ai beau faire des efforts intenses, rien ne m'est resté ni du choc, ni des instants qui l'ont immédiatement précédé.

Je me souviens en revanche parfaitement de cette longue errance délirante où je croyais planer dans les airs au-dessus de l'avion, et à mes extravagantes visions, puis de mon périple dans les espaces bleutés et des rencontres que j'y ai faites. Enfin, je me souviens parfaitement d'avoir vu du dessus mon corps, mon propre corps, inerte, allongé sur le tarmac, autour duquel les secouristes s'affairaient.

Je profite d'une visite de courtoisie du docteur Mignart, médecin-chef des pompiers, celui qui m'a prodigué les premiers soins, pour évoquer avec lui cet épisode, notamment la vision de mon père et de mes oncles et tantes défunts.

— Il est fréquent que l'on reconstitue des morceaux de son histoire personnelle lors d'un épisode de mort clinique, qu'on les réinvente en quelque sorte.

— Je me suis clairement vu allongé sur le sol, docteur, et vous, penché sur moi. Comme si je planais au-dessus de la scène.

— Vous étiez mort, monsieur Steiner. Les enregistrements des instruments marquent clairement qu'à ce moment vos fonctions cardiaques et cérébrales étaient arrêtées.

Je le regarde, incrédule. Il paraît gêné, comme si ce que je lui disais le déstabilisait.

— Je vous assure que j'ai tout vu, docteur. Tenez, vous portiez sous votre blouse un T-shirt qui porte une inscription dans le dos, une inscription en rond, comme le sigle d'une université. Je l'ai clairement discernée à travers votre blouse, qui est légèrement transparente.

Mignard se raidit, balbutie quelque chose. Puis, à voix mesurée, comme s'il révélait un secret intime, il dit :

— J'ai effectivement une série de T-shirts avec au dos le sigle de la Dell Medical School, à Austin, Texas, où j'ai effectué une partie de mes études.

— Le portiez-vous ce jour-là ?
— C'est très possible, je ne m'en souviens plus.

Je m'aperçois que j'ai plongé le praticien dans un océan de perplexité. Je poursuis néanmoins.

— À un moment, vous avez fait un geste circulaire au-dessus de votre tête, je ne sais pas pourquoi.
— Pouvez-vous me montrer ce geste ?

Je balaie l'air au-dessus de ma tête, la main ouverte.

Mignard se raidit encore plus.

— C'est pour étalonner le bracelet GPS que je porte au bras lorsque je suis en opération, afin que l'on puisse me localiser en permanence sur le lieu d'un accident, si l'on veut me parler ou m'apporter une assistance.
— Vous voyez, docteur, j'ignorais tout de cet instrument et de ce geste. Comment aurais-je pu le deviner ?

Mignard se lève, pensif.

— Il faut que vous discutiez de tout ça avec le professeur Puchet, me dit-il.

Il me salue vaguement de la tête et sort de la chambre, tout chamboulé par mes révélations.

Cet épisode me fait plaisir : je suis en train de faire douter les médecins. Deux solutions : soit ils se sont trompés et je n'étais pas en état de mort clinique, soit je l'étais, et je continuais à être conscient et présent, de façon tout à fait mystérieuse. Dans les deux cas, je mets la médecine traditionnelle devant un phénomène délicat à interpréter.

Il faut que je vous avoue quelque chose, maintenant. J'ai toujours été jaloux des médecins. Je n'étais pas destiné à être commercial. Dans ma jeunesse, j'avais entrepris des études de médecine, mais j'ai échoué par deux fois au concours de première année. La plupart de mes amis de l'époque sont passés en deuxième année et ont effectué une honorable, voire brillante, carrière de carabin, y compris les femmes (j'ignore à cet instant si l'on parle de *carabine).* Certains sont même devenus des pontes, comme le professeur Attal, un coureur de jupons de première qui n'en fichait pas une à l'université et qui pourtant a passé haut-la-main tous ces concours, tandis que moi je me bourrais d'amphétamines pour ne pas m'endormir en essayant d'ingurgiter d'immondes polycopiés bleus sentant le vinaigre et ornés de croquis barbares. J'ai perdu de vue Bernard Attal, mais je sais qu'il est devenu une star de la cardiologie, et qu'il a épousé un mannequin célèbre.

Je sais que c'est mesquin, mais si je pouvais avoir une revanche sur cette profession médicale qui n'a pas voulu de moi, ce serait une de ces petites joies de l'existence qui ne sont pas à dédaigner…

Le professeur Puchet vient me voir le soir même, après ses interventions. Immense, dégingandé, le front haut, l'air martial, il dégage une autorité naturelle qui impressionne immédiatement. Il s'assoit près de moi et étend ses jambes interminables en se frottant la nuque.

— J'ai eu une journée infernale, fait-il. Mais je suis heureux de voir à quelle vitesse vous récupérez. D'ici dix jours, vous serez sur pied.

— Et quand pourrai-je sortir ?

— Ah ! ne soyez pas pressé ! Vous resterez encore avec nous pendant au moins trois semaines.

— C'est long.

— Quand on vous a amené ici, j'ai cru que je ne pourrais rien faire. Vous étiez dans un tel état… Je peux vous le dire à présent, personne ne pensait que vous survivriez. Et puis à un moment, toutes vos fonctions vitales se sont remises à marcher, tout s'est réenclenché.

— Comme si j'étais revenu aux commandes de mon corps, c'est ça ?

— Un peu, fait le praticien prudent. Mignard m'a parlé d'un récit étrange.

Je répète mon petit topo : l'impression de planer au-dessus de l'avion accidenté, le zoom sur mon corps inerte et sur les secouristes qui l'entourent, les gestes du médecin urgentiste, les quelques mots échangés avec les pompiers, qui sonnent encore à mes oreilles comme si je venais de les entendre. Tandis que je parle, le professeur Puchet produit, involontairement, d'étranges bruits de déglutition.

— Ce genre de témoignage est assez fréquent chez tous ceux qui ont été victimes d'arrêts cardiaques prolongés. Votre esprit reconstitue les scènes manquantes qui font défaut à votre continuité mémorielle.
— Ah non, professeur, ne me faites pas le coup de la *reconstitution mémorielle!* m'écrié-je en le faisant sursauter. Je n'ai pas pu inventer tout ce que j'ai vu.

Puchet plisse le front et semble chercher quelque chose au fond de sa poche. Il en sort un paquet de chewing-gums et m'en tend un. Puis il se met à mastiquer vigoureusement, ce qui ternit un peu son look de mandarin majestueux.

— Les sensations de « décorporation » chez les patients en situation de mort clinique sont assez fréquentes, monsieur Steiner. Difficile de les expliquer. Il y a des hypothèses. Un jour la médecine expliquera cela, comme elle a expliqué beaucoup d'autres choses qui ont longtemps paru mystérieuses.
— J'ai vu et entendu alors que j'étais mort, docteur!
— C'est votre impression, mais qu'en savez-vous exactement? Je voudrais vous présenter un jour prochain à l'un de mes collègues psychiatres, le professeur Bélingard, qui est passionné par ce genre de récits.

— Vous pensez que j'affabule ?
— Pas du tout. Simplement, je suis un scientifique. Et il y a forcément une explication scientifique à ce que vous avez vécu.

Il se lève en me tapotant l'épaule.

— Reposez-vous et reprenez des forces, monsieur Steiner. C'est grâce aux incroyables progrès de la médecine que vous êtes encore parmi nous. Profitez de l'existence, maintenant, profitez-en à fond ! La science et les techniques médicales modernes vous ont fait un cadeau merveilleux en vous ramenant à la vie.

Je sens confusément une menace voilée dans le propos apparemment débonnaire de ce grand patron de la médecine : acceptez ce cadeau de la science et ne cherchez pas à mettre la médecine en défaut par des hypothèses inconsidérées ! Allons, semble-t-il sous-entendre, comment pourrions-nous être conscients en dehors de notre cerveau ? Lorsque celui-ci ne fonctionne pas ? Je sens bien que je touche là à l'un des tabous de la biologie. Puchet laisse entendre que j'ai dû imaginer tout ça.

Peut-être, après tout.

*

Dans la nuit, je rêve de ma voisine dans l'avion. Il semble qu'elle veut s'approcher de moi, me parler, mais ses paroles sont inaudibles, et le fait de ne pas l'entendre provoque en moi une sorte de malaise. Le lendemain, j'appelle la cellule de crise mise en place par Air France afin de demander de ses nouvelles.

— Quel siège occupiez-vous, monsieur Steiner ? fait une voix pleine de compassion.

— B18, je crois.

Il y a un long moment de silence.

— Votre voisine, madame Chassany, est décédée lors de l'accident. C'était une de vos amies, une parente ?

— Non, je ne la connaissais pas.

Mon interlocutrice paraît soulagée.

— Cet accident est une dure épreuve, n'est-ce pas ? Savez-vous qu'Air France a mis en place un suivi spécifique pour les survivants de l'accident ? Voulez-vous que je vous mette en contact avec l'un de nos psychologues ? Il peut vous parler immédiatement, si vous le souhaitez.

— Ce ne sera pas nécessaire. Merci.

Je raccroche et reste un long moment pensif, le téléphone posé sur ma poitrine. Je revois la jeune femme en tailleur bleu. Je l'ai à peine connue, n'ai échangé que quelques mots avec elle, et pourtant, elle est toujours si présente. Je sais maintenant qu'elle s'appelait Audrey Chassany, qu'elle était mariée et mère d'une petite fille de un an. Son visage me hante, mais pas tristement. C'est difficile à expliquer. C'est plutôt comme si elle continuait à m'escorter dans ma convalescence, elle qui n'a pas eu la chance de survivre, et qu'elle m'encourageait à guérir. C'est bizarre de dire ça, mais je crois que son souvenir est pour beaucoup dans la rapidité spectaculaire de mon rétablissement.

*

Mail du professeur Puchet au professeur Bélingard, responsable du service de neuropsychiatrie à l'hôpital de la Salpêtrière

Très cher Jérôme,

Je te remercie de bien vouloir recevoir un de mes patients, du nom de Moïse Steiner. C'est un des survivants du crash du vol Paris-Bordeaux. Il semble avoir vécu une expérience de « sortie de corps », suite à un arrêt cardiaque de plus d'une demi-heure. Tu sais ce que je pense de ce genre de phénomènes, et je sais que tu partages mon scepticisme sur la question. Mais le cas de Steiner est assez intéressant, car le patient fait état de détails troublants confirmés par les faits. Si je te demande de porter attention à cette personne, c'est que je vois avec un certain malaise les cas de ce genre se multiplier dans la littérature et dans la pratique médicale, et qu'il serait temps de prendre le contrepied des récits étranges qui commencent à se répandre de façon dangereuse dans le grand public. Tu as sans doute lu comme moi dans Clinical medicine *le dernier article de ce médecin canadien qui rapporte une expérience délirante d'un de ces patients. Il ne faudrait pas que le corps médical soit gagné par ce genre de divagations.*

Confraternellement,
Alain Puchet

Réponse de Jérôme Bélingard à Alain Puchet

Cher confrère, cher Alain,

Je partage tout à fait ton point de vue sur la question. Le relâchement actuel des milieux scientifiques, et notamment de toute une jeune génération de médecins, trop complaisants à mon goût à l'égard des tendances irrationnelles qui traversent notre discipline, et voulant à tout prix aller dans le sens d'une certaine mode, me paraissent éminemment dangereuses. Je rendrai prochainement visite à ton patient et j'essaierai, en toute honnêteté, de me faire une opinion sur son cas. Je suis actuellement extrêmement occupé, comme tu peux l'imaginer avec la réorganisation de nos services, mais je lui rendrai visite dès que j'aurai un instant. Je ne manquerai pas, à cette occasion, de te communiquer un compte-rendu circonstancié de l'entretien que j'aurai eu avec lui.

Bien à toi,
Jérôme Bélingard

*

Dans une des chambres voisines dépendant de l'unité neuro-vasculaire se trouve Félix Grimaud, le célèbre acteur de cinéma, dont j'ai fait la connaissance dans les couloirs de l'hôpital où nous déambulons tous les deux une bonne partie de la journée, désœuvrés et accotés à nos béquilles. Il vient d'être victime d'un accident vasculaire cérébral. Sa présence ici est tenue secrète, de peur qu'une nuée de paparazzi ne fassent le siège de l'hôpital pour avoir des nouvelles de sa santé, chacun d'eux espérant, bien entendu, être le premier à annoncer sa mort, ou à défaut une défaillance irrémédiable de son organisme qui pourrait faire une bonne manchette dans la presse people.

Nous avons commencé par boire un café ensemble, nous avons échangé quelques paroles, puis nos conversations sont devenues plus longues au fil des jours et maintenant, nous nous retrouvons tous les jours pour bavarder.

Grimaud a toujours été un de mes acteurs favoris, et je suis très heureux de le connaître. J'ai toujours aimé son jeu subtil, nuancé, et sa capacité à incarner des rôles très variés : des personnages de comédie, qu'il affectionne particulièrement, aux malfrats inquiétants ou tragiques. Bien sûr, il n'a pas tourné que des grands films et il revendique volontiers une série de navets indiscutables, qu'il justifie par la nécessité de financer son train de vie.

Le fait de traîner avec Félix dans les coursives de l'hôpital, de pousser nos escapades jusqu'à la cafétéria du rez-de-chaussée, de risquer quelques pas dans la cour, voire de nous aventurer dans le petit parc de l'hôpital comme s'il s'agissait d'un voyage au long cours, a fait de nous non pas des amis, mais disons des camarades d'internat. Il est plus atteint que moi et il a beaucoup de difficultés à se déplacer. Un début de paralysie faciale l'empêche de parler correctement, ce qui doit être un drame pour un comédien. Mais il reste gai et plein d'humour sur sa situation. J'ai d'ailleurs fait sa conquête en lui racontant une anecdote. Hier, un de mes vieux amis, Thierry Goldberg, que je n'ai pas vu depuis une éternité, m'a appelé, ayant sans doute entendu mon nom aux informations parmi ceux des victimes du crash du Paris-Bordeaux. D'une certaine façon, je suis moi aussi devenu une sorte de célébrité. Thierry ne m'aurait jamais rappelé si je ne lui avais pas été utile à quelque chose. Là, je flatte son ego : il connaît une des victimes du crash qui a défrayé la chronique ! M'annonçant qu'il va venir me rendre visite, je lui ai dit au téléphone :

— Je suis chambre 532, cinquième étage, tu peux pousser la porte avec le pied pour entrer.

— *Pourquoi avec le pied ?* m'a-t-il demandé.

— Bah ! Ça fait quinze ans qu'on s'est pas vus, tu ne vas quand même pas venir les mains vides !

Lorsque j'ai raconté l'anecdote à Félix, il est parti d'un grand rire qui l'a fait suffoquer. J'ai cru qu'il allait s'étrangler. Chaque fois qu'il reprenait son souffle, il s'essuyait les yeux, mais il repartait de plus belle et me tapait sur l'épaule comme si j'avais le pouvoir de stopper ses quintes de rire. Ce soir-là, il m'a gratifié, avant de regagner sa chambre, d'un : « Toi, t'es mon pote ! » que j'ai reçu comme un geste d'adoubement. Depuis, il passe me chercher tous les matins, et je suis sommé chaque jour de lui raconter une nouvelle blague.

Je mesure pour la première fois de ma vie la puissance de l'humour juif. J'ai lu dans un livre, je ne sais plus lequel, que cette forme d'humour n'est rien d'autre qu'une façon d'accepter la vie, ses frustrations et ses vicissitudes en feignant d'en avoir la maîtrise. C'est également une forme d'autodérision qui met en quelque sorte notre ego à bonne distance et nous oblige à nous en détacher et à nous projeter ailleurs, pour être le spectateur de notre petit amour-propre étriqué.

Enfin, c'est ce qu'ils disaient dans ce bouquin…

*

Félix est visité, en plus de son épouse, par un nombre incroyable de femmes, toutes plus jolies les unes que les autres et qu'il appelle ses « amies ». Chaque fois que j'en aperçois une, il se penche vers moi et me chuchote à l'oreille :

— Celle-là, je l'ai culbutée en 1971.

Ou bien :

— Celle-là, c'était aux Antilles, sur le yacht de Robert de Niro.

Ou encore, plus énigmatique :

— Amélie, mmmh !... tu peux pas savoir ce que c'était !

Me laissant imaginer le reste.

Félix, séducteur impénitent (jusqu'à son dernier mariage, jure-t-il), semble tenir un compte méticuleux de toutes ses conquêtes féminines passées. Lorsqu'il a un trou de mémoire, il sort de sa poche un minuscule calepin à la couverture de cuir rouge, feuillette quelques pages, et s'exclame :

— Ca y est, ça me revient ! Une sacrée bonne affaire !

Ou bien :

— Celle-là, bof ! Son mari m'a téléphoné pour me dire qu'il était très mécontent. Je lui ai répondu que je n'en étais pas très satisfait non plus !

Puis il s'est tordu de rire pendant dix minutes en s'enroulant autour de sa canne comme le serpent d'un caducée. J'adore son rire, franc, sonore et communicatif. Il inocule à tout l'étage une sorte de gaieté inhabituelle dans un hôpital et est adoré du personnel. D'autant que, comme un gamin, il adore leur faire des farces : cacher les chariots d'entretien dans les toilettes ou répondre au téléphone du service en l'absence de la secrétaire. Son charisme hors du commun en a fait rapidement la personnalité autour de laquelle gravite tout le service. Il entretient de longues conversations avec les aides-soignants, sait recueillir les confidences des uns et des autres, semble s'intéresser aux détails les plus insignifiants de leur quotidien, leur accorde des entretiens privés et leur prodigue des conseils comme un psychologue attentif. Il enchante l'étage et son personnel, émerveillé qu'une star de ce niveau soit une personnalité aussi simple et aussi attachante.

Je suis pourtant choqué des relations très « prédatrices » qu'il entretient avec les femmes, et qui semblent contredire sa bonté naturelle. Un matin, je lui demande :

— Tu n'en as vraiment aimé aucune ?

Il s'assombrit et me dit :

— Si, j'en ai aimé plusieurs. Mais surtout deux, la première, Maia et la dernière, Colette.

Une larme a perlé à son œil, une larme de tragédien, certes, car cet ancien du cours Simon a les pleurs aussi faciles que les rires, mais une larme quand même. J'en ai déduit que ses fanfaronnades sont sans doute le masque qui dissimule une nature hypersensible. *Commediante ! Tragediante !* aurait murmuré le pape Pie VII à propos de Napoléon venu négocier à Rome, à grand renfort de gesticulations, le statut de l'Église de France. Félix, c'est tout à fait ça. Félix est, jusqu'au bout des ongles, *Commediante ! Tragediante !*

En fait, je crois Félix beaucoup moins volage qu'il ne veut bien le laisser paraître. Il assure que depuis qu'il est marié, c'est-à-dire depuis une bonne vingtaine d'années, il file plutôt doux et je le crois. J'ai fait la connaissance de son épouse : une grande et belle quinquagénaire, à la fois simple et élégante, genre Meryl Streep, peut-être plus belle encore, à l'allure modeste et réservée. Ce n'est pas du tout la femme que je m'imaginais auprès de Félix. Cet ancien mannequin a conservé de son premier métier une allure souple et gracieuse, semblant marcher toujours sur une ligne comme un funambule. Son visage est pur, sans la moindre trace de maquillage, et la perfection de ses traits en ferait un modèle idéal pour un peintre comme Klimt. Elle porte un chignon simple et strict laissant savamment échapper une mèche blonde qui torsade le long de son visage. Ce qui m'étonne, c'est que cette femme impressionnante semble froide et dénuée d'humour, et le couple paraît mal assorti sur ce point.

*

Alice m'a apporté du chocolat de chez Breemans. Elle sait que je ne peux pas résister.

Elle s'assoit sur un bras du fauteuil dans lequel je suis installé et fait pleuvoir sur mes joues, ma bouche et mon front une giboulée de bisous. Elle m'annonce qu'elle s'est réconciliée avec Wang, et qu'ils entament la procédure de divorce avec une certaine sérénité.

— Nous sommes allés prendre un verre, dit-elle, mais ensuite Wang s'est aperçu qu'il avait perdu les clefs du restaurant. Il ne les a pas retrouvées. Il a été obligé de faire venir un de ses serveurs de Cergy, et il n'a pas ouvert le restaurant avant 13 heures. C'est embêtant, car il y avait aussi les clefs de son coffre-fort accrochées au trousseau.

Je m'entends alors lui dire :

— Les clefs sont sans doute dans le veston bleu marine qu'il a laissé au pressing.

Interloquée, Alice me répond :

— Comment le sais-tu ?

Je lui raconte alors l'épisode du rêve que j'ai fait au moment de l'accident.

— Tu as vu les clefs de Wang à travers sa veste ?
— Je ne sais plus, mais je l'ai clairement vu déposer du linge dans un pressing. Vérifie, tu dois connaître son teinturier.

Alice me regarde un long moment sans comprendre, puis elle consulte sa montre. Il est 19 heures, le pressing de la rue de la Dame Blanche est probablement encore ouvert. Elle appelle la boutique et on lui confirme qu'on a retrouvé un trousseau de clefs dans la veste de M. Lu, mais que n'ayant pas le numéro de téléphone du client, ils n'avaient pas pu le prévenir. Elle rappelle immédiatement son mari, qui a l'air très soulagé.

— *Comment as-tu pensé à ça ?* demande Wang à son ex.

— Bah, ça m'est venu comme ça, improvise-t-elle. Tu oubliais toujours des choses dans tes poches lorsque j'apportais tes vêtements au nettoyage.

— *Merci, Alice.*

Puis, avant de raccrocher, Wang, dans un geste élégant, demande des nouvelles de ma santé.

— Ça a l'air d'aller, et même d'aller très bien, répond-elle en fixant sur moi deux grands yeux langoureux.

*

Barbara

Je suis vraiment trop contente pour Papa, qu'il s'en soit sorti… Quand j'ai repris l'avion pour Perth, j'ai encore pleuré de joie pendant tout le voyage… L'hôtesse me demandait si ça allait, mais je lui répondais « oui, tout va très bien », et je me remettais à chialer et à rigoler en même temps. Elle a dû me prendre pour une débile… Au fait, j'ai rencontré le mec de Maman… Oui, elle m'a dit que tu voulais pas le voir, mais c'est sa vie, Ted, pas la tienne. Si elle a quitté Papa, c'est que leur histoire était finie… Non, ce n'est pas « un peu facile » comme tu dis, toi tu vis avec Maud depuis un an seulement, tu sais pas ce qui peut se passer dans vingt ans, alors, ne juge pas… D'ailleurs il est plutôt sympa, son mec, il m'a dit qu'il mettait à disposition le pool-house de sa propriété si je voulais venir me reposer dans le Bordelais après la naissance du bébé... Maman a l'air heureuse. Papa, il s'en remettra, d'ailleurs il a Alice maintenant, elle aussi, je l'ai rencontrée... Au fait, Papa t'a parlé des rêves qu'il a faits pendant qu'il était dans le coma ? Bizarre, non ?... Il a vu des choses alors qu'il était mort... Bon, toi, je sais, frérot, t'es pas ouvert à ce genre de trucs. T'es bien un banquier... Mais quand même, ça pose des questions... Tu te demandes jamais ce qui arrive après la mort, toi ? T'arrives à vivre comme ça sans te poser de questions, dans ton bel appart entièrement connecté, ta Porsche et tes bonus qui tombent chaque année comme à Gravelotte ?... Bah ! je suis ta grande sœur, donc je peux te dire des trucs... Moi ça me fait réfléchir, tout ça, et Papa aussi, je sais que ça le travaille... Tiens, mon bébé, je commence à le sentir, là, dans mon ventre, ça commence à gigoter, mais bon, avant, il était où ? Il faisait quoi ? Et si je n'avais pas voulu tomber enceinte, il aurait fait quoi ? Où serait-il en ce moment ?... Ah bon ! tu trouves que ce sont des questions dénuées de sens, et qu'est-ce qui a du sens alors : les swaps, *les* calls, *les* put, *les* warrants ? *Ça tu trouves que ça a du sens, que c'est concret ? D'ailleurs, on voit où ça nous a menés... Mais non, je m'énerve pas, je dis seulement qu'il y a des questions qui se posent et toi tu mets tout ça de côté, mais tu peux rien y faire... Qu'est-ce qu'on fout sur Terre ? Pourquoi Papa est-il revenu alors qu'il dit qu'il se trouvait très bien là-haut ? Tu sais, Madison, mon compagnon, avait un arrière-grand-père sorcier. Pour les Aborigènes, l'origine du monde est appelée le « Temps du rêve », c'est une sorte d'état intermédiaire entre l'existence et la non-existence... Le monde était rêvé avant d'être créé, c'est pas beau ça ? Et ce Temps du rêve n'est pas complètement révolu, il continue de flotter çà et là… Eh bien moi, je pense grave que Papa il a fait un petit séjour dans ce Temps du rêve. Bien sûr, il ne l'avouera pas, vous êtes aussi fermés l'un que l'autre, mais si tu vivais ici, en Australie, tu verrais que les gens sont beaucoup plus ouverts à tout ça, et ça fait du bien… Comment ? Est-ce que les affaires de Madison marchent ? Y a que ça qui t'intéresse, en fait. « Parlez-moi d'fric, y a qu'ça qui m'intéresse ! » Tu me gonfles, frérot, t'es vraiment indécrottable. Bon je raccroche. La bise à Maud.*

*

Moïse

Félix n'a pas l'air très réveillé ce matin, ou alors quelque chose le préoccupe. Nous sommes à la cafétéria, il est silencieux, voûté, l'œil terne, le front chiffonné sous ses cheveux gris en broussaille.

— Ils m'ont fait le coup, finit-il par lâcher.
— Quel coup ?
— Une émission de télé sur le cinéma que je devais animer chaque semaine. J'invitais des acteurs, des réalisateurs, des techniciens. Le producteur a retiré son projet ; il a dit que France Télévision n'était plus intéressée par une émission « culturelle » en deuxième partie de soirée. Les enfoirés ! Je sais bien que c'est à cause de mon AVC. Ils ont peur que je ne sois plus « présentable » à la télévision.
— Mais tes difficultés d'élocutions vont se résorber, avec le temps.
— J'espère.

Félix avale une goutte de café en grimaçant, puis repose la tasse en exhalant un long soupir plaintif. Je sens qu'il faut que je dégaine une petite blague salvatrice.

— Tu sais que le type qui est dans la chambre 568 ne va pas bien du tout.
— Ah bon ?
— Tiens-toi bien : ils lui ont diagnostiqué le SIDA, la lèpre et une maladie nosocomiale hyper contagieuse.
— Ah bon ? répète Félix en levant le nez de sa tasse.
— Le type est effondré. Les médecins lui ont prescrit un régime alimentaire à base de crêpes, de pizzas et de soles. « Et vous pensez que tout ça, ça va me sauver ? » a-t-il demandé. Les médecins lui ont répondu : « Non, mais ce sont des plats qu'on peut facilement glisser sous la porte de votre chambre. »

Objectif atteint : j'ai cru que Félix allait pisser de rire. Il lui faut cinq bonnes minutes pour qu'il cesse de soubresauter et que s'éteignent les quintes de toux qui accompagnent toujours ses fous rires.

En rentrant dans nos chambres respectives, nous décidons une petite escapade dans la rue pour l'après-midi.

*

On ne peut pas dire que l'environnement de l'hôpital du Kremlin-Bicêtre soit un lieu de promenade idyllique. Ce n'est pas la zone, certes, mais cela n'a rien d'un parc d'agrément. Le paysage est fait essentiellement de ronds-points assez bien conçus, de feux rouges admirablement efficaces dans la régulation du trafic de la rue du Général Leclerc, que des milliers de voitures empruntent vers Paris le matin pour en revenir le soir, en lentes colonnes bien sages. Les commerces sont rares, mais recèlent un ou deux trésors comme ce PMU toujours achalandé quoique fleurant la mauvaise bière, pavoisé jusqu'aux toilettes aux couleurs du Benfica de Lisbonne, ou cette boucherie hallal transformée, selon son propriétaire, qui est aussi conseiller municipal, en « lieu de convivialité » et dans lequel il a installé des chaises pour que les ménagères du quartier puissent bavasser à leur aise tandis que les commis équarrissent la viande à grands coups de hache. Il y a aussi une petite épicerie ouverte jour et nuit tenue par deux jumeaux sikhs dépassant chacun les cent cinquante kilos. Tout autour, les habitations, des cubes proprets de quatre étages faits de béton blanc plaqué de briques, affichent une discrète coquetterie et exsudent une certaine douceur de vivre suburbaine.

Nous échouons sur un banc, dans un square où un groupe de jeunes gens encapuchonnés, assis en rond autour d'une sono, écoutent les vocalises d'un slameur en se repassant un joint.

— Est-ce que tu crois à la survie de l'âme ? demandé-je brutalement à mon compagnon.

— Pourquoi me poses-tu cette question ?

— Juste pour savoir.

Je lui relate alors mon expérience de *décorporation,* et l'embarras que mon récit semble susciter auprès du corps médical.

Le comédien embraye immédiatement sur le sujet. J'apprends alors à ma grande surprise que Félix est un catholique pratiquant, et un croyant fervent.

— Tu comprends, conclut-il, pour moi, l'idée que notre âme nous survit après la mort est tout à fait naturelle.

— Comment peux-tu concilier cette foi avec tout ce qui se passe sur terre, lui balancé-je ? La malheur, l'oppression, la guerre économique mondiale ? La souffrance des enfants ? La dégradation accélérée de la planète ? La pression démographique devenue ingérable ?

L'argument est un peu éculé, je le concède, mais les croyants m'ont toujours copieusement énervé. Peut-être parce que je jalouse leur foi, qui doit être un soutien efficace dans cette galère qui s'appelle la vie, où la plupart du temps un problème, une déception, une frustration chasse l'autre.

— J'avoue que ce n'est pas toujours facile, rétorque-t-il. Mais je ne peux pas m'empêcher de croire en Dieu. J'ai été éduqué comme ça, et chaque fois que j'ai un coup dur, je me tourne vers lui.

— Et moi c'est l'inverse : je suis athée de naissance, je n'ai jamais eu aucune éducation religieuse, et chaque fois que j'essaie d'imaginer autre chose que le monde matériel qui nous entoure, mon *surmoi* se dresse sur ses ergots en m'intimant l'ordre d'arrêter mes conneries !

Nous restons l'un et l'autre pensifs, le front appuyé sur nos cannes respectives, tandis que filtre à travers les nuages une lumière blonde et caressante. Le slameur poursuit ses injonctions rocailleuses dans une langue proche du français. Une petite femme en jogging rose fluo et dreadlocks pousse devant elle une poussette à deux places et tire derrière elle un caddy bourré de victuailles. Un épagneul oisif traverse le square en reniflant chaque arbre avec dédain.

— Oui, reprends-je, je suis un pur athée, matérialiste. J'ai conservé ça de mon passé trotskiste. Je ne crois absolument pas que la conscience puisse être autre chose qu'une sécrétion neuronale. Quand on est mort, on disparaît, c'est tout. Mais ce que j'ai vécu lors de l'accident me trouble.

— Je comprends. Mais ça doit t'inciter à te poser des questions, non ?

— Je ne pourrai jamais croire à la moindre bondieuserie. C'est hors de mon « scope ».

— Il ne s'agit pas de Dieu, là, mais de ton âme, Moïse.

*

Nous revenons lentement vers l'hôpital dans un grand recueillement, sous l'œil rouge et terne d'un soleil qui peine à percer le brouillard pollué et jaunâtre. Dans nos chambres, les plateaux-déjeuner ont déjà été déposés. Comme la conversation était plutôt sérieuse aujourd'hui et que je ne veux pas perdre auprès de Félix ma réputation de fagotin, je lui assène, avant de nous séparer, une nouvelle blague juive :

— Une personne voulant appeler la Banque de France compose un faux numéro et tombe sur un commerçant du Sentier. « Allo, je suis bien à la Banque de France ? » Et l'autre répond : « Bientôt, si Dieu le veut, bientôt… »

J'ai vu le moment où Félix allait s'écrouler de rire dans le couloir. Il est tellement bon public, et pourtant je raconte si mal les histoires. J'avais un cousin qui, lui, les racontait si bien qu'on ne pouvait pas s'empêcher d'éclater de rire avant la fin de ses blagues. C'est comme si les muscles, les nerfs, pressentaient que la chute serait hilarante. Parfois ce n'était même pas drôle, mais le rire nous avait tous gagnés, dans une joyeuse contagion.

— Ah ! tu me plais, toi, fait Félix en me prenant par le cou et en me secouant copieusement. T'aurais dû connaître Gabin, tiens ! Il adorait les blagues, surtout les plus idiotes.

Merci pour le compliment !

Une fois dans ma chambre, je chipote quelques petits pois et trois bouchées de colin à l'oseille, tout en me demandant comment on peut croire en l'au-delà. De son côté, je suis sûr que Félix est dans le même état de perplexité que moi, en sens inverse, se demandant comment on peut vivre en étant matérialiste et athée.

*

Dans l'après-midi, Félix toque à la porte. Il se déplace mieux maintenant, et a troqué ses béquilles pour une élégante canne de bois sombre à poignée derby décorée de motifs floraux qui lui donne l'allure d'un dandy du XIXe siècle.

— J'ai une interview à 5 heures avec un reporter de *L'Express*. Mon agent veut à tout prix que je lui accorde cet entretien. C'est un journaliste qui nous a beaucoup aidés lors la sortie de *Gaston Pick, agent secret,* il nous a sauvé la mise. Le film était juste catastrophique. Je voudrais que tu sois là.

— Pourquoi donc ?

— Parce que ton expérience de *décorporation* est extrêmement intéressante. Beaucoup plus intéressante que tout ce que je peux lui expliquer sur ma petite santé !

— Je ne pense pas qu'il vienne ici pour ça.

— Mais si, je t'assure, ça l'intéressera…

— Et je n'ai pas forcément envie de raconter mon histoire à la presse.

— C'est l'occasion rêvée de te faire connaître.

— Félix, je ne suis pas un people, comme toi. Je suis un homme ordinaire, un chef d'entreprise secoué par la crise comme il y en a des centaines de milliers.

— Génial ! Simplement génial ! T'es parfaitement crédible dans ce rôle.

Félix ne m'écoute plus. Il a déjà quitté la pièce.

*

Pour l'interview de Félix, le professeur Puchet a fait réserver une salle de réunion au huitième étage. Juste avant que le journaliste arrive, je glisse une petite galéjade à mon nouvel ami.

Sarah et David dînent ensemble. Tout-à-coup, Sarah s'effondre en larmes.

— David, dit Sarah, ça fait vingt-cinq ans que nous sommes mariés et tu ne m'as jamais rien acheté !

— Mais Sarah, répond David, je ne savais pas que tu avais quelque chose à vendre !

Félix est cramponné de rire au radiateur au moment où le journaliste arrive.

— Je suis content de voir que vous allez bien, Félix, dit-il. On dit dans tout Paris que vous êtes à l'article de la mort.

*

Gérard Rominger, le journaliste, est un grand et gros bonhomme avec d'épaisses lunettes et un front bosselé. Il a du coton dans les oreilles. Pourquoi les gens mettent-ils du coton dans les oreilles ? Mystère ! Il pose son magnétophone sur la table et en vérifie le bon fonctionnement tandis que l'acteur, en grand professionnel de la scène, retrouve très vite son sérieux et fait face à son interviewer, les mains allongées devant lui comme un sphinx.

— Ne soyez pas trop long, dit Félix, je dîne à 6 heures. Et ce soir, c'est coquillettes au jambon. Je ne veux pas rater ça !

— Félix Grimaud, attaque le journaliste, ma première question sera tout simplement : comment allez-vous ?

— Eh bien, comme vous pouvez le constater, j'ai soixante-dix ans et je me porte comme un charme.

— Votre accident est survenu alors que vous tourniez *Le Cadeau de vie* sous la direction de Kristof Langlet. Quel va être le destin de ce film ? Allez-vous reprendre le tournage ?

— Le film sortira fin novembre, comme prévu. La plupart des scènes ont été tournées. Ce sera un film magnifique. J'adore tourner avec Kristof. Nos sensibilités s'accordent à merveille.

— Est-ce que Maia Guldsmed est une bonne partenaire à l'écran ?

— Je vois où vous voulez en venir, répond Félix en prenant un air détaché. Maia et moi sommes les meilleurs amis du monde. Nous sommes séparés depuis trente-cinq ans maintenant, mais il y a toujours une vraie complicité entre nous. Je réprouve simplement ses opérations de chirurgie esthétique à répétition. Son beau visage d'antan est devenu figé comme un masque de cire. J'ai l'impression de jouer avec une poupée gonflable !

— Euh !... Je peux écrire ça ? dit le journaliste embarrassé.

— Écrivez ce que vous voulez ! Moi, je dis ce que je pense ! Regardez ! dit-il en montrant une photo sur son smartphone. Regardez la commissure de ses lèvres qui rebique vers le haut. On dirait qu'un scalpel lui a ciselé un éternel sourire. On dirait Gwynplaine, le personnage défiguré de *L'Homme qui rit,* de Victor Hugo. À part ça, quelle magnifique artiste ! Et elle a une présence incroyable dans ce film.

— Vous êtes une des icônes du cinéma français. Vous avez travaillé avec les plus grands réalisateurs : Melville, Resnais, de Broca, Lelouch.

L'interview se déploie autour d'anecdotes de tournage, de portraits de comédiens ou de réalisateurs. Félix a l'art de brosser en quelques lignes un portrait toujours ambivalent de ses pairs. D'un réalisateur talentueux mais alcoolique, il vante le « génie effondré ». D'un acteur toujours en retard sur les plateaux, il admire le « talent de l'ultime seconde ». Et il parle des nouveaux réalisateurs comme d'une basse-cour où s'ébattent des « coquelets incultes et autocentrés ».

— Je voudrais vous présenter mon ami Moïse Steiner, dit-il en profitant d'un blanc dans la conversation. Il a vécu une expérience assez unique : lors de l'accident d'avion du Paris-Bordeaux, vous en avez entendu parler ? Il a des choses à dire. Il a senti son âme sortir de son corps.

Le journaliste me regarde, incrédule. Je bredouille sans conviction quelques bribes de mon histoire, mais tout ça n'a pas l'air de l'intéresser.

— Je vais vous envoyer un de mes collègues du journal, dit-il. Il tient la chronique scientifique.

Puis il revient à Félix et à ses projets au théâtre et au cinéma. Quant à moi, je m'attendais à faire un bide et ce fut le cas. Je me sens particulièrement humilié.

Lorsque le journaliste est parti, je confie à Félix que je n'ai nulle envie d'être médiatisé. Je veux demeurer un anonyme parmi la foule. Je veux rester une goutte d'eau dans la vaste mer des humains et ne pas attirer l'attention sur moi.

Il me répond par un grognement.

*

J'ai eu des nouvelles d'Aziz et du personnel d'InnSoftware. La situation est en attente et on me demande quand je serai opérationnel. Mais tout cela me paraît si loin ! J'ai l'impression de plus être le même homme. Et si le chef d'entreprise maussade et préoccupé était bien mort dans l'accident du Paris-Bordeaux ? Et si on lui avait substitué un Moïse différent, blagueur, presque insouciant ? Je ne parviens plus à élaborer la moindre stratégie de sauvetage pour cette boîte que j'ai créée et cela me laisse parfaitement indifférent. Je ne veux plus faire la cour à des banquiers maussades, leur faire miroiter des contrats mirifiques, gérer le pipi-caca de mes collaborateurs. Mon fils dit que depuis mon accident, je plane complètement. Hier, il est venu, m'a posé des questions sur ma situation professionnelle, m'a offert de m'aider à reprendre des contacts avec des investisseurs. Pendant ce temps-là, j'observais avec ravissement une tourterelle blanche qui s'était posée sur le balcon de ma chambre et dont le roucoulement me ramenait aux longues heures paresseuses de mon enfance dans le jardin de mes grands-parents.

Mes grands-parents avaient acheté cette propriété près de Niort dans les années soixante, et j'y ai passé de nombreuses vacances d'été. Ils s'étaient réfugiés à Niort pendant l'Occupation et avaient fait souche dans cette région dont les habitants les avaient protégés. Au sortir de la guerre, ils avaient ouvert un petit atelier de cuir et vendaient des sacs. Du fait de contrats avec quelques grands noms du luxe parisien, l'entreprise avait prospéré et leur avait permis d'acheter une belle maison au cœur de la ville, pourvue d'un parc immense aux arbres centenaires : des chênes, des ormes et surtout des saules pleureurs qui se reflétaient dans un petit étang où s'ébattaient des canards à tête verte.

— Tu vois, Ted, ce lieu doit être pour moi quelque chose de fondamental,je ne m'en rendais pas compte jusqu'à ce jour.

Mais mon fils, distrait, pianote sur son portable et n'écoute pas ce que je dis. Il se contente de faire oui, oui, de temps en temps, comme moi avec ma mère…

*

Deux infirmières de l'hôpital du Kremlin-Bicêtre

Tu sais qu'on a Félix Grimaud dans le service ? Mais oui, c'est ça, Grimaud, le comédien, le vieux qui joue dans *Saucisses cocktail.* Il fait l'oncle qui habite dans une caravane… Tiens, avance un peu avec ton plateau… Oui, c'est ça… Il est là depuis une dizaine de jours. Il a fait un AVC… Je vais prendre juste des crudités et un peu de poulet… Il est vraiment sympa, ce type. Il vient nous voir et nous raconte des tas d'histoires sur les acteurs et les artistes. Il passe son temps avec M. Steiner, le rescapé du crash de l'avion… Lui aussi, super sympa ! Ils sont toujours fourrés ensemble à *rigoler* dans les couloirs, comme deux mômes… Attends, tu n'as pas ta carte de cafétéria ? C'est pas grave, je te prends sur la mienne, tu me rembourseras plus tard… Oui, je te disais, Steiner et Grimaud. On s'amuse bien avec eux… Et puis on est devenu le QG de toute la presse parisienne. Tu te rends compte : un acteur aussi célèbre, je peux te dire que ça défile… Non, on a pour consigne de pas les laisser approcher, tu parles !... Pas de sauce, s'il vous plaît, sur le poulet… J'essaie de faire attention avant les vacances… Mickael ? Non, je pars pas avec lui… On ne se voit plus. Ça date du week-end dernier. Tu comprends, ce type, toujours dépressif, c'est trop lourd à supporter… Oui, mais les problèmes de boulot on en a tous, et moi j'ai pas envie de sortir le soir avec un geignard mou du genou… Comment ça, je suis dure ? Si tu le veux, Mickael, tu le prends ! Si ça t'amuse de jouer les infirmières le jour et les assistantes maternelles la nuit, je te le laisse… Oui, il a l'air comme ça : beau gars, sûr de lui, un peu macho, mais je peux te dire que quand tu creuses un peu, y a plus personne… On s'assoit là ? Je vais chercher une carafe d'eau… Non, ne crois pas ça, je suis très triste, je n'en dors plus la nuit, mais ça devenait insupportable… M. Steiner dit que j'ai bien fait… M. Steiner ? Tu sais, le survivant du crash dont je viens de te parler. J'ai longuement discuté avec lui. Il s'est fait larguer par sa femme il y a six mois et depuis, il vit une grande histoire d'amour… À son âge, c'est super, non ? Je ne sais pas ce qu'il a, ce type, mais il est tellement gai, tellement lumineux. Le contraire de Mickael… Ce qu'il me faudrait, c'est rencontrer un type comme ça avec trente ans de mois. Mais il paraît qu'avant il était comme Mickael, sombre, dépressif, angoissé, et depuis l'accident d'avion, tout a changé… C'est comme si rien ne pouvait plus l'atteindre, que tout glissait sur lui. Je t'assure, c'est étonnant… Il me dit que c'est le fait d'être passé si près de la mort… Quand je dis « passé si près », en fait, il est vraiment mort. Tu sais que son cœur s'est arrêté de battre pendant vingt minutes ? En tout cas, ça m'a fait du bien de lui parler. Et toi, comment ça va avec Baptiste ? …

*

Moïse

La femme de Félix est venue lui rendre visite. Nous descendons tous les trois à la cafétéria. Félix, volontiers matamore lorsqu'il est seul, semble filer doux lorsqu'il se trouve en présence de son épouse.

— Félix m'a raconté votre histoire, dit-elle, ainsi que le rêve que vous avez fait au moment de l'accident d'avion. Je me mêle sans doute de ce qui ne me regarde pas, mais il se pourrait effectivement que ce ne soit pas un rêve.

— Que voulez-vous dire ?

— Il semble que vous avez vécu une EMI, une « expérience de mort imminente ». Il est probable que vous avez été mort pendant quelques minutes, puis êtes revenu à la vie. Vous avez peut-être visité un autre monde.

— Vous savez, je suis désolé de vous décevoir, mais je ne crois pas à tout ça.

— Il ne s'agit pas de croire, mais simplement d'examiner sans *a priori* ce qui vous est arrivé. Une de mes amies a vécu la même chose que vous. Elle a mis vingt ans à nous l'avouer, parce qu'elle pensait que tout le monde la prendrait pour une folle.

— Je ne dis pas que c'est impossible, madame…

— Je m'appelle Colette.

— Colette…

— Si nous ne sommes pas que des êtres matériels, poursuit-elle, que notre conscience existe en dehors de notre corps, sous une forme ou sous une autre, nous avons tout à y gagner, n'est-ce pas ?

— Mon épouse est très branchée sur les expériences spirituelles, intervient Félix en prenant la main de sa femme. Elle a même été voir des marabouts dans la forêt gabonaise.

— Je ne suis pas « branchée », Félix, je m'interroge, dit-elle en reprenant sa main.

Mais mon agnosticisme viscéral m'empêche de la suivre sur cette voie. Enfin, un peu de bon sens ! Nous avons mis trois cents ans à nous dégager des religions, des croyances, des superstitions de toutes sortes, ce n'est quand même pas pour tout foutre par terre maintenant ! Juste parce que dans certaines circonstances, on a vécu quelque chose d'un peu étrange. C'est à ce moment, au contraire qu'il faut tenir ferme sur ses convictions. Le monde est matériel, nous sommes des organismes qui naissent, vivent et meurent, et basta ! Marx, Nietzsche, Freud, venez à mon secours ! Et tous les scientifiques sérieux ! Tout ce qui n'est pas démontré par la science n'a aucune valeur. Tenons-nous-en là ! L'existence est absurde, oui, mais le bonheur est possible sur cette terre. Voir les principes d'Epicure ! Je m'en tiens là.

Content d'avoir retrouvé en moi ma trousse d'urgence de philosophie matérialiste, je prends congé de Félix et de Colette et je réintègre ma chambre. Mais je ne peux m'empêcher de tapoter sur ma tablette électronique quelques informations sur ce que Colette appelle « EMI ».

Bien sûr, j'ai déjà entendu parler du récit de ces gens qui ont été victimes de mort clinique et qui ont vécu des expériences de dédoublement, notamment la vision surplombante de leur propre corps. Mais je suis étonné du nombre de ces récits sur Internet. Il me semble qu'on parle assez peu de ces choses-là à la télévision ou dans les médias traditionnels.

Allongé sur mon lit, ma tablette sur le ventre, j'effectue une longue plongée dans le web pour y trouver des informations sur ces expériences de mort imminente. À ma grande surprise, ce ne sont pas quelques récits qui s'offrent alors à moi, mais des centaines, et dans toutes les langues. Le web est bourré de témoignages, de vidéos, où des gens de tous âges, de toutes nationalités et de toutes conditions sociales relatent, souvent avec émotion, des récits étonnamment semblables. C'est impressionnant : un véritable continent insoupçonné, un monde underground ignoré par les médias traditionnels, et pourtant immense, massif, protéiforme, étendant ses ramifications sur la terre entière.

Les « expériences de mort imminente », appelées en anglais « Near Death Experiences » (NDE), désignent les sensations, les visions et les souvenirs d'humains ayant vécu une mort clinique à l'occasion d'un coma profond ou d'un arrêt cardiaque. Depuis une vingtaine d'années, le progrès des techniques de réanimation a permis de ramener de plus en plus de patients à la vie après des périodes de mort clinique, et les témoignages de personnes ayant vécu cette expérience ne cessent d'augmenter. On en compte désormais des milliers à la surface de la terre et selon les spécialistes, il est probable que ce nombre va se multiplier au fil du temps. Ils forment une communauté de plus en plus vaste dont les récits s'additionnent les uns aux autres, se confirment mutuellement, s'enchevêtrent. Une sorte de lame de fond qui gagne sans cesse en puissance sans toutefois remonter à la surface médiatique, qui demeure agitée par les clapotis de l'instant : la bourse, la croissance, le chômage, l'insécurité, l'immigration, l'islamisme radical, le réchauffement climatique, la tragique dégradation de la planète et le football.

En gros.

En lisant sur le web les récits écrits ou les témoignages vidéo, il est frappant de constater leur grande similitude, malgré la diversité des personnes concernées, des situations et des interprétations qu'ils peuvent donner de ce qu'ils ont vécu. Des éléments se retrouvent dans la quasi-totalité des récits comme des invariants. La plupart parlent d'une expérience de *décorporation,* c'est-à-dire de sortie de leur corps, une vision rétrospective et en quelque sorte synoptique de leur propre existence, l'évocation d'un tunnel menant à une lumière intense et bienfaitrice, la rencontre avec des êtres qualifiés de « spirituels » ou de « lumineux », un sentiment de bien-être, d'amour, de paix et de tranquillité, selon l'expression de chacun, la rencontre avec des êtres chers disparus. Lors du retour à la vie, qui est souvent pénible et non désiré, ces hommes et ces femmes insistent tous sur le caractère ineffable de leur expérience, et sur la relativité fondamentale de nos notions terrestres de temps et d'espace.

*

Mais ces récits troublants donnent malheureusement lieu, comme toujours sur le web, à un cortège d'interprétations divagantes. Les unes sont enveloppées d'une sirupeuse sauce New Age, d'autres donnent lieu à d'insupportables prêchi-prêcha néo-chrétiens sur l'Amour universel et le Jugement dernier. Face à ce déferlement de récits, provoqués par ces cohortes de plus en plus nombreuses de personnes revenues des rives du Styx, arrachées à la mort par les progrès des techniques de réanimation, lesquelles vont crocheter de plus en plus loin les individus sur le chemin du trépas pour les réinstaller sur la terre, la plupart des scientifiques semblent transis, engourdis, à court d'explications convaincantes, et se retranchent peureusement derrière les pilastres de la science expérimentale. Ils courbent pitoyablement l'échine en avouant leur incapacité à éclairer ce phénomène, ou au contraire se dressent sur leurs ergots en criant à l'irrationnel et à la folie douce.

*

Je suis interrompu dans mes recherches par Aziz, mon adjoint, venu me visiter avec Amélie, la secrétaire générale d'InnSoftware. Aziz a apporté de délicieux gâteaux marocains, que nous dégustons accompagnés d'un thé âcre et brunâtre extrait du distributeur de boisson. Après avoir demandé des nouvelles de ma santé, et affirmé à de nombreuses reprises qu'ils me trouvaient très en forme, ils ont fini par évoquer les questions qui les préoccupent. Quand vais-je revenir travailler ? Est-ce que je vais réessayer de trouver des financements pour sauver la boîte. Bah ! Je ne suis pas dupe, ma santé, ils s'en fichent pas mal. Ce qu'ils veulent, et je les comprends, c'est savoir s'ils ont des chances de conserver leur job. J'avoue que tout cela me paraît loin, si loin. Je vis un peu au jour le jour. Je suis bien ici, dans mon cocon, avec mon pote Félix et toutes ces jolies aides-soignantes et infirmières qui sont aux petits soins pour moi, les médecins qui défilent dans ma chambre simplement pour me voir, moi, le miraculé du Paris-Bordeaux. Et puis il y a ma petite Alice qui vient tous les jours, et se glisse dans mon lit pour un gros câlin. Elle reste parfois dormir, voluptueusement collée contre moi du fait de l'étroitesse du lit. Je l'entends ronfloter, mâchonner, parfois parler dans son sommeil. Occasionnellement, je la surprends à sucer son pouce en dormant. Et puis il y a les visites des enfants, de la famille, des amis. J'ai l'impression que le monde tourne autour de ma petite personne. Je joue parfois aux échecs avec le papy de la chambre 671, un ancien colonel de l'armée de l'air désormais tout ratatiné, avec des yeux globuleux de crapaud et qui porte ses médailles militaires sur son pyjama. Il m'arrive même d'aller voir un match de foot dans la salle de télévision où se retrouvent tous ensemble les internes, les administratifs et le personnel soignant. Je ne m'intéresse guère au sport, mais j'aime les voir bondir de leur chaise en anticipation d'un but, faire des mouvements rotatifs du bassin comme s'ils accompagnaient le joueur dans sa course, puis se couvrir la tête de leurs avant-bras lorsque le ballon manque le but.

Non, vraiment, je n'ai pas la moindre envie de sortir d'ici. Pour retrouver quoi ? La vie, les ennuis, l'extérieur ? Un compte d'exploitation nauséabond ? Pourquoi faire ? Je ne me suis jamais senti aussi libre que depuis que je suis reclus dans cet hôpital. De ma chambre, je vois un grand morceau de ciel par-delà la crête des bâtiments voisins. Parfois, le matin, il est d'un bleu éclatant, impérial ; on pourrait le croire solidement installé pour la journée. Mais au cours de la matinée, sa suprématie est progressivement contestée par de petits nuages, tout d'abord vaporeux et graciles, mais qui vont se renforçant en cumulus de plus en plus imposants. En général, avant qu'il soit 11 heures, la bataille du ciel est définitivement perdue et une masse grise et bourbeuse occupe totalement le terrain. Ainsi va le climat de l'Île-de-France...

— Tu ne signes pas?
— Comment?
— Tu ne veux pas signer? insiste Aziz.

Je reviens à moi tandis que ce dernier me tend désespérément un parapheur.

— Qu'est-ce que c'est?
— Les charges du trimestre, l'URSSAF, les cotisations sociales...

Je saisis un stylo et signe à la volée toutes les pages du parapheur sans même les examiner.

*

Aziz

Il s'en fout complètement... Complètement! Il nous écoutait, on lui parlait, avec Amélie, il hochait la tête, mais il s'en fout, c'est comme s'il était ailleurs. Cet accident l'a complètement décérébré... Ah! ce putain de caddy qui roule pas, attends, je vais le changer!... Quoi, je suis énervé? Oui, je suis énervé! Mon patron abandonne complètement sa boîte. Nous sommes en dépôt de bilan… Qu'est-ce que je vais devenir, moi ? J'ai quarante-six ans, j'ai pas fait de grandes études, un DEUG de droit commercial, ça va pas me mener loin par les temps qui courent… Et puis je m'appelle Aziz, ça n'arrange pas les choses… Des boîtes de thon ? Mais on en a déjà plusieurs dans le placard, non ? Ça ne sert à rien de stocker… Oui, c'est son entreprise, c'est son argent, ça risque de lui coûter cher, mais voilà, il s'en fout ! La seule chose qui le préoccupait, quand on l'a vu, c'était que le thé n'était pas bon… Monsieur vit hors du monde, maintenant ! Bon, il a subi un grave accident, OK, mais il s'en est sorti… Ça y est, faut descendre sur terre… Des corn flakes ? T'es sûre ? Mais les enfants n'aiment pas ça. Ils ne mangent que les granules au chocolat, tu sais… Oui c'est sucré, c'est sûr, ça ne va pas arranger les problèmes de poids de Nora… Et puis, je ne sais pas comment il va faire au niveau argent. Les créanciers vont pas lâcher comme ça. Le dépôt de bilan, ça ne protège pas de tout. On avait peut-être une chance de s'en sortir avec ces investisseurs bordelais… Oui, c'est en allant les voir qu'il a eu cet accident. Mais il pourrait les recontacter. Compte tenu des circonstances, ils se montreront peut-être compréhensifs… Faut pas oublier le sopalin, je crois qu'on n'en a plus… Je sais plus où il se trouve dans ce magasin, ils ont tout chamboulé ! Avant il était là, près de la sortie, mais maintenant ils ont fait ce rayon spécial « cuisines du monde », les produits vraiment utiles, ils les relèguent au fond du magasin, bien cachés… Tout ça, c'est étudié pour te faire acheter des choses de plus en plus chères, tu vois, tu attends là, à la caisse, et autour t'as les produits les plus chers et les plus inutiles…

Ils placent les fruits et légumes à l'entrée, parce que nous les considérons comme des produits « sains ». Normal, nous sommes bombardés par les injonctions de la diététique : il faut manger des fruits et des légumes frais ! Mais ce sont des malins, ces agenceurs de supermarchés ! Ils savent que si tu bourres ton caddy de fruits et légumes au démarrage, tu vas moins culpabiliser en complétant par des produits industriels immondes dans les rayons suivants… Comment ça, je deviens aigri ? Aigri et acariâtre, rien que ça ? Je voudrais bien t'y voir, toi ! Si tu perdais ton boulot. De toute manière, tu n'as jamais travaillé… Attends, non, c'est pas ce que je voulais dire… Mais si, tu t'occupes très bien des enfants… Mais chérie, mais non… Attends-moi ! C'est pas ce que je voulais dire… Chérie !…Chérie !…

*

Moïse

Ce soir, je suis convoqué dans le bureau du professeur Puchet, et j'y fais la connaissance du docteur Bélingard. J'ai lu à plusieurs reprises sur le web des interviews de ce psychiatre spécialisé dans l'accompagnement des psychotraumatismes. Je m'attends à une dissection en règle de mon expérience comateuse par les deux médecins mais à ma grande surprise, Puchet commence par sortir une bouteille de scotch du tiroir de son bureau et en remplit trois verres.

— Le soir parfois, après une journée de stress, on peut s'accorder une pause, pas vrai Bélingard ? Je sais que c'est pas très réglementaire…

Bélingard acquiesce. Les deux hommes semblent vouloir établir avec moi une sorte de complicité.

Le docteur Bélingard expose rapidement son impressionnant curriculum vitae : ancien chef de service et chef de pôle au Centre Hospitalier de Lyon, professeur émérite à l'université de Paris, président de la Fondation des Augustins, membre titulaire de l'Académie nationale de médecine, président du Comité scientifique du congrès *Consciousness and Therapy*, rédacteur en chef de la revue *Cerveau*, directeur de la collection Sciences et Psychiatrie aux éditions du *Temps présent*, membre du conseil d'administration de l'Association hospitalière Sainte-Rita, officier de la Légion d'honneur, commandeur de l'Ordre national du Mérite… Il ressemble bigrement à un chameau avec ses petits yeux bas et placides, son museau proéminent et ses grosses lèvres qui mâchouillent latéralement les mots qu'il prononce.

— Le professeur Puchet m'a décrit l'expérience que vous avez vécue, monsieur Steiner, dit-il. Elle est tout à fait caractéristique des expériences de mort imminente telles qu'elles sont vécues par des milliers de gens. La science n'explique pas tous les aspects de ces visions, mais elle a fait ces dernières années des progrès considérables. Vous dites avoir vu une lumière blanche intense, n'est-ce pas ?

— Cette lumière n'était pas réellement blanche, précisé-je, elle était comme bleue et argentée, et en même temps enveloppante.

— Une étude publiée en 2013 par un groupe de chercheurs de l'université du Michigan fait apparaître un comportement spécifique du cerveau corrélatif aux arrêts cardiaques, et qui pourrait donner l'impression d'une expérience surnaturelle. Ils ont analysé l'activité de rats au moment de leur mort et ils se sont aperçus que, loin de s'arrêter net, l'activité cérébrale s'intensifiait pendant les trente secondes qui suivent l'arrêt cardiaque. Il y aurait donc une sorte de décalage entre la mort cérébrale et la mort clinique. Le chercheur Jason Braithwaite parle d'un « ultime hourra » du cerveau.

— Un « ultime hourra » ? répété-je, un peu surpris et passablement effrayé.

— C'est ça. Pendant cette courte phase, l'électroencéphalogramme enregistre une sorte d'emballement frénétique des interactions neuronales associées aux zones de la vision et de l'audition, explique-t-il avant d'avaler un gorgeon de whisky.

— Peut-être, professeur… Mais je ne suis pas un rat.

— Monsieur Steiner, reprend Puchet, je suis désolé de vous apprendre que nous partageons 90 % de nos gènes avec le rat. C'est un peu dur à encaisser, mais c'est ainsi.

— C'est possible, Docteur mais il n'empêche que… je ne suis pas un rat.

Mon insistance à me distancier énergiquement des rongeurs laisse les deux praticiens désorientés. C'est alors que Puchet sort le grand jeu : les cacahuètes ! Il tire du tiroir de son bureau un paquet de cacahuètes qu'il ouvre et dont il répand le contenu dans une cupule. Il la place devant moi en me resservant un verre de scotch.

— Pas d'alcool le ventre vide ! dit-il.

Et les deux médecins, échauffés par le scotch, dynamisés par un shoot d'arachides, reprennent leurs tentatives pour me convaincre de la nécessité d'une démarche rationnelle et scientifique plutôt que de céder au chatoyant chant des sirènes de l'irrationnel. On m'explique alors que notre cortex est susceptible de sécréter des doses importantes d'opioïdes endogènes quand il est en situation de danger extrême, et que ces opioïdes provoquent une sensation d'euphorie ou de bien-être qui peut expliquer les états de joie intense que les agonisants peuvent ressentir. Mais les explications très positivistes des deux médecins me laissent sur ma faim. J'y vois trop poindre le scientifique effarouché, attaché à ses principes scientistes comme un polype à sa muqueuse, effrayé de devoir ne serait-ce qu'entrouvrir la porte à d'autres hypothèses que celles que lui autorise la pensée médicale officielle.

— Rassurez-vous, dis-je, je n'ai aucune tendance à l'irrationnel.

Et je déroule à mon tour mon curriculum vitae de matérialiste patenté.

Je sens un certain soulagement gagner les deux hommes de science.

— Cela dit, ajouté-je, cela n'explique pas le logo universitaire que j'ai perçu sur le sous-vêtement de l'urgentiste qui tentait de me réanimer, ni ses gestes bizarres pour étalonner le bracelet GPS, ni la clef que j'ai décelée dans le veston de l'ex-mari de ma compagne.

Bélingard se tourne vers Puchet, interrogatif, et je m'aperçois que Puchet n'a pas révélé à Bélingard ces aspects de mon récit, soit qu'il les avait jugés sans importance, soit qu'il les avait volontairement omis. Il lui fait donc un petit rattrapage sur ces points.

— Je ne sais quoi vous dire, lâche Bélingard. Je n'ai pas d'explication à ces phénomènes. Il s'agit peut-être de coïncidences.

Après une courte période d'abattement, les deux éminents scientifiques reviennent à la charge avec un deuxième type d'explication, très en vogue actuellement. Mon expérience de mort imminente s'expliquerait par… la physique quantique !

Voici ce que j'en ai compris.

Notre conscience serait contenue dans des bidules appelés *microtubules.* Ce serait comme un programme informatique contenu dans le cortex et qui persisterait, suspendu quelque part dans le cosmos, après notre mort. L'activité psychique ne se réduirait pas à une quelconque substance produite par les neurones dans le cerveau : elle remonterait à la naissance même de l'univers. Quand le cœur cesse de battre, les microtubules perdraient leur état quantique, mais l'information ne serait pas détruite. Elle serait juste redistribuée dans l'univers. Notre conscience s'abîmerait peu à peu dans l'intergalactique comme une sorte de brume dissipative. Si nous sommes « réanimés », et que la vie finit par reprendre le dessus, l'information quantique peut sagement réintégrer nos petits microtubules et nous voilà de nouveau nous-mêmes. Une sorte de cure de désintégration/réintégration façon Star Trek ! Mais si les techniques médicales ne parviennent pas à nous ressusciter et que nous trépassons définitivement, l'information quantique se carapate définitivement du corps, et se dilue dans le cosmos, toutefois sans jamais disparaître tout à fait.

Bélingard poursuit :

— Quand le cœur cesse de battre, le sang s'arrête de circuler, les microtubules perdent leur état quantique. L'information quantique dans les microtubules n'est toutefois pas détruite, elle ne peut pas être détruite, elle est juste redistribuée et se dissipe dans l'univers.

— C'est une explication très cohérente, ponctue Puget en lapant le fond de son verre pour récupérer les dernières gouttes de scotch.

Je regarde, étonné, presque halluciné, les deux praticiens.

— Mais alors, vous croyez à l'immortalité de l'âme ! C'est insensé.

Les deux médecins se regardent en fronçant les sourcils. Visiblement, ils n'y avaient pas pensé ! Je n'en reviens pas. Voilà qu'à force de recherches, d'hypothèses et de contorsions intellectuelles, les scientifiques, viennent tout bonnement de restaurer la notion d'âme, vieille de huit millénaires ! C'est comme s'ils étaient pris à leur propre piège. En s'appuyant sur les modèles les plus récents de la recherche physique, et ainsi en se croyant préservés à bon compte de toute dérive théorique, les voilà prêts, sans même s'en rendre compte, à ressortir et à valider l'idée de de l'immortalité de l'âme ! Moi, l'athée, l'agnostique, le matérialiste, je me sens désormais bien seul ; voici que même la science me fait défaut. Je serai peut-être le dernier incroyant sur cette terre.

*

Le lendemain, à la cafétéria, je fais part de mon désarroi à Félix Celui-ci jubile. Non pas qu'il ait envie de me convertir à la religion, en fait c'est le cadet de ses soucis, mais il est heureux que la science la plus officielle vienne étayer sa foi chrétienne en corroborant l'idée que l'âme est immortelle, et qu'elle serait juste ventilée (façon puzzle) dans l'univers.

— À propos de foi, dis-je, il y a quelques jours, j'ai vu un mendiant juif avec une étoile de David tendant la main à la sortie d'une église. Bien sûr, les fidèles, choqués, ne lui donnaient rien, et se précipitaient vers un chrétien impécunieux avec une grosse croix qui faisait la manche juste de l'autre côté du porche, pour se délester généreusement de quelques piécettes. À un moment, le curé est sorti, et il a très gentiment et très charitablement conseillé au mendiant juif de tenter plutôt sa chance à la sortie d'une synagogue. Alors le mendiant juif interpelle l'autre miséreux et lui crie : « Eh ! Abraham, en voilà un qui va nous apprendre le métier ! »

Félix a failli renverser son café. J'adore le voir éclater de rire. Il a presque fini à quatre pattes sous la table.

Mais lorsque je reviens dans ma chambre, je m'aperçois que toutes ces théories me trottent dans la tête. Comment ai-je pu, lors de mon accident , voir tous ces détails autour de moi alors que mon cerveau était aux abonnés absents ?

En prenant ma douche, un peu plus tard, me vient une sorte d'illumination. Je vais décider d'adopter une petite règle de conduite toute simple. Puisque je ne peux pas savoir si ce que j'ai vécu est réellement une « sortie de mon corps », et que je ne le saurai jamais jusqu'au jour de ma vraie mort, et encore, il n'est pas dit que je le sache vraiment à ce moment-là, je vais cesser de donner ma validation à une hypothèse plutôt qu'à une autre. Je vais accueillir les faits comme ils arrivent sans leur donner un assortiment positif ou négatif, simplement comme ils arrivent. Une sorte de sagesse normande du « p'têt ben qu'oui, p'têt ben qu'non ». D'ailleurs, en hommage à mon vieux maître Karl Marx, qui a écrit un sacré gros bouquin qui s'appelle *L'Idéologie allemande* et que je n'ai bien sûr jamais lu, j'appellerai ça mon *Idéologie normande.* Très content de ma petite trouvaille, de cette philosophie de quatre sous goupillée sous la douche, je me précipite, la serviette autour de la taille, pour noter ça sur mon portable, comme je le fais pour les listes de courses, l'échéance de paiement des factures ou les démarches administratives que je ne dois pas oublier.

*

Sophie, la sœur ainée de Moïse

Oui, je suis allé voir Moïse. Il a l'air en forme. Il se déplace toujours avec des béquilles, mais il est alerte et il ne souffre plus... Tu vois, maman, il est solide... Toi tu crois toujours que le pire va arriver... Oui, remarque, ça c'est vrai, on peut difficilement faire pire qu'un accident d'avion... J'ai parlé avec le docteur Puchet, qui est très content de son état général. Il pense qu'il pourra sortir dans une dizaine de jours... J'ai rencontré Félix Grimaud aussi, tu sais, l'acteur, celui qui joue des comédies... oui, au théâtre aussi... Ils sont devenus très copains... Ils passent leur temps ensemble à rigoler comme deux gamins... En même temps, Moïse est en plein questionnement mystique... Je ne sais pas, il se pose des tas de questions, comme quand il était petit... Tu te souviens quand on a fait venir le rabbin Grunberg parce que Papa voulait qu'il fasse sa bar-mitsvah et qu'il a essayé pendant deux heures de démontrer au rabbin que Dieu n'existait pas ? Pauvre Rebbe Grunberg, il a abandonné la partie, il n'a jamais plus été question de la communion de Moïse !... Et quand Papa est allé le chercher au poste de police car il avait été pris parmi les casseurs dans une manifestation contre je ne sais plus quoi ! Oui, il était fiché parmi les gauchistes du XIIe arrondissement... On a reparlé de tout ça, ça l'a fait rire... Il avait envie de parler de sa jeunesse, de ces histoires étranges qui lui venaient aussi, tu te souviens ?... Quand il inventait des histoires, des personnages, qu'il griffonnait tout le temps en disant : je ne peux pas m'en empêcher… Tu te souviens qu'il effrayait Mamy avec des histoires de vampires ? Il disait qu'il voyait vraiment des suceurs de sang dans les murs, qui se glissaient sous le papier peint… On peut dire qu'il avait une sacrée imagination !... En tout cas je préfère le voir comme ça que complètement abattu comme il y a quelques mois quand son entreprise a commencé à péricliter et que Béa l'a quitté… Bon, il est juste un peu excité, mais ça lui passera. Quand je pense qu'il a failli mourir…

*

Moïse

Le lendemain matin, dès que j'ai avalé mon petit déjeuner, je saute sur ma béquille et je clopine jusqu'à la chambre de Félix pour lui faire part de ma toute nouvelle philosophie. J'ai hâte de frotter mon tout nouveau scepticisme joyeux à sa religiosité christique.

En pénétrant dans sa chambre, j'y trouve une femme de ménage en train de retirer les draps de son lit et de les déposer en boule par terre. Je demande si Félix est parti faire un tour. L'employée pâlit, paraît embarrassée, et me suggère d'aller voir l'interne de garde. Celui-ci me reçoit dans une salle de veille punaisée de dessins partouzards et meublée uniquement d'un lit de camp, d'un tabouret et d'une radio qui grésille les infos du matin. L'interne a une mine de papier mâché, des cernes sous les yeux, l'air accablé. Il éteint la radio et touille son café dans un gobelet en plastique.

— Monsieur Grimaud nous a quittés cette nuit, monsieur Steiner. Une attaque cérébrale vers 3 heures du matin.

— Mais hier soir, il était encore en pleine forme !

— Il a eu une hémorragie vers 2 heures du matin. Je l'ai pris en main tout de suite mais je n'ai rien pu faire.

L'interne pince les lèvres en hochant la tête.

*

Ce matin-là, j'arpente lourdement les couloirs du cinquième étage de l'hôpital, l'esprit vide, saluant sobrement de la tête les médecins et les infirmières que je croise. Puis, en forme de pèlerinage, l'âme dévastée par la disparition de cet ami aussi vite disparu qu'il était apparu dans ma vie, je descends dans le jardinet de l'hôpital. Je passe un moment, pensif, dans le mini-verger qui jouxte le mur du fond, et où trois ou quatre pruniers jouent les acrobates sur des espaliers.

Je ne connaissais Félix que depuis deux semaines, et j'ai l'impression de perdre un ami de toujours. Jusqu'à maintenant, je ne m'étais jamais préoccupé d'avoir un ami. J'avais eu des amours, une femme, des enfants, une famille, des relations, des collègues, des employés, un nouvel amour…

Mais un ami, non, jamais. C'est une espèce botanique que je n'avais jamais réellement cultivée. C'était la première fois. Et il a fallu qu'il parte si vite.

Je traîne mon spleen toute la matinée. Le monde a perdu ses couleurs. Cet hôpital, que j'aimais presque, m'apparaît soudain comme ce qu'il est : un lieu fade, presque désolé, où patients et personnel soignant se brassent dans d'interminables halls, ou bien se côtoient dans d'immenses et lugubres ascenseurs, où des grabataires attendent on ne sait quoi dans des chambres jaunâtres, agrippés à leurs draps froissés, où errent des créatures percluses de tuyaux et de drains, où divaguent de vieilles femmes perdues, en robe de chambre et en savates. La disparition de Félix a plombé l'ambiance du cinquième étage. Les repas y sont toujours servis et les soins toujours prodigués, mais avec des sourires figés. Partout, dans ce service pourtant habitué aux décès, le personnel est morne et discute à voix basse par petits groupes.

*

La nouvelle de la mort de Félix Grimaud n'est divulguée à la presse que vers midi par un tweet émanant de la famille, et les journalistes ne mettent pas dix minutes à rappliquer et à investir le parking de l'hôpital avec leurs scooters. Le professeur Puchet a intimé à tout le personnel l'ordre de ne pas leur adresser la parole, et s'ils étaient amenés à le faire, de se retrancher derrière le communiqué de presse officiel sans ajouter de commentaires. Le journal télévisé annonce la nouvelle à 13 heures et consacre quinze minutes à retracer la carrière du comédien et à interroger des gens du showbiz. Un communiqué de l'Élysée rend immédiatement hommage à « l'acteur majeur du cinéma français, le comédien infatigable, l'homme de théâtre dans lequel s'incarnait et continuera à s'incarner la gouaille et la générosité de l'esprit français ».

Je retourne m'asseoir au-dehors, l'esprit vide, près d'une infirmière qui pianote sur son smartphone en fumant une cigarette.

*

Odette, la mère de Moïse

Je peux pas venir au bridge aujourd'hui. C'est à cause de la mort de Félix Grimaud, oui, t'as écouté les infos ? Ah là là ! Quelle tristesse ! Si je le connaissais ? Je pense bien ! C'était un grand ami de mon fils... Oui, ils se voyaient tout le temps à l'hôpital... ils étaient très très liés... Je l'ai eu, mon Momo, au téléphone, il est très affecté. Alors je vais aller lui rendre une petite visite cette après-midi. On a besoin de sa maman, dans ces moments-là... Comment ça, il préférerait rester seul ? Tu veux dire qu'il préférerait rester seul que de voir sa propre mère ?... Ça tient pas debout ! Je vais lui apporter une tarte au citron, il adore les tartes aux citrons, surtout celles qui viennent de chez Lagrusse, avenue de la République... Il va être content. Je vais lui faire la conversation... Il adore que je lui parle, tu sais, il adore discuter avec moi... Son père c'était tout le contraire, pour lui dire trois mots, à celui-là, fallait se lever de bonne heure. Dès que je voulais lui raconter un truc , il s'apercevait qu'il avait quelque chose d'urgent à faire… Mais Moïse, c'est différent. Je me mets juste en face de lui et je parle, je parle, je parle, et lui il me regarde fixement sans bouger, très concentré. C'est bien simple, tout ce que je dis le passionne ! Il répond pas trop, il se contente de hocher la tête, mais il enregistre tout, et il retient tout… Parce que Moïse, je sais pas si tu sais, mais il a un QI bien au-dessus de la moyenne… Ses professeurs me l'avaient dit… S'il avait travaillé un peu plus au lieu de passer son temps dans les manifs, il aurait pu aller très loin, je sais pas, devenir ministre… Ah, c'est sûr, c'est sûr !

L'hôpital m'a autorisé à sortir pour me rendre à la cérémonie funéraire en hommage à Félix Grimaud. Mais les médecins m'ont demandé, du fait de mon état encore fragile et des pertes d'équilibre auxquelles je suis parfois sujet, de me déplacer en fauteuil roulant. Le chef magasinier me reçoit dans son entrepôt, et me confie un fauteuil électrique dernier modèle, dont il me montre rapidement le maniement : marche avant, marche arrière, et même système de freinage.

L'ambulance me dépose devant l'entrée de l'église Saint-Germain-des-Prés, parmi les taxis et les berlines qui charrient à jet continu des flots de célébrités. Sur le parvis, une foule compacte et recueillie attend déjà de pouvoir entrer dans l'église. Le nombre des peoples et des *pipolitiques* au mètre carré est tout à fait impressionnant. Il semble que cette cérémonie d'adieu à Félix Grimaud, l'un des plus éminents représentants du cinéma français, soit le rendez-vous mondain improvisé de l'été, et fasse le plein de tous ceux qui sont restés à Paris parmi les stars de la chansonnette, les journalistes égotistes et les politiciens érotomanes. Plusieurs stars ont même fait le déplacement depuis leur résidence secondaire de l'île de Ré ou du Lubéron pour rendre un dernier hommage au comédien disparu.

Une fois sorti de l'ambulance, je manipule les commandes de mon fauteuil électrique et je roule vers l'entrée de l'église, la foule compacte s'ouvrant devant moi pour me laisser le passage.

À l'intérieur de l'église, le sacristain me prend en charge et me projette au premier rang, à quelques mètres des tréteaux destinés à recevoir le cercueil, près de la famille et des proches qui me saluent de la tête en se demandant qui je peux bien être. Et pour cause : la famille de Félix ne me connaît pas et mon visage étant parfaitement anonyme parmi tant de têtes connues, les conciliabules vont bon train.

L'église se remplit rapidement. La nef est bientôt pleine à craquer jusque dans ses travées. Soudain, le cercueil apparaît, épaulé par six hommes parmi lesquels je reconnais deux vedettes de la télévision et un ancien ministre de la Culture. Son entrée est accompagnée par le thème musical bien connu, joué à l'orgue, d'un film culte des années soixante-dix, *Le paysan milliardaire,* dans lequel Félix était l'acteur principal. Après que le cercueil a été déposé sur les tréteaux, les petits-enfants du défunt allument tout autour des cierges et des lumignons. Ensuite vient l'homélie d'un prêtre à l'accent chantant du Sud, région dont Félix était originaire. Puis ce sont les témoignages de la famille et de quelques amis qui se succèdent. C'est à ce moment que, pour moi, se déclenche la catastrophe. Il me prend une irrépressible envie d'uriner : certains des médicaments dont on me gorge, six à dix à chaque repas, ont des propriétés diurétiques et me contraignent à pisser toutes les demi-heures. Je n'avais pas anticipé la situation ! Je passe immédiatement en revue tous les scénarios possibles. Traverser la nef sur mon fauteuil roulant, attirant les regards de la foule recueillie ? Impensable ! Me lever pour me faufiler en me coulant discrètement dans l'une des travées ? Impossible, elles sont bondées ! Je me mets à trépigner sur mon siège en cherchant le meilleur moyen de me sortir de ce mauvais pas. Ce faisant, je déclenche par inadvertance la commande de mon fauteuil roulant, qui, mal calé, se met à avancer vers l'autel. En quelques secondes, me voici butant sur les tréteaux, le nez au niveau du cercueil, sous le regard interloqué du prêtre et de l'assistance. Mon visage est rouge de honte et je tente une marche arrière désespérée, mais cette dernière semble bloquée et les commandes ne répondent pas. Je reste le nez collé au cercueil, incapable de me dégager. Pire, chaque fois que j'appuie sur la manette, le moteur s'emballe et un vrombissement de tondeuse à gazon se répercute sous les voûtes de l'église. À ce moment, je crois entendre Félix se gondoler au fond de la bière. Voilà le genre de situation qu'il aurait adorée. Le sacristain vient finalement à mon secours et je lui demande discrètement de me diriger vers les toilettes. Il saisit les poignées du fauteuil et je dois affronter des centaines de visages, amusés ou indignés, tandis qu'il me pousse dans l'allée centrale jusqu'à la sortie. Après mon petit pipi, je n'ose plus retourner à ma place et je me contente de suivre la fin de la cérémonie depuis le parvis, où des haut-parleurs ont été installés pour tous ceux qui n'ont pas pu pénétrer à l'intérieur.

À l'issue de l'office, le parvis de l'église ainsi que toute la place Saint-Germain-des-Prés se peuplent d'une multitude bavarde au sein de laquelle de petits groupes se forment et se déforment au gré des rencontres, des poignées de main et des embrassades. Je m'apprête à rejoindre mon ambulancier qui m'attend au coin de la rue de l'Abbaye, quand je suis interpellé par une grande femme dans une élégante tenue sombre. Je ne reconnais Colette, la femme de Félix, que lorsqu'elle relève sa voilette de deuil.

— Excusez ce petit incident, bredouillé-je à propos de mon sketch involontaire dans l'église, mais c'est la première fois que je manipule ce genre d'engin.

— Ne vous inquiétez pas, c'était très distrayant, répond-elle. Et Félix aurait adoré ! Il vous aimait beaucoup. Vous avez égayé ses derniers jours avec vos histoires drôles.

— Je suis désolé de l'avoir si peu connu.

Nous restons un moment sans parler. La femme de Félix, quoique triste, reste digne. Elle a ce maintien, cette tenue qui caractérise, supposé-je, les croyants, persuadés que la mort n'est qu'un passage vers un ailleurs.

Une petite fille de quatre ou cinq ans vient se blottir contre les jambes de Colette.

— Je vous présente Claire-Marie, ma petite fille, dit la veuve de Félix.

La petite fille au visage d'ange est habillée en bleu marine, avec une barrette dans les cheveux. Elle a de grands yeux bleus et je retrouve sur son visage avec bonheur certains traits de son grand-père.

*

Félix

Qu'est-ce que c'est que ce rassemblement ? C'est drôle, je les connais tous. Il y a là toute ma famille, et même des cousins à moi, des cousins très éloignés que je n'ai pas vus depuis des lustres... Il y a Maia Guldsmed, ma vieille Maia... Ah ! elle a pas l'air très gaie... Elle est tout en noir. Avec ses bijoux, quand même... Elle doit être furieuse de ce que j'ai raconté sur elle dans *L'Express*... Et puis il y Patrick Chesnais, Nathalie Baye, Annie Duperey, Jean Reno, mes vieux potes du cours Simon ! Et Lumilla ! Ah ! ça fait longtemps que je ne l'ai pas vue... La pauvre, elle a beaucoup vieilli. Elle est toute décharnée... Elle doit être malade. Elle qui était si belle ! C'est terrible, le temps qui passe, quand même. Et lui ? Je connais cette tête-là, mais oui, c'est Diègue Gregorio, l'ancien ministre de la Culture. Qu'est-ce qu'il devient, celui-là ? Il me semble qu'il avait pris un poste à l'Unesco, ou quelque chose comme ça. En tout cas on ne l'a plus revu récemment. Oh, et puis il y a mon agent, Edwige Montserrat et puis il y a Paul, Larissa, Karin, mon avocate ! Et Harry, Grace, Vincent, Gérard, Clovis, Philippe, Gauthier ! Toute une pléiade d'acteurs, dis-donc ! Mais ma parole, il y a même le Premier ministre ! Ah ! J'y suis ! Ce sont des funérailles. Mais ça doit être les funérailles de quelqu'un d'important, il y a un cordon de police jusqu'au boulevard Saint-Germain... Mais, c'est pas vrai, il y aussi ma concierge ! Qu'est-ce qu'elle fout, ici, Mme Cauvain ? Et puis aussi M. Barrot, le propriétaire du petit bazar de la rue Campagne Première. Mais qu'est-ce qu'il fait là ? Avec un Premier ministre ? Tiens il va parler à Colette. Il hoche la tête. Il l'embrasse ! Incroyable ! M. Barrot fait la bise à ma femme, maintenant ? Remarque, c'est normal, ce sont des obsèques. Franchement, je connais presque tout le monde, c'est fou. Je ne sais pas à qui je vais parler. Je ne sais plus où donner de la tête. Bon, non, je préfère rester un peu à l'écart. Si je commence à discuter avec les uns et les autres, je ne suis pas sorti de l'auberge. Je vais rester là, bien sagement. Et juste observer. Tout à l'heure dans l'église, je ne sais pas ce qui m'a pris, mais je me suis retrouvé juste à côté du prêtre. Au lieu de rester sagement assis sur mon banc... J'étais juste à côté de lui. C'est bizarre. Je voyais tous ces gens défiler au micro, certains pleuraient. C'était très émouvant. Je ne me tappelle s plus très bien ce qu'ils disaient. En tout cas, l'église était pleine à craquer... Il n'y a pas à dire, ça doit être quelqu'un d'important... Et puis, il y eu ce moment où mon pote Moïse a perdu le contrôle de son fauteuil roulant ! On peut dire qu'il en loupe pas une, celui-là ! Il s'est retrouvé bloqué contre le cercueil ! Quelle poilade ! Même le prêtre se marrait ! Sacré Moïse ! Lui qui n'aime pas trop se montrer, on peut dire qu'il a fait son show. Il ne savait plus où se mettre ! Tiens, mais qui c'est celui-là ?... Attendez, c'est pas vrai ! Mais oui, c'est bien lui : Henri Diabelli, l'ex-employé de Papa. C'est sûr, c'est Henri ! Je le reconnais. Il est venu de Nice ? Mais il doit avoir au moins quatre-vingt-dix ans ! Mais non, qu'est-ce que je raconte, quatre-vingt-quinze ! C'est bien simple, je me souviens qu'il travaillait déjà avec Papa quand on habitait encore boulevard de Provence, alors ça date pas d'hier ! Il est encore bien, tout droit dans son costard-cravate. Je l'ai jamais vu habillé comme ça. Je l'ai toujours vu en bleu de travail. Ce vieux Riton ! Ah ! ça me fait vraiment plaisir de voir qu'il est encore en vie... Tiens, il y a aussi des producteurs : Serge Lusson, Frédéric Chatillion, Marion Margeaut... Malheureusement, il y aussi Aymeric Sebon, le président de France Télévision. Le salaud ! Celui qui m'a sucré mon émission sous prétexte que j'étais trop vieux. S'il croit que je vais me laisser faire, il se trompe. Je vais aller lui dire un mot, à celui-là ! Oh ! et puis non, je vais attendre un peu, le moment n'est pas bien choisi. On discute pas boulot pendant un enterrement. Mais dès demain, je vais lui dire de quel bois je me chauffe ! Ah ! Mais c'est pas vrai : il a le culot de s'approcher de Colette ! Je rêve ! Il l'embrasse ! Il la prend dans ses bras ! Le fumier ! Mais il est pas bien, lui... Et elle qui se laisse faire ! Il lui prend les mains. Il lui chuchote quelque chose. J'entends pas bien. De quoi est-ce qu'il lui parle ? Ah, peut-être qu'il est en train de faire machine arrière, que finalement ils vont me confier l'animation de Ciné-dimanche ! Même en troisième partie de soirée, moi, je prends ! Il n'y a plus aucune vraie émission critique sur le cinéma à la télévision. Plus que de la promotion. Je vais faire venir des critiques, des vrais ! On n'est pas obligé d'être méchant avec les réalisateurs de cinéma. On est parfois obligé de faire de mauvais films, faut bien vivre ! Moi aussi, j'en ai tourné, des navets, et beaucoup ! Simplement, les films qu'on déteste, on n'en parlera pas dans l'émission, c'est tout !

*

Moïse

Je reprends l'ambulance qui me ramène à l'hôpital. J'ai une sensation bizarre. J'ai le sentiment que Félix est toujours présent, qu'il flotte quelque part. Je dépose mon fauteuil roulant au sous-sol et je prends l'ascenseur jusqu'au cinquième étage. Je ne serais guère surpris de voir sa belle tête à la crinière grise apparaître dans les couloirs. Je passe devant sa chambre. Celle-ci est maintenant occupée par une vieille dame. L'hôpital a déjà tourné la page.

Ma mère vient me voir vers 16 heures. Croyant me faire plaisir, elle a apporté un vieux carton éreinté, plein de vieilles photos jaunies.

— Regarde Momo ce que j'ai retrouvé à la cave ! On va regarder ça ensemble.

Je regarde le plafond avec douleur. J'ai horreur de regarder les vieilles photos ! L'évocation des périodes révolues me plonge dans des rêveries mélancoliques et les objets surgis de la mémoire ne sont pas une source de joie pour moi mais un signe que les choses meurent irréparablement. C'est aussi pénible que si l'on exhumait périodiquement un cadavre pour constater son état de décomposition. Et le jour est particulièrement mal choisi !

*

Elle attrape une poignée de photos qu'elle répand sur le lit. La plupart sont des clichés de famille d'avant-guerre, de petites photos sépia dentelées, ou des portraits de groupe cartonnés où posent côte à côte des ancêtres, des oncles, des tantes, des cousins, des cousines, pour la plupart disparus et oubliés depuis longtemps. Ce sont des images d'un autre temps, d'une époque où les hommes portaient des cravates, avaient les cheveux lustrés de gomina ou le front barré par une mèche rebelle et constamment la clope au bec, où de petites femmes se boudinaient dans d'austères tailleurs sombres et où les jeunes filles portaient des chaussettes de laine sous des robes plissées. Les enfants ont des regards sérieux comme des petits mes-sieurs et des petites dames.

Je parcours distraitement les photos. Ma mère se lance alors dans des exégèses généalogiques qui me font bâiller, mais je n'ose pas l'interrompre. Soudain, sur une photo sombre et jaunâtre, apparaît en arrière-plan un petit bonhomme brun d'une quarantaine d'années, le nez fin et long, le buste court, vêtu d'un complet trop large et d'une casquette. Je suis immédiatement saisi par cette figure.

— Qui est-ce ?

— Bah, c'est Itzik, ton grand-père. Un sacré numéro, celui-là, d'après ce que m'en disait ton père !

— Itzik, oui, Papa en parlait souvent. Mais je ne savais pas qu'il y avait la moindre photo de lui.

Je reste un moment stupéfait : je n'avais jamais vu de photo de mon grand-père, mort en 1943, et pourtant c'est l'homme que j'ai vu lors de mon rêve, au moment du crash de l'avion ! C'est lui, exactement lui !

— Quand je serai morte, poursuit ma mère en faisant mine d'essuyer une larme avec son mouchoir, qui pourra bien s'intéresser encore à ces photos ? Plus personne ne connaît ces gens-là. Ils sont tous oubliés. On est peu de chose, quand même.

Je reste un long moment pétrifié, tenant la photo à la main. C'est lui, oui c'est bien lui que j'ai vu lors de mon EMI. C'est cet homme qui m'a fait le geste m'intimant de redescendre sur terre, alors que je serais bien resté là-haut. Grand-père Itzik ! Lorsque mon père parlait de son père, il prenait un air amusé et indigné à la fois.

Itzik Steiner était né à Lodz, je crois, en tout cas quelque part sur le territoire polonais sous domination russe, au début du siècle dernier. Il est venu en France avec ses parents un peu avant la guerre de 14. Il a épousé ma grand-mère en 1928 (ça, je me souviens de la date) et ne l'a jamais rendue heureuse, toujours d'après ce que m'en disait mon père. Mon grand-père avait une triste réputation dans la famille : il était réputé paresseux, laissant à ma grand-mère la double tâche de tenir le magasin de vêtements en gros de la rue du Temple et d'élever ses cinq enfants, dont deux, des jumeaux, sont apparemment morts en bas âge dans des circonstances mystérieuses. On dit qu'ils ont été mangés par les rats, ce qui me terrifiait quand j'étais petit et a entretenu chez moi jusqu'à une véritable phobie des rongeurs. Selon la légende familiale, Itzik était non seulement cossard, mais il jouait, buvait, allait voir les filles (je n'ai pas su, pendant très longtemps, ce que cette expression voulait dire). Toujours selon les on-dit familiaux, ses frasques et ses dettes de jeux ont plus d'une fois ruiné son foyer et obligé ma grand-mère à des trésors d'ingéniosité pour subvenir aux besoins du ménage. Heureusement, Itzik s'est racheté en trouvant un moyen, au début de la Seconde Guerre mondiale, d'expédier sa femme et ses enfants en Espagne, et ainsi de leur sauver la vie. Lui a disparu à Auschwitz, ou ailleurs.

Je me mets à fourrager dans les piles de photos, en isole les trois ou quatre où figure Grand-père Itzik. Il a toujours la même allure : petit, légèrement voûté, avec un air de s'emmerder royalement aux réunions de famille où ont été pris tous ces clichés solennels. Il s'arrange toujours pour être derrière, ou dans un coin des photos, comme pour ne pas trop apparaître. Tous ces personnages me semblent morts, inexistants, révolus, sauf Itzik, dont l'œil est étonnamment vivant. J'ai l'impression qu'il sort du cadre blanc des photos, qu'il me regarde, mais qu'il me regarde de manière bienveillante, qu'il essaie de me dire quelque chose à travers ces reliefs d'un passé oublié. Un signe de vie parmi tous ces morts.

Je demande à ma mère de pouvoir conserver l'un des clichés de mon grand-père. Sur cette photo, il a l'air absent. Il affiche un petit sourire détaché. En me remémorant le « rêve » que j'ai fait au moment de l'accident d'avion, je peux analyser dans le détail son visage, sa voix, je peux presque sentir sa présence. Ce n'est absolument pas comme un souvenir, une image mnémonique. En fait, lorsque nous faisons fonctionner notre mémoire, j'ai lu ça chez Bergson dans ma jeunesse, ce n'est pas comme une image qui se peint dans notre cerveau, c'est plus un réseau d'impressions, de sensations quasiment physiques ou sensorielles qui provoquent un événement mnémonique. Mais là, pas du tout, ce n'est pas un souvenir : c'est une image, une vision ; mieux : une connaissance ! Je n'imagine pas mon grand-père, je le vois, je le connais, je le sais. Si je raconte ça à Bélingard et aux autres toubibs, ils vont encore me sortir une nouvelle théorie quantique. Pourtant je sais que j'ai réellement rencontré ce grand-père inconnu, et qu'il n'est pas pour rien dans mon retour sur Terre.

Dès que ma mère est partie, je me replonge dans le web. Je voudrais bien savoir ce que les juifs disent de l'après-vie, comme ça, pour voir.

Après une bonne heure de recherches, je n'ai pas trouvé grand-chose. Le Paradis, l'Enfer et le Purgatoire sont autant de concepts qui paraissent étonnamment complètement absents du judaïsme ! D'ailleurs, dans l'Antiquité, les Sadducéens, qui étaient un des quatre grands courants du judaïsme antique, se distinguaient par le fait qu'ils ne croyaient tout simplement pas à la vie après la mort. Ils entraient en conflit sur ce sujet avec les Pharisiens, qui se basaient aussi sur la tradition orale, et dont le judaïsme rabbinique que nous pratiquons aujourd'hui est l'héritier.

Beaucoup d'enseignants de la Torah suggèrent qu'en effet, s'il ne se passe rien juste après la mort, Dieu décidera de nous ressusciter un jour, quand il le jugera bon. Mais je suis intrigué par le fait que, dans la tradition mystique juive, il est dit que lorsque l'on meurt, on voyage jusqu'à la Caverne des Patriarches où l'on rencontre Adam, qui apparaît sous la forme d'un « être de lumière ». Pardi, comme dans les visions des EMI ! Et après avoir revu toute ta vie en mode rembobinage, tu passes un an dans la Géhénne, une sorte d'antichambre pas très folichonne, le temps que ta famille récite le Kaddish pour toi, et ensuite de deux choses l'une : soit tu reçois une promotion et tu montes illico t'asseoir aux côtés d'*Elohim,* soit tu reviens sur Terre pour y accomplir plus de *mitzvot,* de bonnes actions, mais dans un autre corps. Certains récits folkloriques disent qu'aussi bien en Enfer qu'au Paradis, les humains participent à de grands festins. Le problème, c'est que les convives ne peuvent plier leurs coudes : alors qu'en Enfer les gens restent perpétuellement affamés en essayant de se nourrir eux-mêmes, au Paradis chaque convive nourrit son voisin ! Fallait le trouver, tout de même ! Ce qu'on peut tirer de cette histoire, c'est qu'une vie bien vécue et pleine de bonnes est sa propre récompense, et qu'une vie mesquine est sa propre punition. Si on pousse un peu le raisonnement, on peut en conclure que le Paradis et l'Enfer sont deux lieux qui en réalité sont identiques : c'est la Terre sur laquelle on vit.

Retour à la case départ…

Je sors de l'hôpital fin juillet, après près d'un mois de convalescence. Désormais je marche sans béquilles, et il ne me reste de l'accident qui m'a fait mourir et revenir sur terre qu'une collection de cicatrices rosâtres au thorax et à l'abdomen et une jambe droite un peu raide. Plus un certain embonpoint lié au manque d'activité physique.

Alice a décidé de me faire subir un régime alimentaire strict. Elle a adopté pour moi la diète paléolithique. Elle me fait lire un article de 1985 du Dr S. Boyd Eaton, intitulé *Paleolithic Nutrition.* Cet anthropologue médical américain affirme que l'alimentation idéale correspondrait à celle de nos ancêtres de l'âge de pierre. En gros, on mange comme nos ancêtres chasseurs-cueilleurs qui boulotaient ce qui leur tombait sous la main. Les produits transformés et industriels sont strictement interdits. Il semble que nos aïeux ne connaissaient aucune des maladies dégénératives et leur excellente forme physique leur aurait permis de rivaliser avec les athlètes modernes.

— Tu vas pas faire de moi un marathonien, tout de même ? demandé-je à Alice.

— Non mais ça, ça doit disparaître, mon coco, dit-elle en empoignant mes bourrelets.

— Oui, mais tu me fais pas changer de régime toutes les semaines ?

— Tu me prends pour une girouette ? Le régime paléolithique, c'est le truc indépassable !

Moue dubitative de ma part.

Lors d'un jogging imposé au Jardin des Plantes, alors que je me laisse distancer par ma compagne et que je prétexte que ma jambe me fait mal, je m'assois quelques instants sur un banc sous un platane. Je suis immédiatement saisi d'une sensation étrange, une sorte de présence, alors que personne ne partage mon banc. Troublé, je rejoins Alice qui effectue des exercices d'assouplissement sur un bout de pelouse.

Nous nous posons sur un banc pour pique-niquer. Notre déjeuner est essentiellement constitué de noisettes, d'amandes et de poisson cru accompagnés d'eau de coco.

— Alice, est-ce que ça t'arrive d'avoir l'impression que quelqu'un te suit ?

— Non... Si, une fois, j'ai été suivi par un type dans le métro. Entre deux stations, il m'a mis une main aux fesses. Je peux te dire que ça n'a pas traîné : j'ai hurlé devant tout le monde que s'il cherchait à mettre sa queue quelque part, y avait sûrement des gourgandines dans le secteur. C'était un vieux bonhomme : il est devenu tout rouge et a filé sans demander son reste. J'ai presque eu pitié de lui.

— Non, je te parle d'une présence que tu sens sans pouvoir l'identifier.

— Genre l'homme invisible ?

— C'est à peu près ça.

— Ça doit être tes médicaments.

Je hoche la tête et replonge dans mon assiette.

— Vivement l'automne, dis-je, on va pouvoir manger des glands frais !

*

Dans les jours qui suivent, la sensation de présence est toujours là. Lorsque je suis chez moi, j'ai le sentiment que quelqu'un est assis près de moi. Dehors, que quelqu'un marche à mes côtés. C'est une présence discrète et amicale, mais insistante.

Je reçois un matin un appel de Colette Grimaud, qui m'invite à venir prendre un thé.

*

L'appartement dans lequel habite la veuve de Félix est admirablement situé, rue Auguste Comte, juste en face du jardin du Luxembourg, qu'il surplombe. Le salon est entièrement décoré de souvenirs et de photos de Félix.

— Je n'ai voulu toucher à rien, fait Colette. C'est un peu morbide, je sais. Un jour peut-être, j'aurai la force de transformer cet appartement. Ou d'aller vivre ailleurs… Mais pour l'instant, je ne peux pas.

Elle allume une cigarette.

— Oui, je me suis remise à fumer. Ça ne vous dérange pas si nous passons un moment sur la terrasse ?

Nous sortons et nous nous accoudons au parapet. Le jardin du Luxembourg a pris ses quartiers d'été, avec ses étudiants qui lisent au soleil, ses gosses qui turbulent et sautillent comme des puces, ou tournent, accrochés à leur cheval de bois, sous les pampres de fer des manèges. Il y a ces ados qui sillonnent l'allée centrale en rollers, nimbant l'air de poussière blonde, et ces touristes qui vont par grappes, brandissant fièrement leur perche à selfies. Et puis il y a les éternels badauds, lents, nonchalants, contemplatifs, se repaissant du spectacle de la vie qui se déploie autour d'eux.

Je me risque à parler du sujet qui me travaille depuis quelques jours.

— Il faut que je vous dise quelque chose, Colette. Depuis la mort de Félix, il se passe des choses étranges. Je sens sa présence en moi constamment. C'est comme s'il m'accompagnait en permanence.
— Moi aussi.

— Mais vous, vous étiez sa femme, moi je ne le connaissais que depuis trois semaines.

— Il vous aimait.

— Que voulez-vous dire ?

— Je dis simplement que Félix vous aimait.

— Colette, je ne suis qu'un petit bonhomme très banal. Lui était une des plus grands célébrités françaises, on lui a presque fait des funérailles nationales.

— Tout cela n'avait pas d'importance pour Félix. Il vous avait choisi comme ami, il vous aimait. Vous avez égayé ces derniers jours, et peut-être avez-vous fait beaucoup pour lui sans vous en rendre compte.

— Je ne vois pas quoi. En tout cas, c'est bizarre. C'est comme s'il était toujours là, près de moi.

— Dans le *Bardo Thödol*, le livre des morts tibétain, les défunts demeurent encore une quarantaine de jours avec leurs proches avant de se dissiper dans le cosmos. Ils n'ont pas encore réellement conscience d'être morts, il faut du temps pour ça. Ils croient encore être en vie et s'étonnent du fait que les vivants ne leur adressent plus la parole et fassent comme s'ils n'existaient pas. Même devant l'évidence de leur mort, ils continuent à penser qu'ils font partie de la vie. C'est une sorte de déni systématique, touchant et pathétique. Les morts, pas plus que les vivants, n'arrivent à accepter leur propre mort. Ensuite, leur présence se dissout peu à peu. Parfois, des regrets, des choses inachevées les retiennent parmi nous plus longtemps que prévu, et ils essaient d'y remédier en tentant de mettre en ordre ce qu'ils n'ont pas fini de régler de leur vivant.

— Oui, je connais tous ces fadaises New Age, répliqué-je. Je suis totalement insensible à tout ça.

Je sens que j'ai contrarié mon interlocutrice.

— Excusez-moi, reprends-je en tricotant une excuse maladroite, je n'ai aucun mépris pour la spiritualité. Mais je suis un homme rationnel, c'est tout.

— Un homme rationnel ? Oui, mais un homme rationnel qui, semble-t-il, se trouve brutalement confronté à des phénomènes qu'il ne comprend pas. D'abord votre EMI, ensuite cette relation particulière avec Félix. Vous devriez faire preuve d'un peu d'ouverture d'esprit. Ce que je pense, c'est que quelque chose peut expliquer cette amitié tardive qui vous liait à Félix.

— Quoi donc ?

— Je ne sais pas, mais quelque chose de puissant s'est passé entre vous, et ce n'est pas le fait que vous l'abreuviez de blagues débiles. Il a peut-être découvert en vous une qualité humaine particulière.

— En tout cas, c'est la première fois de ma vie que j'ai eu l'impression d'avoir un ami.

— C'est très beau, ce que vous dites. Vous êtes peut-être un type ordinaire, Moïse, mais cela n'avait aucune importance pour Félix. Vous ne pouvez pas savoir à quel point les grands de ce monde l'ennuyaient. Il a sans doute décelé en vous quelque chose qu'il appréciait particulièrement. Et vous, à ce moment, aviez besoin d'un ami.

— Et cette amitié se poursuivrait au-delà de la mort ?

— Félix veut peut-être que vous l'aidiez à résoudre un problème en suspens, quelque chose qu'il n'a pas résolu. Il vous a peut-être choisi pour être, en quelque sorte, son exécuteur testamentaire. Et en retour, cela explique également qu'il cherche à vous aider.

— À m'aider ?

— C'est ainsi que j'interprète ce qui vous arrive. Il cherche à vous aider.

— Excusez-moi de ma franchise, Colette, mais j'ai du mal à comprendre qu'un mort puisse m'aider.

— Vous avez tort, dit-elle avec calme.

Nous rentrons dans le salon au moment où une vieille horloge comtoise encastrée dans un angle du salon sonne midi. Le timbre rauque de ces grandes horloges anciennes qui rythmaient la vie de nos ancêtres avec leur fier fronton, leur cadran de bronze, leur tic-tac entêtant et leur infatigable pendule a toujours produit en moi un effet particulier, une sorte de réaction hypnotique, une sensation étrange de rapetissement du monde, comme si celui-ci se limitait aux limites de l'espace intime d'une salle à manger ou d'un salon, et que le temps se figeait dans un mouvement de balancier éternel. Il y avait une horloge comme celle-là dans le salon de ma grand-mère maternelle, dans sa maison de Vendée, et je passais de longues minutes à la contempler. Et quand ma grand-mère me demandait ce que je faisais, je lui répondais que j'essayais de comprendre ce qu'était le temps. Je me souviens que ma tante s'était discrètement inquiétée auprès de ma mère, se demandant si je n'étais pas un peu dérangé.

— Un héritage de la grand-mère de Félix, dit Colette. Il adorait cette horloge.

Soudain, l'horloge, qui a déjà sonné les douze coups de midi, sonne encore une fois. Un bref coup de cloche, isolé, intempestif.

— Elle est déréglée ?
— Non, elle n'a jamais fait ça. Voulez-vous rester à déjeuner ? me demande Colette. Entre-temps, je vous ferai lire quelque chose.

J'accepte l'invitation. Nous nous installons confortablement dans le salon.

— Vous ne le savez peut-être pas, mais Félix et moi étions des amis d'enfance. Plus exactement, il était un ami de ma sœur aînée, qui a douze ans de plus que moi. À l'époque où ils se fréquentaient, j'avais une dizaine d'années. J'étais déjà totalement amoureuse de lui. Il n'y a jamais rien eu entre nous jusqu'à ce qu'il ait l'âge de cinquante ans. Nous avions chacun fait notre vie de notre côté, et nous ne nous sommes retrouvés qu'à la maturité. Lorsque nous nous sommes mariés, les railleries n'ont pas manqué. Après la vie amoureuse fort mouvementée de Félix, tout le monde s'est demandé pourquoi il avait épousé une femme comme moi. J'apparaissais comme austère, discrète, je manquais de charisme, je ne brillais en rien et ma foi religieuse m'attirait toutes sortes de sarcasmes. Bref, je n'étais pas très « fun ».

Je m'apprête aussitôt à corriger cette contre-vérité patente, mais Colette m'arrête d'un geste.

— Ne protestez pas ! Je suis une belle femme austère, sans aucune fantaisie et sans aucun humour, pétrie de principes d'un autre âge. Dans le milieu peu amène du cinéma, on m'appelle « l'Après-fête », « la Bigote » ou encore « la Maintenon ».

Colette va chercher un dossier vert dans son bureau.

— J'ai commencé à écrire mes mémoires. J'avais besoin de coucher des choses sur le papier. Plusieurs éditeurs me supplient de publier mes souvenirs avec Félix, mais je ne sais pas si j'en ai vraiment envie. En plus, j'écris mal. C'est bourré de fautes. Tenez, commencez à lire tandis que je demande à Marie de préparer le déjeuner.

Je saisis le manuscrit et m'assois dans un grand fauteuil Voltaire près de l'horloge. Le titre, sans doute provisoire, est simplement : *Ma vie avec Félix Grimaud.*

*

Extrait du manuscrit de Colette Grimaud

Ma sœur Éliane et Félix étaient tous les deux élèves dans la même classe de terminale au lycée Masséna, à Nice. Félix venait d'une famille d'origine piémontaise. Son grand-père s'appelait Grimaldi et s'était installé à Nice un peu après la guerre de 14. Dans la famille de Félix, on parlait le nissart, le dialecte niçois, ou le piémontais. Son père avait une petite entreprise de plomberie rue de France, et Félix était destiné à reprendre l'entreprise familiale. Il ne fichait rien à l'école ni plus tard au lycée, mais son père s'en moquait bien. Il prétendait que pour être un bon plombier, il n'était nul besoin d'avoir fait des études poussées, au contraire, cela pouvait nuire à la qualité du travail d'artisan, qui était un savoir-faire et non un savoir.

Le père de Félix, franc-maçon, membre de la Loge Fraternités liguriennes, *était un autodidacte. Ses études avaient été très limitées. Il avait d'ailleurs toute une théorie sur la question : un intellectuel, disait-il, ne pouvait faire qu'un mauvais entrepreneur, car pour lui l'intelligence, si elle n'était pas pratique et confrontée au concret, à la matière, avait tous les caractères de la perversité. Il ne connaissait que l'esprit pratique. Il affirmait que pour résoudre un problème de plomberie, par exemple réaliser un bon cintrage, trouver l'angle de coudage approprié d'un tube ou la pente d'une canalisation permettant à l'eau de s'écouler à la bonne vitesse afin d'éviter les débits de fuite produits par une vitesse trop élevée de l'eau, ou au contraire l'entartrage généré par un flux trop lent, il fallait mettre de côté toute démarche scientifique et au contraire se vider complètement l'esprit. Lorsqu'il se mettait à un chantier, il n'était plus lui-même. Il entrait en préparation psychologique comme un sportif lors d'une compétition. Il disait qu'il fallait qu'il pénètre par l'esprit dans ses canalisations, qu'il soit comme une sorte de naïade roulant par la pensée dans les tuyaux, accompagnant presque sensuellement le cheminement de l'eau, les pressions, les courants, le clapotage du flux qui s'écoule dans sa gaine de cuivre, afin de le contraindre, de l'endiguer, d'en déjouer les reflux , de le piéger, bref de le domestiquer. Le mépris de son père pour toute considération académique donnait à Félix en quelque sorte un blanc-seing pour saboter ses études. Au lieu d'aller au lycée, il faisait les quatre cents coups sur la Côte d'Azur. Il faisait partie d'une bande de grands veaux qui menaient joyeuse vie. L'été, pour se faire un peu d'argent, il prenait un plateau dans un restaurant de la plage et avec sa belle gueule, faisait craquer les touristes anglaises et allemandes. Il en a eu, des jeunes, des vieilles, des riches, des pauvres ! Il s'était acheté une vieille Chevrolet décapotable, blanche à sièges de cuir rouge. À l'époque, il fréquentait ma sœur aînée.*

Moi, c'était différent. Ma famille descendait de la noblesse déchue d'origine savoyarde. Mon père était juge auprès tribunal de grande instance de Nice. Il nous a élevées dans le goût des études et dans le culte catholique. Il regardait Félix et sa bande comme si c'étaient des démons, et interdisait fermement à ma sœur toute sortie avec eux. Heureusement qu'il n'a jamais su qu'Éliane avait eu cette liaison avec Félix, il ne s'en serait jamais remis.

À dix-sept ans, Félix a décroché un petit rôle de figurant aux studios de la Victorine, sur les hauteurs de Nice, lors du tournage du film Le Corniaud, *de Gérard Oury, en 1964, et c'est là qu'il a rencontré Bourvil qui l'a invité, quelques années plus tard, à venir à Paris. Ensuite, les contrats se sont miraculeusement enchaînés. À cette époque, je l'ai perdu de vue mais je suivais son ascension fulgurante. Je ne l'ai revu que trente ans plus tard...*

— Un apéritif? demande Colette en m'interrompant dans ma lecture. J'ai un excellent porto.

Sans attendre ma réponse, elle sert le porto dans deux petits verres en cristal, accompagné d'olives et de délicieux canapés que la cuisinière vient de préparer.

— Je trouve que c'est très bien écrit, Colette. J'adore le passage sur la plomberie. Ce sera un beau livre. Votre sœur a eu une liaison avec Félix?

— Un flirt de jeunesse.

— Vous ne vous êtes donc revus que bien plus tard.

— Oui, en 1991. Félix venait d'achever un tournage avec Molinaro. Il était au summum de sa carrière; il avait dix propositions de films par mois. Moi, à l'époque, après ma carrière de mannequin, j'étais devenue directrice commerciale dans une agence de pub. Je l'ai revu lors d'une soirée. Mon agence avait réalisé l'affiche et la campagne de promotion. Je suis allée vers lui et je n'ai pas eu besoin de lui dire quoi que ce soit. Il m'a aussitôt reconnue, et pourtant je n'étais encore qu'une enfant lorsqu'il avait quitté Nice. Je suis immédiatement retombée amoureuse de lui. Il avait un charme à cette époque, vous ne pouvez pas savoir...

Nous nous sommes revus plusieurs fois, mais sans qu'il se passe rien. Je venais de me marier avec Gonzague de Feaux, un avocat. Mais Félix était l'homme de ma vie, de toute éternité.

— Vous avez plaqué votre avocat ?

— Oui, et Félix, de son côté, a soldé les liaisons multiples qu'il entretenait. Il m'a avoué quatre relations en parallèle, mais je crois que c'était bien plus.

Elle esquisse un sourire fripon et porte à sa bouche le verre de porto, arrondissant ses lèvres en une moue gourmande.

— C'était un homme hors du commun, poursuit-elle. Il savait aller vers les gens avec une telle chaleur. Des inconnus l'arrêtaient sans cesse dans la rue et voulaient l'embrasser. Beaucoup de célébrités sont admirées ; lui était aimé. Chaque promenade avec lui, c'était au bas mot vingt ou vingt-cinq autographes. Alors, pour être tranquilles lorsque nous étions dans la rue, nous avons acheté ça.

Elle se dirige vers un tiroir du buffet et en tire une moustache et une barbe postiches. Elle éclate de rire, puis, portant la main à sa bouche, fond en larmes. Je la prends par les épaules.

— Vous avez été très heureuse avec lui ?

Elle hoche la tête, puis sèche ses larmes avec un kleenex.

— Vous voulez déjeuner ? me demande-t-elle.

Nous prenons place sur la terrasse autour d'une petite table en bois de teck. Nous sommes environnés par le piaillements des martinets et des rouges-queues qui égaient la canopée du parc. Nous déjeunons presque sans parler.

*

Félix

Je suis bien content que Colette et Moïse soient devenus copains… Je vais les rejoindre… Oh, et puis non, finalement, je vais les laisser en tête-à-tête… Je suis bien, là, assis au soleil sur ma terrasse ? Ah ! c'est chouette l'été, quand même ! Le soleil me manque, moi, à Paris, l'hiver… Je suis un homme du Sud, après tout… Ils sont en train de faire connaissance… C'est drôle, j'ai envie de rester là, seul. Pourtant je ne suis pas un solitaire de nature… Mais là, je ne sais pas, en ce moment, c'est ce qui me convient ! Je suis bien, là, tranquille, je ne manque de rien…

*

Moïse

— Qu'est-ce que vous avez, me demande Colette ?
— Pourquoi ?
— Vous paraissez absent.
— Excusez-moi.
— Il n'y a pas de mal, Si vous n'avez pas faim, ne vous forcez pas.

— Je suis désolé. Je vais aller me reposer.

*

L'après-midi, je m'offre une séance de cinéma. Une petite salle du Quartier latin présente une rétrospective du cinéma français et je tombe par chance sur un film de 1969 où Félix Grimaud joue un petit rôle. Il incarne un étudiant maoïste pendant les événements de mai 68. Il arbore une magnifique chevelure brune frisée, porte des lunettes cerclées et fait partie d'un petit groupe de jeunes gens plus préoccupés de lutiner les filles que de mener la révolution. Je suis au premier rang, tout ému de voir Félix jeune, la bouille bien ronde, la voix haut perchée, plein d'énergie et de fougue, avec déjà ce magnifique regard qui faisait craquer les femmes. Il me paraît si proche, si vivant.

Lorsque je rentre à la maison, je trouve le salon complètement chambardé. Les fauteuils, les chaises et la table sont poussés contre les cloisons, des bougies et des lumignons sont disposés un peu partout et le centre de la pièce est semé de coussins.

— Qu'est-ce qui se passe ? demandé-je.

— T'as pas oublié notre soirée chamanique ? me répond Alice.

— Quelle soirée chamanique ?

— Celle que Georges organise tous les mois. Tu sais, Georges, un ancien directeur commercial de Peugeot qui a tout plaqué pour devenir chaman, après son séjour *ayahuasca* en Amazonie.

— Un séjour quoi ? Je ne me souviens pas que cela devait se tenir chez nous.

Mais les amis d'Alice commencent déjà à arriver. Pour la plupart, je ne les connais pas. Elle me présente à chacun d'eux comme *son-compagnon-qui-a-vécu-une-expérience-de-mort-imminente,* ce qui me donne d'emblée un prestige certain et déclenche un feu nourri de questions.

J'arrive à coincer Alice dans un coin de la cuisine.

— Alice, il me semble que je ne t'ai jamais donné mon accord pour faire une soirée chamanique dans mon appartement.

— Tu vas voir, Choupinet, ça va être génial ! (C'est la première fois qu'elle m'appelle Choupinet, ça fait déjà vieux couple alors que l'on n'est ensemble que depuis quatre mois !) Ce soir, nous faisons un atelier *d'harmonisation des énergies de l'amour.* Tiens, apporte les verres à thé.

Je veux protester, mais elle a déjà filé pour accueillir Georges le chaman.

Georges est de la tradition archaïque de la « Voie argentée », son nom initiatique est *Ao Ripo,* « le goéland qui guérit ». Il est en contact avec Pelé. Je crois au début qu'il s'agit du mythique joueur de foot brésilien, mais pas du tout, il s'agit de la déesse hawaïenne du feu, des orages et des volcans.

Le chaman est accueilli par la petite assemblée avec des gloussements d'extase. Il est devenu extrêmement connu à Paris depuis qu'une grande chaîne de télé a fait un reportage sur lui. Ao Ripo, alias Georges Grassinet, né à Limoges, était un honnête cadre commercial de l'automobile jusqu'à l'âge de quarante ans, lorsqu'il a vu en rêve la déesse Pelé sous la forme d'une plantureuse vahiné avec laquelle il aurait fait l'amour toute la nuit. Le lendemain, il n'a fait ni une ni deux et a tout plaqué pour s'initier au chamanisme à Hawaï. Rentré en France, il a créé le centre *Aloha* à Paris, et a rencontré un vif succès.

Je m'assois dans un coin de la pièce et le chaman, cheveux longs poivre et sel et barbe rousse, habillé de lin blanc, s'agenouille et dépose en cercle autour de lui quelques breloques : un jeu de cartes, des dents d'animaux, des fragments d'obsidienne, de copal et d'ambre gris. Il me demande une assiette dans laquelle il fait bruler une substance qui dégage une âcre fumée jaune. Il invite les participants à faire un large cercle autour de lui. Puis il commence à frapper régulièrement sur un tambour destiné à inviter les esprits de la terre à se joindre à nous. Je m'inquiète pour le bruit car la voisine du dessous est plutôt revêche, et du genre à faire un scandale dès qu'il y a un peu de bruit, arguant, quelle que soit l'heure de la journée, qu'elle a un bébé qui dort (lorsque je lui ai dit un jour qu'elle devrait consulter un médecin car son bébé devait avoir la maladie du sommeil, j'ai cru qu'elle allait me gifler). Bientôt, les convives sont censés entrer en communication avec la Voie lactée et recevoir une douche cosmique. Une fois purifiés, ils peuvent enfin se reconnecter avec leur vraie nature faite d'amour et de lumière. Puis tous doivent faire un vœu à haute voix. Chacun y va de son souhait : la guérison d'un proche, la fin du chômage, l'établissement durable de la paix dans le monde, le sauvetage de la planète, etc. Puis les invités se lèvent, se mettent à danser, et partent à la rencontre de leur animal totem. Bientôt, certains tombent à quatre pattes, d'autres se haussent sur la pointe des pieds en battant des coudes comme si c'était des ailes, et l'assemblée se met à aboyer, à miauler, à barrir, à ramager, à coasser, ou à braire. Alice a placé ses mains sur les oreilles et les écarte à intervalles réguliers comme s'il s'agissait d'ouïes. Elle fait de grands O avec la bouche. Moi, je reste là, un peu à l'écart de la ménagerie, en spectateur, malgré les demandes répétées de Georges qui me dit que je risque de perturber le « cercle chamanique » en ne participant pas à la cérémonie. Mais il ne parvient pas à m'y entraîner.

Puis tout le monde se rassoit et Georges le chaman tire une carte. Il s'agit de la *Nymphe de l'air.* Chacun est invité à se concentrer et à entrer, les yeux fermés, en communication individuelle avec elle. Puis le tambour, les chants lancinants et les danses reprennent. Au bout de vingt minutes, la cérémonie prend fin. Tous se rassoient et, en se partageant des fruits, sont invités à relater l'expérience qu'ils viennent de vivre.

C'est au tour d'Alice de décrire son expérience. Elle a aperçu un trou dans un rocher et s'y est engouffrée. Une fois dans la grotte, elle a descendu des escaliers de pierre. Elle s'est sentie très en confiance. Puis elle s'est retrouvée au bord d'un lac souterrain, sous une immense voûte minérale étoilée de diamants et de pierres précieuses qui donnaient à ce paysage une étrange lumière vacillante. Sans hésiter, elle s'est avancée dans l'eau violette et limpide, qui était idéalement tiède et légèrement salée, puis elle s'est retrouvée flottant mollement entre deux eaux. Alors, l'animal totem lui est apparu : une grande carpe aux reflets argentés, qui battait l'eau de sa queue puissante et semblait régner sur cet univers aquatique. Elle est, semble-t-il, entrée en communion silencieuse avec la carpe. Je m'étonne en souriant *in petto* que son totem soit un animal muet...

Chacun se lève alors et remercie son animal totem d'être entré en connexion avec lui. La cérémonie est terminée et, une fois les participants partis, Alice me rejoint dans la cuisine où je me suis servi un verre de scotch.

— Alors, tu es entré en relation avec ton animal totem ? demandé-je.

— Ne te moque pas de moi, j'ai vraiment vécu une expérience sensationnelle. J'en ai encore le cœur qui bat.

Elle me prend la main et la glisse sous son pull, sous son sein gauche.

— Tu sais, Alice, je comprends que les gens aient besoin de religiosité. Mais pourquoi ne pas essayer de renouer avec les traditions européennes ? Tu y trouveras les mêmes choses que dans la religion des Papous. Et pourquoi s'agglutiner dans un appartement de 50 m² alors qu'il y a plus de 50 000 églises en France qui sont toutes vides ?

— Ça n'a rien à voir. Toi, tu comprends rien.

— Je te jure que je comprends, d'ailleurs c'est scientifiquement expliqué, tout ça. On a un bout du cerveau réservé aux croyances, et dans le cas des grands mystiques, cette partie du cerveau est hyper-développée. Je lis beaucoup là-dessus en ce moment, comme tu le sais. En étudiant les descriptions données par les Évangiles, la Bible, le Coran, et les histoires des saints, des neuropsychiatres ont remarqué des ressemblances entre tous les grands inspirés. Ils étaient tous sujets à une épilepsie du lobe temporal droit : saint Paul, Jésus, Mahomet, Bouddha, Jeanne d'Arc, saint Jean de la Croix, sainte Thérèse de Lisieux, etc... Dans les phases aiguës de la pathologie, l'individu croit entendre des voix ou est sujet à des hallucinations lumineuses... Tu vois, pas besoin d'aller chercher une déesse dans les mers du Sud.

Alice hausse les épaules et me plante là pour aller se coucher. Je la rejoins alors qu'elle est déjà au lit, le visage tourné contre le mur.

— Allons, mon Alice, je ne voulais pas te vexer.

— Tu devrais faire preuve d'un peu d'ouverture d'esprit, merde !

— Mais je suis ouvert : je reconnais que nous avons besoin de ça.

Je caresse doucement ses épaules. J'aime particulièrement ses longs bras fins, son corps mince et élastique, ses petits seins blancs parcourus de discrètes veinures violettes comme des globes de marbre. Je l'embrasse dans le dos.

— Je ne suis plus ton choupinet ?

Elle met un long moment à se retourner et finalement à m'embrasser.

*

Félix

Je ne veux pas rentrer tout de suite à la maison. Je vais marcher un peu dans les rues du quartier. C'est drôle, d'habitude, tout le monde me reconnaît, et il est rare que je puisse faire cent pas sans qu'on me demande un autographe. Du moins, lorsque je ne porte pas ma barbe postiche. Mais aujourd'hui, rien ! Personne ne m'arrête. Bah ! tant mieux, je peux marcher peinard… Je vais entrer dans ce troquet. J'adore aller au café aux petites heures du matin, voir les livreurs et tous les travailleurs matinaux accoudés au bar devant leur expresso. « Moi aussi, un café, s'il vous plaît, non, un crème ! » Tiens, le garçon passe à côté de moi sans même sourciller ! C'est extraordinaire, cette aptitude qu'ont les serveurs à Paris à ne pas vous voir lorsque vous avez besoin de quelque chose, cette capacité à tourner constamment la tête dans une autre direction pour éviter votre regard.

Tiens, un couple vient s'installer à ma table, sans même me demander ma permission. Tant mieux, j'adore écouter les conversations. Visiblement il y a de la discussion dans l'air. Je vais écouter, j'ai un côté très commère, d'ailleurs totalement assumé. Mais c'est bizarre, je n'entends pas vraiment ce qu'ils disent… C'est un peu comme si j'avais du coton dans les oreilles. Ma parole, le garçon s'approche d'eux et prend leur commande. Hé ! le barbu, et moi ? Et mon café ? C'est pas vrai, il m'ignore complètement ! Je vais me transporter d'un coup derrière le bar où le patron fait sa caisse. Je vais lui dire ce que je pense de son personnel, moi… Oh, et puis non, si je me plains, le jeune serveur va se faire engueuler, peut-être se faire virer. Je ne veux pas déclencher ça. Allez, je vais aller prendre mon café ailleurs. Ce ne sont pas les troquets qui manquent sur le boulevard Montparnasse. Et si je poussais jusqu'au Flore ?... Ah ! Oui, bonne idée, je vais sûrement y rencontrer des gens que je connais. Je rentrerai à la maison plus tard…

Nous traversons deux ou trois rames du train, nous faufilant parmi les voyageurs somnolents ou absorbés par l'écran de leur tablette, écouteurs sur les oreilles, regardant une série ou s'adonnant à des jeux électroniques où des pigeons bombardent de fiente des lutins colériques, ou bien dans lesquels il faut construire un château avec des pierres molles comme des marshmallows. Le TGV qui nous emporte en Provence file maintenant à travers les paysages vallonnés de Bourgogne : un patchwork de vignes aux grappes déjà grassouillettes et de champs desséchés par le soleil d'été où paissent des vaches abouliques.

Dans le wagon-bar, je vais chercher deux cafés, puis je confie à Alice :

— Cette nuit encore, je me suis réveillé en sueur. J'ai vraiment l'impression que Félix est encore présent parmi nous. Hier, lorsque j'étais chez sa femme, je percevais qu'il était là, tout près de nous, et qu'il nous regardait.

Alice me regarde un long moment. Je sens bien qu'elle ressent un certain plaisir à voir mon rationalisme en difficulté, mais elle ne le montre pas. Elle cherche la phrase, l'argument adéquat pour soulager mon désarroi.

— Est-ce que c'est si grave que ça ? finit-elle par demander.

— Cela me rappelle une impression que j'avais lorsque j'étais enfant. Vers l'âge de dix ans, je pensais sans cesse à la mort. Mais je ne me la représentais pas comme une chose effrayante, plutôt comme un refuge, toujours prêt à me recevoir si un jour la vie devenait insupportable.

— Bah, dis donc ! T'es gai, aujourd'hui !

— J'aimerais retrouver ma rationalité conquérante d'antan. Mais toutes ces visions m'obsèdent. J'ai lu des tas de romans et vu des films à la manque avec des revenants et ça m'a toujours fait marrer.

— Il y a au moins un avantage, dit Alice, c'est que tu ne penses plus à la faillite de ta boîte.

— C'est vrai, ça ! réalisé-je en me redressant comme un pointer surpris par un bruit de broussaille.

De fait, depuis que je suis sorti de l'hôpital, je me suis à peine informé de ce qui se passait à InnSoftware. Je sais qu'un administrateur judiciaire a été nommé et qu'Aziz gère la société en attendant la liquidation. Ça me suffit. Je n'ai même plus mis le nez dans mon compte en banque pour savoir s'il me reste de l'argent. Je tire sur ma carte bleue sans vérifier si mon solde est encore positif, alors que je ne me suis pas versé de salaire depuis trois mois. Toutes ces préoccupations me sont sorties de l'esprit.

— Comment interprètes-tu ça ? demandé-je à Alice, occupée à envoyer des SMS à sa horde de copines (elle doit en envoyer plus de mille par jour !).
— Sais pas. Peut-être que t'es devenu cool.

Cool !

*

Nous arrivons à Avignon, où une voiture de location nous attend. Puis nous filons vers Fournès, un petit village du Gard où nous devons séjourner.

Nous arrivons au *Mas des cigales,* sous un grand soleil et une chaleur presque suffocante. Marvin et Malvina nous reçoivent dans la pinède qui s'étend devant la maison, avec un verre de jus de concombre au gingembre agrémenté d'olives cassées. Marvin est anglais, long, musclé, le poil roux comme il se doit, un beau gars néanmoins affligé d'un œil de verre que l'on remarque rapidement du fait de la rapidité et de la vivacité de son œil valide, qui impose à son visage une étonnante dissymétrie. C'est un ancien trader de la City reconverti à la culture bio et à la médecine ayurvédique après un accident de moto dont il prétend s'être sorti grâce à un médecin indien qui exerçait clandestinement dans le sud de Londres (la médecine traditionnelle l'aurait laissé pour mort). Son œil perdu dans l'accident, il le considère comme lancé aux avant-postes de la réincarnation, et il prétend qu'il le retrouvera plus tard, dans une autre vie. On voit le genre de personnage... Juste ce qu'il me fallait au moment où je suis à deux doigts de tomber dans la démence irrationnelle! Malvina, elle, est française, corse pour être exact, brune, les yeux légèrement étirés, un museau de belette, un corps long, mince et souple.

Notre semaine sera basée sur une nourriture bio hyper-étudiée, des séances de yoga et de méditation, un peu de cheval, de l'herborisation dans la garrigue où poussent toutes sortes d'herbes aux vertus médicinales, et bien sûr, il est convenu que nous participerons aux travaux de la maison et du jardin.

Marvin éprouve immédiatement pour moi la solidarité affectueuse des rescapés (car Alice a tout de suite raconté mon histoire d'EMI, que j'aurais voulu tenir secrète). Quand j'ai dû répondre aux questions du Britannique sur l'accident d'avion dont j'ai été victime, n'ayant aucune envie de raconter de nouveau l'épisode, j'ai grogné deux ou trois gargouillis en avalant mon jus de concombre. Marvin m'a mis la main sur l'épaule: je suis maintenant son frère sur la Terre, revenu moi aussi de l'*Un!* Puis il me prend par le bras et m'entraîne amicalement pour l'aider à répandre du fumier de mouton dans le potager, tandis qu'Alice et Malvina continuent de jaspiner à l'ombre des pins.

— Tu m'auras tout fait, grommelé-je à Alice au moment où, deux heures plus tard, alors que j'arrache les mauvaises herbes, elle passe à portée de voix en ramenant les chevaux au box.

— Comment ? dit-elle, étonnée. Tu m'as dit que tu étais d'accord pour vivre cette expérience de *détox.*

— C'était avant mon accident. J'aurais préféré des vacances plus tranquilles.

— Ah, bon ? Genre te dorer le sépion sur une plage bondée ?

— Oui, je suis en convalescence, tout de même.

— Tu verras, dans une semaine tu seras content d'être ici.

*

Le fait est que le soir même, mon humeur cacochyme se trouve vite dissoute dans un verre de rosé frais pris sur la terrasse de la maison avec notre couple d'hôtes, tandis que le soleil déclinant illumine les collines rocheuses et que l'air rafraîchi embaume le thym, la lavande sauvage et le benjoin. Peu à peu, le chant nourri des cigales fait place au coassement flegmatique des crapauds.

Après le dîner, nous nous asseyons au bord de la piscine, les pieds dans l'eau, tandis que Marvin se pose avec sa guitare sur la margelle du vieux puits et entonne quelques chansons folks. Parfois, Malvina le rejoint pour un refrain, fredonné de sa voix un peu rauque. Marvin poursuit son petit concert sous la lune par quelques études à la guitare seule, sans doute du Villa-Lobos. Les notes égrenées montent comme des bulles dans l'air chaud, vers le ciel constellé. Alice et moi, la tête renversée en arrière, épions les étoiles filantes. C'est le moment idéal pour des considérations oiseuses et des envolées lyriques.

— Sais-tu, déclamé-je à Alice, qu'il y a plus d'étoiles dans l'univers qu'il n'y a de grains de sable sur la terre ? Si tu imagines un instant les kilomètres de plage qui bordent les côtes, les étendues désertiques qui se déploient sur tous les continents et le sable caché un peu partout dans le sous-sol, tu peux avoir une idée du nombre de grains de sable. Cela pourrait être terrifiant non ? Pourtant, si on y réfléchit, ça ne l'est pas.

À ce moment, j'attends un « Pourquoi donc ? » de la part d'Alice, que j'imagine impatiente d'entendre la suite de mon propos. Au lieu de ça, elle se contente de faire clapoter ses pieds dans l'eau. Je pense qu'elle se fiche pas mal de ce que je peux lui raconter sur les espaces interstellaires. Devant le manque d'intérêt de ma compagne pour mes élucubrations philosophiques, je me tais. Pourtant, si au lieu d'imaginer que des milliards d'étoiles et de galaxies peuplent le cosmos, on se met à penser le cosmos comme un tout, quelque chose d'uni, l'image n'a plus rien de terrifiant. On n'est pas effrayé par les milliards de grains de sable qui couvrent la terre, car on les pense en plage ou en étendue désertique, pas plus que l'on est effrayé par les milliards de milliards de gouttelettes d'eau qui forment les nuages, car on les pense justement en nuages. Lorsque Pascal disait « le silence éternel de ces espaces infinis m'effraie », à tous les coups, il cherchait à se faire peur. Sacré Pascal !

Un bip me tire de ma songerie. C'est un SMS de Béa :

Les enfants m'ont dit que tu es en vacances vers le pont du Gard. Je suis avec Alexis au Festival d'Avignon. Tu ne veux pas que nous déjeunions ensemble demain avec ta nouvelle conquête ?

Un lamentable smiley ponctue sa proposition.

Ça, c'est incroyable ! Béa me plaque après vingt-cinq ans de mariage, et elle voudrait que je déjeune tranquillement avec elle et son gigolo comme si nous étions des amis de collège. J'envoie rageusement balader mon portable.

— Une mauvaise nouvelle ? s'enquiert Alice.

— C'est Béa. Elle me demande si nous voulons déjeuner avec elle et son mec demain.

— Ça me paraît une bonne idée, réplique Alice, nettement plus prompte à s'intéresser à mon ex-femme qu'aux profondeurs cosmiques.

— C'est hors de question !

— Pourquoi ? C'est une bonne occasion de normaliser vos relations de manière décontractée.

— Il n'y a rien à normaliser. Et puis, demain, Marvin m'a demandé de l'aider à effeuiller les vignes.

— Ça ne te prendra pas toute la journée, on peut très bien les rejoindre vers midi. En plus, Avignon, c'est une cité absolument magnifique.

— N'insiste pas !

J'ai souvent remarqué que demander à quelqu'un de ne pas insister l'incite à persévérer. Mais chez Alice, cette faculté à persister quand elle a une idée en tête est nettement surdéveloppée.

— J'aimerais bien la revoir, moi, ton ex, dit-elle. Je l'ai croisée à l'hôpital et elle a l'air super intéressante.

— Vous ne vous entendriez pas du tout.

— Pourquoi donc?

— Parce que c'est le contraire de toi.

— Et c'est quoi, le contraire de moi? fait-elle en agitant furieusement ses pieds dans l'eau de la piscine.

Piégé!

— C'est pas possible que tu aies aimé deux femmes qui soient le contraire l'une de l'autre. Et puis ça veut dire quoi, le contraire? Le contraire d'une personne, ça n'existe pas! On n'est pas des équations!

— Je veux dire que vous êtes très différentes. Elle, elle est un peu, comment dirais-je, un peu intello. Le genre à s'éclater au Festival d'Avignon, tu vois? À s'extasier devant des pièces de théâtre qui se terminent en concours de pets.

— Eh bien moi, j'aimerais bien rencontrer la personne avec laquelle tu as vécu la moitié de ta vie. C'est une partie de toi que je ne connais pas.

— Non, non et non!

Je me caparaçonne dans mon refus, paré à résister aux charges d'infanterie d'Alice. Ma défense tiendra.

Bien entendu, le lendemain, après trois heures harassantes passées avec Marvin à émonder les treilles de leurs feuilles inopportunes, nous voici filant sur la route d'Avignon. Accroché au volant de la voiture, les yeux rivés sur la route, je ne dis pas un mot. Nous arrivons bientôt en vue du Palais des Papes, massive forteresse soudée à son rocher, dont la blancheur est rendue incandescente par le soleil de midi.

Béa nous a donné rendez-vous dans un restaurant qui se trouve en plein centre-ville, dans le jardin ombragé d'une ancienne demeure patricienne. C'est ici que les intellos aisés se retrouvent pour déjeuner et pour échanger leurs impressions sur les spectacles qu'ils ont vus, tandis que les intellos impécunieux ont les mêmes discussions en avalant des pans bagnats bourratifs dans les jardins publics.

Nous sommes accueillis dès notre arrivée par le désolant Alexis Pigneux, qui nous claque la bise comme si nous étions de vieux amis. Son débardeur jaune met en valeur ses épaules galbées et ses deux longs bras bronzés, fins et musclés. Des lunettes de soleil de surfer d'une incroyable vulgarité barrent son visage de playboy. Il nous commande aussitôt deux coupes de champagne. Béa a l'air abominablement rayonnante et heureuse. Elle semble avoir rajeuni de dix ans au contact du jeune homme. Je l'embrasse furtivement, sans un mot, tandis qu'Alice lui tombe dans les bras comme si c'était une vieille connaissance et les deux femmes trouvent aussitôt des sujets de conversation intarissables. Cette créativité que déploie Alice pour démarrer au pied levé une conversation avec des inconnus sur la chaleur estivale ou la conquête, de haute lutte, d'une place de parking en plein milieu d'un Avignon congestionné est toujours pour moi une source d'étonnement. En quelques minutes, elle a raconté par le menu le début de nos vacances, notre logement dans le Gard, nos hôtes que nous accompagnons dans les travaux agricoles (enfin principalement moi ; elle, elle boit du thé à l'ombre avec notre hôtesse). Tout y passe, y compris mes sorties philosophiques sous le ciel étoilé. Tout à coup, à ma grande surprise, elle lance :

— Savez-vous qu'il y a autant d'étoiles dans l'univers qu'il y a de grains de sable sur terre ?

Un peu prise au dépourvu, Béa fait mine de s'extasier du propos.

— Ça devrait nous effrayer, non ? Eh bien pas du tout !

Et puis Alice passe à autre chose, laissant ce pan de la conversation ouvert pour un développement futur.

Nous passons à table, et je suis cruellement assis en face de Béa et de son nouveau compagnon. C'est plus fort que moi, je ne peux pas m'empêcher de les imaginer faisant l'amour. Mon imagination masochiste me les dépeint passionnément unis l'un à l'autre dans la chambre de l'hôtel de luxe dans lequel ils sont descendus, à Villeneuve-lès-Avignon, et duquel on a une vue imprenable sur la Cité des

Papes. Je secoue la tête à plusieurs reprises mais rien n'y fait, la pénible vision demeure ; je vois Alexis, le bellâtre, attirer à lui mon ex-femme, poser la main sur ses épaules, puis sur ses reins qu'elle cambre en signe d'abandon. Puis je les vois se déshabiller en un instant et s'allonger sur le dessus de lit provençal pour entamer une série étudiée de caresses lascives qui les mènent à un état d'excitation suprême. Je connais bien les manies intimes de Béa, et aussi les caresses qui la font chavirer, ainsi que les pratiques parfois étonnantes ou inavouables qui la font grimper au rideau. Les connaît-il déjà, ce jeune homme qui ne la pratique que depuis quelques mois ? A-t-il déjà eu accès à ce temple interdit et caché que nous avions mis, Béa et moi, des années à explorer, après avoir brisé une à une toutes les barrières de la bienséance ?

— Tu rêves ? fait Béa à mon attention.

Puis elle se tourne vers sa nouvelle amie :

— Il est comme ça, mon Moïse, toujours dans les nuages ! Je l'appelais mon Pierrot lunaire.

Je grogne quelque chose et plonge dans mon assiette d'encornets cuisinés dans leur encre, qui me donne en quelques instants une bouche toute noire. Je ne suis pas « son » Moïse !

— Hier soir, nous avons assisté à un spectacle absolument sen-sa-tion-nel dans la Cour d'honneur. Une reprise des *Contes* de Perrault dans une mise en scène d'Antoine Vitez datant des années 70. Il y avait une intensité. Est-ce que vous projetez de venir voir quelques spectacles à Avignon ?

J'ai toujours eu horreur du théâtre. Béa m'y a traîné une bonne centaine de fois, mais je n'ai réellement passé un bon moment qu'à deux ou trois reprises, pour une bonne petite comédie que Béa considérait bien sûr comme vulgairement « boulevardière ». Après tout, même si nous avons vécu vingt-cinq ans ensemble, nous n'avions pas grand-chose en commun, finalement.

Béa est née dans une famille catholique originaire de Loire-Atlantique. Elle compte plusieurs curés et bonnes sœurs dans l'immense fratrie de ses parents. Elle a fait de bonnes études qui l'ont conduite à l'agrégation de latin, mais c'est le théâtre qui l'a toujours passionnée. Elle jouait dans une troupe amateur, mais ne s'est pas senti assez de talent pour embrasser la carrière de comédienne. Nous nous sommes rencontrés à une pendaison de crémaillère chez un de mes amis. À cette époque, j'étais pas mal, bon danseur, assez drôle, bien dans ma peau. Je venais d'entrer comme commercial chez Hewlett-Packard et une carrière prometteuse s'ouvrait devant moi. Je n'eus aucun mal à obtenir le numéro de téléphone de ses parents, chez lesquels elle vivait toujours ; je rappelle à l'intention des jeunes générations qu'en ce temps-là, le portable n'existait pas. Je ne sais plus, d'ailleurs, comment on faisait pour se donner des rendez-vous, pour échanger des mots doux. Il faut croire qu'on y arrivait, mais j'ai totalement oublié par quels moyens.

La première fois que j'ai rencontré les parents de Béa, j'étais extrêmement tendu. Je partais avec deux handicaps majeurs : j'étais juif et militant trotskiste ! Mais les choses se sont passées beaucoup mieux que je ne l'avais anticipé. Le père de Béa était un catho de gauche, admirateur de Péguy. Il travaillait à la direction financière de Saint-Gobain et avait eu, dans le passé, des responsabilités syndicales à la CGC. Sa mère, prude et effacée, avait de nombreuses amies juives, et ses parents avaient contribué à cacher plusieurs familles israélites dans la campagne angevine sous l'Occupation. Je fus très vite intégré dans le cercle de famille, malgré mes vitupérations constantes contre l'ordre établi, le capitalisme, les sociétés multinationales et mes appels vibrants à la révolution prolétarienne.

Notre premier voyage, à Béa et à moi, fut en Israël. À cette époque, l'État hébreu bénéficiait encore parmi les médias de gauche d'une certaine sympathie. C'était le temps des kibboutz et des travaillistes, et le pays, ceinturé par des États arabes belliqueux aux régimes dictatoriaux, jouissait d'un prestige qu'il a bien perdu depuis. Nous avons visité les lieux saints des trois religions et Béa avait été extrêmement émue lors de la visite au Saint-Sépulcre, en découvrant dans l'austère église orthodoxe, derrière une simple vitre, le rocher qui portait encore la (prétendue) trace de la croix qui avait supporté le Christ. Évidemment, après chaque visite religieuse, je ne manquais pas, autour d'un verre de thé à la menthe que nous buvions en abondance, de lui faire une sorte d'anti-cours d'athéisme, exposant comment de tout temps les classes dominantes avaient utilisé la religion pour asseoir leur oppression sur le peuple.

Je reviens au temps présent : Alice jacasse tranquillement avec Béa, laquelle, par moment, furtivement, pose sa main sur la cuisse d'Alexis comme pour s'assurer de sa présence. Au moment du café, j'entrevois la fin du cauchemar.

Erreur !

Alexis m'entreprend sur InnSoftware, sa situation, ses perspectives. Je n'ai pas la moindre envie de parler de cette entreprise dont je ne m'occupe plus depuis des semaines, et surtout pas avec ce bravache compatissant.

— Je peux peut-être t'aider, tu sais, dit-il en m'imposant un tutoiement que je n'ai absolument pas sollicité. J'ai de l'argent. Les affaires sont excellentes dans le Bordelais. Nous vendons 80 % de notre production sur pied et plusieurs années à l'avance aux Anglais ou aux Chinois.

Je suis ravi d'apprendre que le business est florissant pour mon successeur auprès de Béa. Moi, après plusieurs semaines de procrastination, j'ai furtivement regardé mon compte en banque tout à l'heure, en passant devant une pompe à phynances (j'appelle ainsi, d'après Alfred Jarry, les distributeurs automatiques de billets de banques). Le verdict fut sans appel :

Compte courant : - 1 809 €.

Il fallait s'y attendre : je n'ai plus aucune rentrée d'argent depuis avril et les traites courent toujours. Je ne vais pas tarder à avoir des nouvelles de mon banquier. Je suis resté pensif.

— Quelque chose ne va pas ? m'a demandé Alice.

— Non, non, tout va bien, ai-je dit en chiffonnant dans ma main le diabolique ticket sorti du distributeur et en le jetant rageusement dans la première poubelle venue.

Alexis Pigneux me regarde avec son regard d'abbé Pierre, attendant une réponse.

— Non, finis-je par lâcher. Je te remercie, mais je ne conseillerais pas à un ami d'investir dans cette boîte.

Le terme d'« ami » m'a arraché les gencives au moment où je l'ai prononcé.

— Pourquoi donc, Moïse ?

— Parce que je pense que la société n'est plus viable telle qu'elle est. Si elle n'est pas rattachée à un grand groupe, on risque de faire périodiquement de la réanimation artificielle.

Il me regarde, compatissant, en hochant la tête.

— Qu'est-ce que tu vas faire ?
— Je ne sais pas très bien.

Il hoche la tête de plus belle.

— Tu pourrais peut-être écrire un livre.
— Un livre ?
— Oui, tu as quand même vécu une expérience hors du commun : tu es l'un des rescapés du Paris-Bordeaux. Tu peux te faire de l'argent avec ça.
— Je ne sais pas écrire.
— Et alors, tu le fais rédiger par quelqu'un d'autre. Tu n'as pas un copain qui sait faire ça ?
— Je ne sais pas. Pas sûr que ce soit une bonne idée.

Pendant ce temps, la conversation des deux femmes, totalement indépendante de la nôtre, une sorte d'autisme partagé, finit miraculeusement par se tarir. Elles boivent maintenant le café presque en silence. Je sens que c'est le moment de mettre fin à ce pénible déjeuner. Lorsque le garçon apporte l'addition, je mets la main à la poche intérieure de ma veste afin d'en sortir ma carte bleue, mais Pigneux retient immédiatement mon geste.

— Tu plaisantes, Moïse ! Vous êtes nos invités.

Ce *nos* me perce comme un poignard. Il me fait immédiatement réaliser que Béa et lui forment désormais un *nous,* un couple. Je devrais être habitué maintenant, mais il y a parfois des événements qui nous font comprendre de l'intérieur, pour ainsi dire dans les tripes, que la situation a radicalement changé et que désormais Béa est engagée dans un autre *nous* que celui que nous avons formé, elle et moi, pendant tant d'années.

Pigneux sort son portefeuille et en tire trois billets de cent euros, ces coupures vertes fadasses représentant une arche baroque abstraite et incertaine et que seuls utilisent, habituellement, les touristes allemands. D'un geste seigneurial, il fait signe au serveur qu'il est inutile qu'on lui rapporte la monnaie.

Puis nous prenons congé.

— Je trouve ton ex-femme très sympathique, me confie Alice, en plus elle a beaucoup d'allure, beaucoup de classe. Je comprends que tu l'aies aimée.

Elle glisse son bras sous le mien et nous partons marcher dans le parc du Rocher des Doms, qui jouxte le Palais des Papes. Nous montons jusqu'à la terrasse qui surplombe le Rhône. Le fleuve s'étend à nos pieds, large et magistral, chargé de siècles, impassible. Au-dessus de nos têtes, dans les branches d'un grand chêne, se tient un colloque de passereaux. Alice se rapproche de moi et me donne un long baiser.

Soudain, je crois voir passer une ombre entre elle et moi.

*

Félix.

Qu'est-ce que je fais en Avignon ? Je ne me rappelle pas que mon agent m'ait parlé d'une représentation. Et puis, je ne sais pas mon texte, moi... Et puis d'abord, quel texte ?... Avignon ! Ça fait longtemps que je ne suis pas revenu ici. C'était quand, déjà ? En 88 ou en 89 ? Nous avions joué le *Marchand de Venise* mis en scène par Chéreau dans la Cour d'honneur... 89, je crois. Il faut que j'appelle Edwige, mon agent... Mais j'ai dû oublier mon portable... Je suis complètement à côté de mes pompes en ce moment !... Mais bon Dieu, qu'est-ce que je fiche ici ? Quel texte est-ce que j'ai en tête ? Un Koltès, appris récemment... Je ne tourne quand même pas un film. Ou alors, je suis invité ? Oui, c'est peut-être ça. En fait, je suis en vacances... Et probablement invité par les organisateurs du Festival. Peut-être pour un hommage, ou quelque chose comme ça. Ou un prix... Non, ça ce n'est pas possible, il n'y a pas de prix à Avignon. C'est incroyable de perdre la boule comme ça, je dois être en train de débuter un Alzheimer. Qu'est-ce que je fiche ici ? Si j'étais en vacances, Colette serait là, avec moi. Je ne pars pas en vacances sans elle. Non, c'est absurde !... Tiens, le revoilà, lui, mon pote Moïse ! Ah ! ça me fait plaisir de le voir. Je l'adore, il me fait tellement rire. Je vais l'appeler... Non, il est un peu loin, là, il ne m'entendra pas. Il faut que je me rapproche. Voilà, je m'assois juste sur ce banc, un peu à l'écart, comme ça il ne pourra pas me reconnaître... C'est sa nouvelle compagne qui est avec lui ? Oui, il m'a parlé d'elle. Charmante... Ils ont l'air très amoureux, ça me fait plaisir.

Je vais écouter ce qu'ils disent… Mais je n'entends rien avec tous ces oiseaux qui piaillent. On dirait qu'ils se sont tous donné rendez-vous ici. Je vais descendre embrasser Moïse et Alice… Oh et puis non, je ne vais pas descendre. Je vais les laisser tous les deux. Ils ont l'air tellement bien. Oui, je vais les laisser tranquille. Je l'appellerai plus tard pour qu'on se fasse un petit dîner… Quand j'aurai retrouvé mon portable. Où ai-je pu le laisser ? À l'hôtel ? Quel hôtel ? À l'époque, je descendais à l'hôtel La Mirande, au pied du Palais des Papes. Je ne me rappelle plus si je suis descendu là. Il faut que je vérifie. J'ai dû y déposer mes bagages. C'est bizarre, que tout soit si flou dans ma tête. Je fais probablement un début d'Alzheimer…

*

Moïse

— J'ai l'impression que ça t'a fait quelque chose, de revoir Béa, me dit Alice.

— Oui, c'est vrai. Mais finalement, c'était peut-être une bonne idée de la revoir avec ce pignouf. Ça me permet de « faire mon deuil », comme on dit chez les psys.

Alice pose sa tête sur mon épaule.

Nous rentrons à Fournès en musardant parmi les villages du Languedoc. À notre retour, je suis recruté par Marvin pour couper du bois dans la pinède. Puis nos hôtes nous prodiguent un long massage à l'huile de sésame chaude.

— Surtout ne vous douchez pas, ce soir, nous ordonne Malvina. Laissez l'huile de sésame pénétrer dans votre peau toute la nuit.

Une fois au lit, lorsque je prends Alice dans mes bras, elle est grasse et glissante. Moi-même, je pue l'huile rance. Je me sens comme un plat cuisiné oublié sur un coin de table.

À notre retour à Paris, je reçois un appel de Colette Grimaud.

— Il se passe des choses étranges, Moïse. Pouvez-vous venir me voir ?

Dès mon arrivée, elle m'introduit dans la chambre à coucher qu'elle partageait avec Félix. Elle monte sur un tabouret et saisit, en haut de l'armoire, un gros ours en peluche habillé en Tyrolien.

— C'était un des objets fétiches de Félix. Il l'avait déjà lorsque nous nous sommes mariés. Lorsque je lui demandais d'où il venait, il disait que c'était un cadeau. Je n'en sais pas plus.

C'est un gros nounours d'une cinquantaine de centimètres, un peu poussiéreux mais comme neuf, en chapeau de feutre vert et culotte tyrolienne de cuir avec un pont sur lequel est brodé un edelweiss.

— Avant-hier soir, lorsque je suis entré dans la chambre, l'ours était tombé par terre. Je l'ai ramassé et je l'ai reposé à sa place. Mais hier soir, il est de nouveau tombé.

— Vous l'aurez sans doute mal reposé.

— Je ne crois pas.

— Qu'est-ce que vous en concluez ? Vous pensez que c'est le fantôme de Félix qui veut le récupérer ?

— Ne vous moquez pas de moi ! réplique-t-elle d'un ton sec.

Je me rends compte après coup de la désinvolture de mon propos.

— Excusez-moi, Colette, mais vous savez que je suis complètement réfractaire au surnaturel.

— Avez-vous une explication ?

— Non.

— Moïse, je suis sûre que cet ours en peluche nous révélerait la clef du mystère.

— De quel mystère ?

— Du mystère de la présence de Félix parmi nous.

Je repose le nounours sur le lit et prends amicalement les épaules de Colette.

— Colette, Félix est mort. Nous sommes très tristes, mais c'est ainsi. Nous voudrions bien qu'il soit encore parmi nous, mais non, il n'est plus là.

À ce moment, je la sens fléchir. Elle pose sa tête sur mon épaule et se met à pleurer. Je l'entoure de mes bras.

— Je n'arrive pas à me faire à l'idée que Félix nous a quittés, dit-elle.

— Il va vous falloir beaucoup de temps. Vous l'aimiez énormément.

— Je l'aime toujours, rectifie-t-elle. Et je suis persuadée que nous aurons prochainement des signes de sa présence.

***

Quelques jours plus tard, je reçois un mail de TF1 : je suis invité à participer à l'émission de Sébastien Viard « Témoignages de l'étrange ». J'hésite longuement avant de répondre, mais Alice et Colette se liguent pour que j'accepte. Le récit de mon EMI va passionner les foules, me dit-on. Mais il y a tellement d'autres personnes que moi qui ont vécu ce genre de choses, pourquoi est-ce moi, qui suis si mal à l'aise lorsqu'il faut parler en public, qui dois m'y coller ?

— C'est ton devoir, me lance solennellement Alice. Y a-t-il une question plus importante, plus grave dans la vie des gens, que celle de savoir ce qu'est la mort et ce qui se passe après ? Tu dois témoigner.

— Mais je n'en sais rien, moi, de ce qu'il y a après la mort. Si ça se trouve c'est horrible, aussi horrible qu'être obligé d'assister dans son intégralité à un match de football de deuxième division.

— Tu as vu des choses, réplique-t-elle : ton corps inanimé, la lumière, ton grand-père que tu n'as jamais connu. Tu ne peux pas garder ça pour toi.

— J'ai juste plané un peu, c'était peut-être l'effet des sédatifs qu'on m'a perfusés à l'aéroport.

— Et ton ami Félix qui te colle aux basques depuis qu'il est mort, qu'est-ce que tu en fais ?

— Je ne parlerai jamais de ça. C'est peut-être simplement le fruit de mon imagination.

— Tu refuses l'évidence de ce que tu vis !

— Je n'irai pas, c'est tout !

Bien entendu, Alice aura encore gain de cause…

*

Dès mon arrivée dans les locaux de la chaîne, je suis pris en charge par une jeune femme qui me conduit, à travers un dédale de studios et de salles de montage, vers les loges. Là, je rencontre les autres invités de l'émission « Témoignages de l'étrange », déjà aux mains de trois maquilleuses affairées comme des abeilles. L'une d'elle m'entreprend, et me beurre le visage de fond de teint. Une éponge dans une main et un pinceau imprégné de correcteur dans l'autre, par petites touches expertes à la manière d'un peintre pointilliste, elle cherche à gommer les cernes et les marbrures de mon visage, tout en s'arrêtant par moment pour contempler son œuvre. Puis, elle me coiffe en rabattant sur mon front les rares vestiges de l'épaisse chevelure que j'arborais fièrement autrefois. Une fois le relookage terminé, je me regarde dans la glace. Je parais dix ans de moins. Je demande alors à la jeune femme si elle serait disponible pour venir me maquiller chaque matin à mon domicile, ce qui la fait sourire.

L'émission de Sébastien Viard, consacrée au surnaturel, est extrêmement chahutée par la critique et fait régulièrement l'objet de campagnes de presse qui stigmatisent sa propension à cultiver la crédulité du bon peuple. Les journaux satiriques ne manquent jamais de railler les invités tous plus allumés (selon une certaine presse) les uns que les autres : propriétaires de châteaux hantés, entendeurs de voix divines, pourfendeurs de diables, magnétiseurs patentés, marabouts rouleurs d'yeux, voyantes aux lèvres pulpeuses, médiums flagorneurs et télékinesistes de tout poil. Mais comme l'émission fait 25 % de part d'audience en deuxième partie de soirée, les dirigeants de la chaîne la protègent et la couvent comme un nolis de lingots d'or.

Sébastien Viard apparaît dans la loge. Jeune, élégant, décontracté, il distribue à chacun de nous le conducteur de l'émission. Le thème de ce soir (en direct s'il vous plaît !) est, bien entendu, « Y a-t-il une vie après la mort ? » et je retrouve parmi les témoins quelques-uns de ceux qui ont vécu des EMI et dont j'ai déjà lu les témoignages sur Internet. Mais il y a aussi une femme qui parle régulièrement avec sa grand-mère décédée en 1957, et un rejeton d'une grande famille de la noblesse poitevine qui s'est fait raconter par le menu la défaite d'Azincourt par un aïeul médiéval qui y avait perdu la vie, et qui venait le visiter chaque soir dans sa chambre lorsqu'il était enfant. Cet homme a d'ailleurs sorti un livre qui a fait fureur : *Azincourt comme si vous y étiez.* Depuis ce temps, son éditeur court la campagne pour trouver de nouveaux témoignages afin de développer une collection « comme si vous y étiez ». On recherche donc des « voyants » pour « Austerlitz comme si vous y étiez », « Reichshoffen comme si vous y étiez », « Verdun comme si vous y étiez »...

Le professeur Bélingard arrive en retard. Il vient me saluer chaleureusement.

— Que faites-vous dans cette galère, professeur ? lui demandé-je.

— Je viens apporter le point de vue de la science, si c'est encore possible, dit-il avec un grand sourire. Mais je crains, devant la prolifération de l'ésotérisme, que la raison n'ait définitivement perdu la partie.

Nous pénétrons dans le studio, où le public est déjà en place. Les lumières s'allument et le chef de plateau donne le top départ. L'émission s'ouvre sur Maryse Allain, soixante-quatre ans, son chihuahua sur les genoux, qui a vécu une expérience de mort imminente quarante ans plus tôt. Elle raconte, sans doute pour la centième fois car elle s'est fait une spécialité de conférences dans toute la France, son vécu : la sortie du corps, la lumière, les anges qui volètent autour d'elle. D'ailleurs, son clebs, qu'elle traîne toujours avec elle, s'appelle Empyrée, qui désigne, chez les Grecs anciens, le séjour des divinités célestes.

*

— C'était il y a quarante ans, commence Maryse, vous voyez, ça ne date pas d'hier. J'ai mis vingt ans à raconter cette histoire parce que je pensais qu'on me prendrait pour une folle. J'étais avec mon mari en voyage en Grèce. Nous visitions les ruines d'Olympie. Il faisait très chaud. Pour aller du grand temple de Zeus aux bains, qui se trouvent en contrebas, il y a quelques marches inégales. J'ai dû avoir un étourdissement, une sorte d'insolation, en tout cas je suis tombée et ma tête a heurté une pierre. Je me suis immédiatement évanouie: traumatisme crânien. En Grèce, à cette époque, les secours n'étaient pas très rapides. Mon mari, affolé, criait, interpellait les guides, les touristes, pour qu'on cherche un téléphone et qu'on prévienne les urgences. En même temps, il me tenait la tête et essayait de contenir le sang que je perdais en pressant un mouchoir sur ma tempe. Je voyais parfaitement bien mon mari, quoique j'aie été tout à fait inconsciente, mais je ne le voyais pas depuis mon corps, je le voyais pour ainsi dire d'en haut, comme si j'étais perchée quelque part. J'étais calme, nullement inquiète, je n'avais pas mal. Je survolais la scène. J'arrivais à me diriger comme je le voulais par la pensée. Parfois, je surplombais de très haut le site archéologique et je le voyais se déployer entièrement sous mes yeux, avec tous ses visiteurs qui en arpentaient les travées sinueuses parmi le chaos de pierres blanches, parfois j'étais au ras du sol, avec mon mari qui essayait de me réveiller en me parlant et en me secouant, mais sans succès. J'éprouvais un sentiment de légèreté et de plénitude. Je regardais avec compassion les efforts de mon époux pour essayer de me faire revenir à moi, pour me rassurer avec des paroles réconfortantes. J'avais la sensation d'être à l'intérieur de lui, de ressentir son angoisse, son amour, sa détresse. C'était une chose très étonnante…

Maryse raconte son histoire comme si elle récitait une leçon : elle a vu une lumière intense, elle s'est dirigée vers cette lumière, puis elle a revu des membres de sa famille morts depuis longtemps. Et puis elle a ressenti une immense joie, une intense « satisfaction de soi », selon son expression.

— Je ne me suis jamais trouvé belle, poursuit-elle : je suis un peu forte, je l'étais déjà à cette époque, avec un visage massif, des yeux sans charme, un nez aplati, mais si, mais si… et un système pileux très développé. Je vous dis tout : je suis obligé de me raser les jambes une fois par semaine, sinon je me retrouve en mode grizzly… Ne riez pas, ça m'a gâché la vie. Eh bien ce jour-là, j'avais l'impression que ça n'avait aucune importance, qu'on m'aimait quand même, et que je m'aimais moi-même, même avec mon visage ingrat et mes poils aux pattes… J'avais une confiance immense en moi-même alors que dans la vie j'en manque totalement.

Et puis elle a entendu une voix lui poser une question :

— Maryse, qu'as-tu fait pour les autres ?

Cette seule question a changé ma vie. Je sais que c'est un peu mièvre, ce que je vous dis là, mais maintenant, je suis persuadée que la chose la plus importante que nous soyons venu faire sur terre, c'est de travailler sur notre relation aux autres. Je ne dis pas d'aider les autres, car ils sont assez grands pour s'aider eux-mêmes, mais de créer un environnement social positif et ouvert, de ne pas vivre exclusivement pour soi… Désormais mon désir le plus profond est de retrouver consciemment cet état de bonheur et de plénitude que j'ai ressenti à ce moment-là, quand j'étais en harmonie avec moi-même et avec l'univers.

Sébastien Viard reprend la parole et remercie Maryse pour son long témoignage. Le professeur Bélingard est sollicité pour donner le point de vue de la science sur cet émouvant récit. Celui-ci s'exprime de façon ouverte, posée, sympathique. Loin d'endosser la fréquente arrogance des scientifiques au regard des expériences paranormales, il explique que la médecine porte une attention de plus en plus sérieuse à ces phénomènes.

— Nous savons désormais, explique-t-il, que l'activité cérébrale survit quelque temps après la mort clinique, c'est-à-dire l'arrêt du cœur, et cela même si l'électroencéphalogramme du patient est plat. Cela expliquerait ces milliers d'expériences de mort imminente. Mais cela ne nous permet pas de conclure qu'il y a une vie après la mort.

— Et si vous changiez de paradigme, docteur ? dit un petit homme à lunettes, un énarque, ancien haut fonctionnaire qui a vécu une EMI à la suite d'un infarctus, dans laquelle il a clairement entendu un de ses ancêtres lui intimer l'ordre de revenir à la vie. Et si notre cerveau, loin de produire de la pensée comme le pis de la vache produit du lait, était plutôt une sorte d'antenne qui reçoit des ondes d'ailleurs et les transforme dans la conscience subjective ?

— Tout est possible, cher monsieur, rétorque le médecin, mais rien ne permet de le prouver. Et la science ne fonctionne qu'à coups de preuves.

Néanmoins, le professeur laisse vite apparaître un certain agacement devant les différents témoignages qui se suivent. Il finit par se raidir, argumentant sur le fait que remettre en cause la prudente démarche scientifique ouvre à toutes sortes de délires. Sa vraie nature de défenseur de la pensée rationnelle reprend peu à peu le dessus.

— Et vous pensez que la science ne peut pas mener au délire ? lance l'énarque reconverti en prêcheur de l'au-delà. Regardez ce qu'étaient devenus les savants sous Staline !

Sébastien Viard fait appel aux nombreux témoignages Facebook et Twitter : il semble que les expériences de sortie de corps soient beaucoup plus répandues qu'on ne le pense. Seul, acculé dans ses retranchements, Bélingard devient un brin agressif. Afin d'éviter que la conversation ne s'envenime, Viard change de sujet et lance un reportage sur les médiums. On y pénètre dans l'appartement coquet d'un mage lyonnais. Jeune et sportif, celui-ci est filmé en caméra cachée par un journaliste.

— Que puis-je faire pour vous ? demande le médium.

— Je voudrais entrer en contact avec cette personne.

Et le journaliste présente une photo.

Le médium saisit la photo, l'observe longuement en faisant des mouvements circulaires de la tête et de la main.

— C'est une personne qui vous est assez proche, n'est-ce pas ? Mais ni une sœur, ni votre mère. C'est peut-être plutôt une cousine.

— C'est ma tante, répond le journaliste, surpris.

— Bon, on va voir ce qu'elle nous dit. C'est un peu confus, obscur... Elle est morte, je crois, mais récemment.

— Le mois dernier, répond le journaliste interloqué.

— C'est ça... c'est ça...

Le médium fait quelques mouvements d'yeux. Il repasse plusieurs fois la paume de la main devant la photo.

— Une mort qui n'est pas naturelle... Une mort violente... Mais ce n'est pas un accident.

— Ma tante s'est suicidée, fait le journaliste. Elle avait un cancer.

— Oui, c'est ça... c'est ça... Je sens une grande douleur, là, à l'estomac, dans le ventre... Elle s'est empoisonnée.

— Barbituriques, révèle le journaliste médusé.

Le médium ferme alors les yeux.

— C'est étrange, votre tante porte une casquette… Elle est très fière de cette casquette.

De plus en plus troublé, le journaliste répond :

— Ma tante était une ancienne militaire. Elle était montée assez haut dans l'armée, je ne sais plus quel grade exactement, mais elle était très respectée…
— Oui, c'est ça, c'est ça… Elle n'a jamais eu d'enfant… Elle le regrette. Vous étiez très proches.
— Elle était ma marraine, fait le journaliste, visiblement conquis par le médium. Elle m'emmenait souvent en vacances.

Puis la voix du journaliste semble étranglée par un sanglot.

— Je l'adorais, dit-il.

Le sujet se clôt sur cette image et le journaliste auteur du reportage est invité sur le plateau. Il affirme que lorsqu'il a entamé la conversation avec le médium, il n'a donné aucune indication sur l'identité de la personne dont il a présenté la photographie.

— Devant des phénomènes de clairvoyance tels que ceux qui nous sont présentés dans ce témoignage, que dit la science ?

Déstabilisé, le docteur Bélingard répond :

— Je n'ai pas d'explication, et je ne suis pas sommé d'en donner. Ce que je peux dire, c'est que la médiumnité a donné lieu à de multiples expériences scientifiques, et qu'à ce jour, aucune conclusion définitive ne peut être tirée. Il se passe probablement quelque chose entre le médium et la personne qui vient l'interroger, mais quelle est la nature de leur relation intersubjective ? On n'en sait rien. Quant à faire parler les morts...

Deux ou trois invités lui tombent alors dessus à bras raccourcis, lui assènent une bourrasque d'exemples qui ne laissent aucun doute sur la capacité de certaines personnes à dialoguer avec l'au-delà. Sébastien Viard fait alors rempart de son corps afin de protéger le médecin assailli, et émet quelques réflexions apaisantes et consensuelles pour calmer le jeu.

Puis vient mon tour.

— Moïse Steiner, vous êtes un des rescapés du crash de l'avion Paris-Bordeaux, il y a deux mois. Vous avez vécu une expérience de ce type. Racontez-nous.

Décontracté jusqu'à maintenant, je sens une certaine tension. Ma vue se brouille, des sueurs froides coulent le long de mon dos. Après tout, je parle devant plusieurs millions de téléspectateurs ! Je tousse plusieurs fois. Malgré l'émotion, je parviens à entamer un récit un peu décousu de mon expérience. Puis je m'empresse de donner ma propre explication.

— Je crois que le professeur a raison. Il faut respecter la science, qui nous a apporté tant de choses. Il est tout à fait possible que ce que j'ai vécu s'explique par la chimie du cerveau.

— La chimie du cerveau ! me lance un invité très échauffé. Comment expliquez-vous que j'aie vu, clairement vu, lors de mon arrêt cardiaque, mon fils jouer au ballon dans notre jardin alors que je me trouvais dans une ambulance à trois kilomètres de là ?

— Votre fils a sans doute l'habitude de jouer au ballon. C'est pour vous une image familière.

— Vous êtes dans le déni de ce que vous avez vécu !

— Non… je ne sais… pas, peut-être.

En quelques secondes, j'ai basculé à mon corps défendant dans les rangs des sceptiques et des défenseurs de la science officielle.

J'essaie maladroitement d'improviser une défense mais ma pensée cahote, ma voix se brouille. L'animateur me vient en aide en lançant le sujet suivant : un reportage sur un exorciste roumain qui travaille dans le monde entier par Skype.

*

Félix

Qu'est-ce qu'il fout dans cette émission ?... Et puis, il ne s'est pas bien préparé… Tiens-toi plus droit, Moïse… Et respire ! Prends le temps de poser ta voix !... Pourquoi ne m'a-t-il pas demandé conseil avant de venir sur le plateau ? Nous sommes amis, après tout. Je lui aurais dit de se méfier... Ce type de débat est un piège. Il n'est pas armé pour ça. Il aurait mieux fait d'accepter une interview en face-à-face avec un journaliste... Bon, reprends-toi, Momo ! Calme-toi ! Il faut que tu réussisses ton final... Tiens, je vais m'asseoir là, juste devant toi. Tu me vois ?... Je suis là... Cale-toi bien dans le fauteuil et tiens-toi droit. Ne te laisse pas gagner par l'émotion. Et surtout parle plus lentement.

*

Moïse

Viard lance le dernier sujet traitant des signes de présence des morts autour de nous.

Je reprends la parole après le reportage, et cette fois, au moment de parler, je me sens plus calme, plus concentré. Une sorte de sérénité joyeuse me gagne et mon émotion se dissipe. J'explique que nous ne sommes pas obligés d'adhérer ou de nier. Nous pouvons simplement constater qu'il y a autant de raisons de croire les phénomènes que de ne pas y croire. Il faut simplement accepter de vivre dans un monde où certains phénomènes ne sont pas explicables, et vivre avec.

— J'ai acquis pour ma part une philosophie simple et pratique, dis-je : je refuse de croire en un au-delà, mais je refuse également de penser que les phénomènes dont nous avons parlé ce soir sont des illusions ou des supercheries ; je refuse mon assentiment à une thèse ou à une autre. J'essaie de vivre et de ne plus juger. J'accepte que les phénomènes s'enchaînent et que les causes m'échappent… Je constate seulement que les expériences de mort imminente ont totalement transformé la vie des gens, et ça, c'est une donnée de base qu'aucun scientifique ne contestera. N'est-ce pas ça, finalement, le plus intéressant ?

Les quelques secondes de silence qui suivent mon intervention me laissent penser que j'ai fait mouche.

*

À la suite de l'émission, Alice et moi allons boire un verre.

— Tu t'en es bien sorti, dit-elle en m'embrassant. Au début, j'ai eu peur, mais tu as bien redressé la barre. Je suis fière de toi.

— Je me suis senti beaucoup mieux à la fin. Et en même temps, c'était comme si je sentais que quelqu'un m'aidait. Ça me trouble beaucoup.

— Mais c'est peut-être vrai, Moïse. Il est peut-être présent, là, auprès de toi. Et il t'aide.

— Qui donc ?

— Félix.

Je ne peux m'empêcher de hausser les épaules.

— Ce que tu as dit pendant l'émission était très intelligent, très sensé. Tu as dit que tu refusais de trancher entre une thèse et une autre. Ne pas chercher plus d'explications et se contenter de prendre les faits tels qu'ils arrivent, en les acceptant sans les interpréter.

*

Barbara (par Skype)

T'as vu Papa à la télé hier soir ?... Oui, il bafouillait un peu au début, mais il s'est bien repris... L'émission, tu l'as trouvée nulle ?... Tu dis que tout ça c'est des conneries ? Oui, mais toi, frérot, t'es pas ouvert à ce genre de chose. Et puis tu sais, Papa, je l'ai trouvé beau... Oui je sais, il y a le maquillage, la lumière... Mais il était beau. J'étais très fière de lui... Et je trouve que son point de vue est très intelligent. Il m'a dit qu'il avait reçu des tas de coups de fil après l'émission... C'est une sorte de star, maintenant... Maman m'a dit qu'elle aussi, elle avait vu l'émission et qu'elle avait été très émue... Ce matin, il m'a demandé conseil pour que je l'aide à acheter des vêtements... Il dit qu'Alice veut l'habiller en Chinois, car elle a l'habitude de faire des courses dans les boutiques de prêt-à-porter du XIIIe, comme elle le faisait avec son mari... Alors, il préfère que ce soit moi... Je lui ai fait acheter deux chemises sur Internet, une veste un peu sport et un pantalon... Il est consterné car il dit qu'il a grossi... Il prend une taille de plus que d'habitude... Oui, c'est vrai, il a pris un peu de poids mais ça n'a pas l'air catastrophique... Ensuite on a papoté. Il m'a demandé comment ça allait avec Madison. Je lui ai dit bien, très bien… Nous partons trois semaines à Sidney en novembre chez ses grands-parents. Après je serai trop grosse pour voyager, je suis déjà à cinq mois. Ça ne se voit pas ? Si, regarde. Ça fait bizarre d'avoir un ventre comme ça. Mais je me sens bien… Et toi, t'en es où avec Maud ?… Quoi, ce n'est plus Maud, c'est Lorraine ? T'es vraiment incorrigible !… Alors c'est qui, cette Lorraine ?…

*

Félix

C'est bien ce matin que j'ai rendez-vous avec Edwige ?… J'attends dans le hall de l'agence depuis un bon moment… Je vais aller voir l'hôtesse pour qu'elle m'annonce… C'est bizarre, elle devrait me reconnaître. Non, c'est peut-être une nouvelle. Ah ! voilà Kristof. On se réunit bien pour la promotion du film, Kristof? Il ne semble pas me voir…

Kristof (en prenant Edwige par les épaules) : Comment vas-tu, Edwige ?

Edwige : On fait aller.

Kristof : Moi aussi je suis ravagé, je n'arrive pas à m'en remettre.

Edwige : Je ne t'ai pas vu à la cérémonie à l'église Saint-Germain-des-Prés.

Kristof : J'étais à Boston.

Edwige : Ah !

Kristof : Mais je suis allé lui rendre visite au cimetière à mon retour.

Edwige : C'est bien. J'irai un jour prochain. Viens, allons dans mon bureau, Herbert ne devrait pas tarder.

Félix : Je suppose que je vous accompagne. Edwige ! Edwige ! Elle n'a pas l'air de m'entendre. Je vais la suivre dans le bureau… Elle propose un café à Kristof. Non, moi pas de café, c'est drôle, je ne peux rien avaler en ce moment… Eh ! Kristof, t'assois pas sur le fauteuil, tu vois bien que j'y suis. Bon, je vais me pousser. Tiens ! voilà Herbert, notre producteur, nous sommes au complet.

Herbert : Alors, Kristof, ce montage est terminé ?

Kristof : Oui. On a réussi éliminer les deux scènes au Portugal que Félix n'a pas eu le temps de tourner. Il y a cette belle scène où ils sont tous les deux couchés sous les oliviers et où ils se remémorent leur jeunesse.

Edwige : Je ne sais pas si le moment est bien choisi, compte tenu des circonstances.

Herbert : On ne peut pas repousser la sortie du film. Si on sortait en décembre, on se retrouverait en face d'un Disney, d'un Woody Allen, et d'un Ridley Scott la même semaine. On serait laminés.

Edwige : On boxe pas dans la même catégorie, ça devrait pas nous gêner.

Herbert : Je t'assure que si. D'autant que le CNC prévoit une baisse des entrées pour le dernier trimestre. Je t'assure qu'il vaut mieux le sortir en novembre, comme prévu. Le distributeur a déjà retenu une campagne quatre par trois pour la Toussaint.

Edwige : De toute façon, si le M. le distributeur en a décidé ainsi, je ne peux pas faire grand-chose.

Félix : Attendez, moi j'ai pas renoncé à les refaire, ces scènes. Je suis sorti de l'hôpital, maintenant, on peut les tourner. Surtout celles où Manuel retrouve sa sœur pour leur annoncer qu'il a un cancer… Oui, enfin, ce n'est pas un cancer, c'est la maladie de Parkinson. Je ne sais plus très bien.

Kristof : J'ai tout de même un peu peur.

Herbert : Ah ! Pourquoi donc ?

Kristof : Écoute, pour tout te dire, je trouve que Félix n'est pas très bon dans le film.

Herbert : Comment ça, pas très bon ?

Kristof : Edwige, ne le prends pas mal, mais il se traîne dans plusieurs scènes, il est terne, fatigué. Je pense qu'il n'était déjà pas très en forme.

Félix : Comment ça pas très bon ?... Qu'est-ce qu'il raconte, ce jeune con ?... S'il n'était pas content de certaines scènes, il n'avait qu'à nous les refaire tourner !... C'est lui le metteur en scène !... Pour qui il se prend, ce morveux ?... J'ai tourné avec Visconti, Truffaut, Bertolucci, et même Hitchcock, un petit rôle dans *Frenzy !* Jamais on ne m'a traité comme ça ! Si la prise n'est pas bonne, on la tourne, on la retourne, jusqu'à ce qu'elle soit bonne !... Je te jure que s'il m'a saboté au montage, il va entendre parler de moi !... D'abord, je veux voir le montage final. Si je ne suis pas content, je mets mon veto. J'ai le droit ! C'est contractuel !

Edwige : C'est possible. Mais rétrospectivement, les gens comprendront qu'il ne soit pas au mieux de sa forme.

Félix : Comment ça, ils comprendront ? Edwige, j'exige que tu fasses valoir toutes les clauses du contrat ! Si les scènes sont mauvaises, je demande qu'elles soient tournées de nouveau ou coupées.

Kristof : Heureusement, Maia Guldsmed est excellente !

Herbert : À ce propos, qu'est-ce qu'il lui a pris, à Félix, de déblatérer sur Maia dans *L'Express,* il y a quelques semaines ?

Edwige : Ah ! L'histoire de la chirurgie esthétique...

Herbert : Maia ne décolère pas.

Edwige : Bah ! C'est un vieux couple, ils se font des niches. T'inquiète pas pour ça. Ça n'a plus vraiment d'importance.

Herbert : Oui, tu as raison.

Félix : Je ne veux pas en entendre davantage, moi. Je préfère m'en aller.

*

Moïse

Je me réveille vers 5 heures du matin à la suite d'un cauchemar dont je n'ai plus de souvenir. Je vais à la cuisine me préparer un café. Alice a acheté une nouvelle machine à capsules, ce genre d'objet qui fait vendre le café au prix de l'or. Mal réveillé, les yeux dans le vague, j'engage la capsule dans la fente, mais malgré un bourdonnement de frelon en rut, rien ne sort du percolateur. Je mets mon doigt dans l'ouverture pour essayer de récupérer la capsule sans y parvenir. Je me penche alors en secouant sévèrement l'appareil.

— Si tu mettais de l'eau, ça irait mieux, fait Alice dans mon dos.

Et elle remplit d'un geste le réservoir prévu à cet effet.

— Je t'ai réveillée.
— Pas grave. Je ne pouvais plus dormir. Tu as parlé dans ton sommeil.
— Qu'est-ce que j'ai dit ?
— Ce n'était pas très clair, mais je crois que tu rêvais encore de Félix.

Je passe la main sur mon crâne comme pour rassembler mes souvenirs.

— Oui, c'est probable. Quand je me suis réveillé, j'avais en tête cette strophe d'un poème de Jules Laforgue que j'ai appris quand j'étais jeune :
« Les morts
C'est sous terre ;
Ça n'en sort
Guère… »
— Tu as revu Félix en rêve ?

Je hoche la tête.

— Il venait vers moi, il semblait vouloir que je fasse quelque chose pour lui.
— Il a sans doute besoin de toi.

— Pfff !

— Tu ne devrais pas résister, Moïse, accueille les images qui t'arrivent.

— Écoute, nous sommes différents, toi et moi, Alice.

— Tu as failli mourir et tu es revenu à la vie. Ça t'a ouvert une porte quelque part sur l'Inconnu. Maintenant, c'est comme si tu étais une sorte de médium.

— Arrête tes conneries, tu veux ?

Je regrette immédiatement la brutalité de mon invective. Je prends la main d'Alice et l'approche de ma joue.

— Excuse-moi.

— Va voir un médium, reprend-elle. Discute avec lui.

— Ah ! je t'en prie.

— Alors va voir un rabbin !

— Je ne suis pas désespéré à ce point !

— Moïse, Félix était ton ami. Et il t'a aidé, l'autre soir, sur le plateau. Toi aussi, tu dois l'aider.

— Je ne vois pas comment.

— Il y a quelque chose qui le bloque, qui l'empêche de se détacher complètement de notre monde.

— Écoute, n'insiste pas, je suis complètement réfractaire à tout ça. Les EMI, passe encore, mais pas les revenants !

*

Un peu plus tard dans la matinée, tandis qu'un beau soleil cajole la capitale, je m'installe avec mon journal à la terrasse du Carancho. Il y a là la clientèle habituelle du café : Pulko, dont on ne sait pas très bien s'il est tsigane ou roumain, ou les deux, et que les habitués appellent « l'homme pressé » » à cause de la publicité Pulco citron. La particularité de Pulko est qu'on ne comprend pas le début de ses phrases. Toutes commencent par un chuintement et un roulement de « r » et on ne rattrape le sens qu'à la fin. Ça fait à peu près ça :

— Rchrchrchrchrch... mal garé,... Rchrchrchrch... grosse amende... Rchrchrchr... la faire sauter, Rchrchrchrchrc... pote Denis, officier de police.

Il y a là aussi Gorgina, la coiffeuse de l'avenue des Gobelins et Popov, le prof de philo neurasthénique, accoudé au bar, qui a visiblement entamé une première série de Kamikazes, sous l'œil à la fois réprobateur et complice du tenancier. Tiens, c'est une idée, ça ! Pourquoi ne pas demander à ce prof de philo ce qu'il pense de la vie après la mort, de l'immortalité de l'âme, et de toutes ces bondieuseries. Je l'interpelle et lui demande s'il veut boire un verre avec moi.

Un peu étonné qu'on s'intéresse à lui, sans doute habitué à la solitude douillette du pilier de caboulot, le philosophe attrape son verre et vient s'asseoir à ma table.

— La dernière fois que nous nous sommes vus, vous m'aviez parlé d'une « lumière neuve » sur la vie, lui dis-je. Vous vous souvenez ?

— Pas du tout.

— C'était dans *L'Être et le néant.*

— Souviens plus.

— Vous avez sans doute des problèmes de mémoire ?

— Absolument pas. Ma mémoire est géniale : j'oublie tout !

Il prend une gorgée de liquide vert.

— Vous ne buvez que des Kamikazes ? lui demandé-je.

— Exclusivement. Depuis dix ans. Vous ne me ferez jamais boire autre chose. Ce cocktail a été inventé par les soldats russes au Japon, à la fin de la Seconde Guerre mondiale. Ils voulaient railler les guerriers japonais qui se sacrifiaient en précipitant leur avion bourré d'explosif sur les bâtiments de la marine américaine. Mon père était russe. Il était soldat lorsque l'Armée rouge a repris les îles Kouriles aux Japonais à la fin de la guerre. Il buvait ça tout le temps. Quand il est mort, j'ai juré de lui rester fidèle.

— Vous en buvez combien par jour ?

— Sais pas. Douze ou treize. Je compte pas.

— Vous avez envie de vous suicider à coup de cocktail ? Vous savez que...

— Que puis-je pour vous ? coupe Popov en pinçant les lèvres.

Je lui raconte toute l'histoire : mon accident d'avion, ma virée dans l'au-delà, et ma fréquentation du fantôme d'une star de cinéma. Comment un matérialiste convaincu peut-il vivre avec ces choses-là ?

— Ne vous en faites pas pour ça, monsieur. Ça arrive à des gens très bien. Freud lui-même, que l'on ne peut taxer d'être un esprit antiscientifique, nourrissait une superstition pour le chiffre 17 : il se fiança un 17, et trembla toute l'année 1917 parce qu'il pensait qu'il allait mourir.

— Ça ne m'aide pas beaucoup de savoir ça.

Popov réfléchit un long moment en scrutant le fond de son verre. Puis il dit :

— Vous savez, nous, les philosophes, nous avons la fâcheuse habitude de ne pas penser par nous-mêmes. D'autres l'ont fait avant nous beaucoup mieux et beaucoup plus profondément que nous ne le ferons jamais. Votre histoire me rappelle une réflexion de Spinoza, que l'on ne peut pas accuser non plus d'être un esprit franchement irrationnel. Vous connaissez Spinoza ?

— J'ai vaguement lu quelques pages quand j'étais jeune.

— À la suite de Descartes, Spinoza était un super rationaliste, le *king* des rationalistes ! Il disait que Dieu et la Nature, c'était une seule et même chose et que Dieu, comme la nature, est entièrement compréhensible. Qu'il n'y a pas vraiment de mystère, pas de miracle, et surtout, qu'il n'y a pas d'au-delà. C'était sacrément couillu d'affirmer ça au dix-septième siècle ! Du reste, c'est la raison pour laquelle il a été banni de la communauté juive.

Popov reprend une gorgée de Kamikaze avant de poursuivre :

— Évidemment, Spinoza ne croit pas aux spectres, aux revenants, à toutes ces histoires à dormir debout. Il tance sévèrement, dans ses lettres, son jeune ami Hugo Boxel qui semble attiré par le surnaturel. Cependant, dans une lettre à son ami Pierre Balling, où il tente d'expliquer la prémonition qu'a eue un père de la mort de son fils, il ne nie pas que ce soit possible. Ouais, il semble laisser la porte ouverte à un type de relation entre les êtres qui pourrait ne pas être purement matériel ou purement intellectuel, une intelligence intuitive. Par l'amour qui unit le père et le fils, le père est peut-être capable de connaître tout ce qui relève de l'essence de son fils, et donc la connaissance de toutes ses affections, passées, présentes et à venir, sa future maladie.

— Donc on peut être parfaitement athée et expliquer que l'on a des relations avec un mort.

— Spinoza n'était pas athée ; il était panthéiste, c'est différent. Les athées pensent que Dieu n'est nulle part alors que lui pensait que Dieu est partout. Si l'on prolonge Spinoza, il serait possible d'entrer en communication totale avec un autre être dans une sorte de « communication des inconscients », au-delà de l'espace et du temps. Si vous avez un lien affectif fort avec lui. Vous pigez ?

— Pas vraiment.

— Demain je vous apporterai le livre, vous verrez.

*

Alice

Quelle idée de faire les soldes aujourd'hui ?... Oui, je sais, c'est « mon idée », mais avec tout ce monde, je suis déjà exténuée… Asseyons-nous ici pour prendre un café… Tu as un peu de temps ? Tu récupères Cédric à quelle heure ? Tu sais, Maman et Papa, ils seront ravis de le garder une heure ou deux de plus, et puis c'est si rare de faire des courses comme ça, entre sœurs… Oui, je sais que Maman est un peu fatiguée ces temps-ci, mais justement, ça lui fait du bien de s'occuper de ton gamin… Juste un café allongé pour moi, s'il vous plaît… Regarde, ils ont des crêpes sans gluten, génial ! Je vais en prendre une, toi aussi ?… Il faut que je te raconte : Wang et moi sommes réconciliés. Nous avons entamé la procédure de divorce et ça se passe plutôt bien… Il a une nouvelle copine, une Chinoise de Chine du Nord, toute jeune, vingt-cinq ans, très mignonne, il m'a montré des photos… Tu sais, chez eux ce sont des mariages arrangés, c'est une aubaine pour une jeune Chinoise provinciale d'épouser un type qui a réussi à Paris. On peut critiquer, mais c'est comme ça que ça fonctionne… Ils ne parlent même pas la même langue, c'est drôle, hein ? Lui parle le cantonais et elle le mandarin. Ça n'a rien à voir… Enfin, voilà, je suis contente de savoir qu'il va bien. Il m'a même fait un cadeau, un collier avec une magnifique émeraude. Un cadeau de divorce, la classe, non ?… Mais je suis gênée à cause de Moïse. Je ne lui ai pas dit, ça l'aurait vexé. J'ai laissé le collier dans mon tiroir. En ce moment, il ne peut pas vraiment me faire de cadeaux, il est raide comme un passe-lacet, avec la liquidation de sa boîte… Dis-moi, c'est un peu bizarre de te poser la question, mais tu en es où, toi, avec la religion ? Oui, je sais que tu ne vas plus à la messe depuis longtemps, et même souviens-toi, quand nous étions petites, Maman et Papa ne nous y emmenaient que les premières années, ensuite, ça s'est espacé… Le dimanche, Maman y va toujours seule, par habitude. Papa ne l'accompagne plus. Il dit que c'est à cause de ses jambes mais au fond, il a complètement perdu la foi, je le comprends… Pourquoi je te pose la question ? C'est à cause de Moïse, il est très perturbé en ce moment. Il vit des choses étranges depuis son accident… Il a l'impression que quelque chose s'est passé, qu'il a vécu un moment d'éternité, qu'il a vu une lumière… Oui, je sais, tout ça c'est très tendance, mais il a vraiment vécu quelque chose. Moi, ça me perturbe… Mmmh, super bonne, cette crêpe… Tu as déjà fini la tienne ? Toi, c'est quoi ton animal totem ?... Quoi, tu ne sais pas ce que c'est ? Dans le chamanisme, on a tous un animal totem, une sorte de génie protecteur, tu vois, qui définit notre personnalité et auprès duquel on peut se ressourcer. Eh bien moi, mon animal totem c'est la carpe, toi, ça doit être le pivert, car tu es sensible, protectrice, romantique, tendre, un peu lunatique… et gourmande ! Comment ça, c'est des conneries ? Des siècles et des siècles de pratique chamanique en Asie, en Océanie, en Amérique, si c'était des conneries, on le saurait…

*

Moïse

Convoqué par mon banquier. Mon compte courant poursuit sa descente aux enfers. Pourtant, je suis accueilli avec un grand sourire et une tasse de café.

— Je voulais savoir où vous en étiez, monsieur Steiner. Je ne gère pas les comptes de votre société, mais est-ce que la liquidation est prononcée ?

— En fait, je ne sais pas très bien où ça en est.

Le banquier hoche la tête.

— Vous savez, avec tout ce qui m'est arrivé, ajouté-je...

— Je comprends, je comprends.

Le banquier prend un stylo, qu'il manipule entre ses doigts comme le bâton d'une majorette tout en regardant le plafond.

— Comment comptez-vous alimenter votre compte courant prochainement ? On a déjà largement puisé dans votre assurance-vie.

Je l'observe : son costume gris, sa chemise un peu usée au col par le frottement de la barbe, ses petits yeux noirs enfoncés dans les orbites, son crâne luisant, duveteux sur les côtés.

— À propos d'assurance-vie, croyez-vous, monsieur Legrand, qu'il y a une vie après la mort ? demandé-je.

— Quoi ?

— Bah, une forme de vie, je sais pas. Ou alors on rejoint le Grand Tout, on fusionne avec lui ? Quelle est votre opinion ?

— Votre accident vous a beaucoup perturbé, monsieur Steiner.

— J'aimerais savoir ce qu'un homme d'argent pense de ça.

— Monsieur Steiner, ne croyez pas que je ne comprends pas votre situation personnelle. Mais voilà, je suis banquier, j'ai des instructions, il faut que j'anticipe. Avez-vous de nouvelles sources de revenus ?

— Vous n'avez pas répondu à ma question.

Legrand se lève, va vers la fenêtre et regarde au-dehors.

— Je veux bien vous donner deux semaines pour alimenter votre compte sinon, je vais devoir le clore, monsieur Steiner, et mettre fin à notre relation.

— Notre relation ? Pensez-vous que nous avons vraiment une relation ? Qu'appelez-vous relation, monsieur Legrand ?

— Bien, monsieur Steiner, je pense qu'il est inutile d'aller plus loin.

*

Odette, la mère de Moïse

Je voulais te dire : je suis inquiet pour ton père. Il a dit à ta sœur qu'il n'avait plus d'argent mais qu'il s'en foutait. Tu te rends compte ?... Oui, je sais que tu es inquiet, toi aussi. Enfin, toi, tu as de l'argent, tu pourras aider ton papa s'il est dans le besoin ?... Et sa nouvelle copine, elle en a ?... Pas vraiment ? Enfin, toi tu es raisonnable, mon Teddy, t'es pas le genre à péter les plombs comme ton père… Et tu sais quoi, il m'a demandé le numéro de téléphone du rabbin Grunberg, tu sais, celui qui devait préparer sa bar-mitsvah quand il était petit… Qu'est-ce qu'il va demander à un rabbin, lui qui a toujours été antireligieux ?... J'espère qu'il va pas le provoquer comme quand il était jeune et qu'il distribuait des tracts communistes à la sortie de la synagogue !... Mais s'il vire religieux, c'est pas mieux ! Je connais une famille dans le quartier, c'était des gens normaux, eh bien, je sais pas ce qui leur a pris, ils sont tous devenus croyants, ils vont tous les jours à la synagogue, ils s'habillent en noir, et ils disent qu'ils veulent refaire leur vie en Israël. Lui, il est dentiste, eh bien il est devenu dentiste casher ! Je savais pas que ça existait… Ah ! tu crois que c'est pour gagner de l'argent ? Si c'est ça, ça me rassure…

Moïse

Lorsque j'arrive au pied de l'immeuble du rabbin Grunberg, dans mon ancien quartier du XIIIe arrondissement, je suis frappé par la modestie des lieux. Ce rabbin, qui jouit d'une réputation prestigieuse dans le quartier et que les vieilles familles juives ne manquent pas de venir consulter comme si c'était un guérisseur, habite un modeste immeuble décrépit en fond de cour. Je monte dans une cage d'escalier maculée de tags énigmatiques et qui, l'immeuble paraissant ouvert nuit et jour, semble également servir de lieu d'aisance aux SDF du coin tant une âcre odeur d'urine y flotte. Arrivé au troisième étage, heureusement, les effluves fétides se transforment en une bonne odeur de légumes bouillis.

— Moïse Steiner ! s'exclame le rabbin en m'ouvrant la porte.

— Je ne suis pas trop en avance ?

— Pas du tout, entre ! Je suis en train de donner à manger à mon petit-fils. Je le garde tous les mercredis.

Je suis étonné que le rabbin me tutoie, plus de trente-cinq ans après notre dernière rencontre, comme si nous nous étions vus la veille. Le rabbin Grunberg est exactement tel que dans mes souvenirs, avec simplement des cheveux blanchis et des lunettes plus épaisses. Il a tout l'air d'un marabout avec sa figure étroite, son long buste penché vers l'avant et sa tête à demi rentrée dans les épaules, coiffée d'une kippa brune.

Il m'invite à m'asseoir à la table de la cuisine où trône un enfant d'environ six mois, perché sur une chaise haute, la bouche barbouillée de purée de carotte.

— Je te présente Gédéon, le dernier-né de mes huit petits-enfants.

Le bambin me regarde tout en ouvrant consciencieusement la bouche pour avaler la cuillerée que lui présente son grand-père.

— Alors, Moïse, me demande Grunberg, où en est la grande révolution prolétarienne ?

Je me rends compte que je n'ai pas reparlé à Grunberg depuis ce temps où j'étais un gauchiste convaincu et volontiers provocateur. Il s'est passé tant de choses depuis. Toute une vie…

Je lui brosse une chronologie succincte de mon existence ces trente dernières années.

— Tu étais un adolescent très sûr de toi, Moïse. J'étais encore un jeune rabbin à l'époque et je dois dire que tu m'as beaucoup troublé en démontant toutes les preuves que je pouvais avancer de l'existence de Dieu. J'ai surtout été désarçonné quand tu m'as demandé pourquoi les prières étaient en hébreu. Si je dois communiquer avec Dieu, m'as-tu dit, pourquoi dois-je le faire dans une autre langue que la mienne ? J'avoue que j'ai souvent repensé à ça et que je n'ai toujours pas trouvé de réponse.

À ce moment le bébé se met à tousser, propulsant une giclée de purée orange sur les lunettes du rabbin. Celui-ci les essuie avec un sourire affectueux.

— Je crois que tu as assez mangé, Gédéon, fait Grunberg en lui ôtant délicatement sa serviette et en lui essuyant consciencieusement la bouche.

Puis il poursuit :

— Mais concernant l'existence de Dieu, je n'ai aucun problème avec tes arguments. Dieu ne se démontre pas, Moïse. Il se rend présent lorsque tu veux t'approcher de lui, mais lorsque tu t'en éloignes, il disparaît. Il a besoin de notre foi pour exister. Le problème de son existence ou non est donc un faux problème. Lorsque tu ne crois pas,

Dieu n'existe pas et le Ciel reste désespérément vide. Bon, pourquoi es-tu venu me voir ?

— Voilà, monsieur…

— Rebbe.

— Excusez-moi, Rebbe. J'ai une question. Est-ce que dans la religion juive, l'âme survit au corps ?

— Il faut croire, à la fin des temps…

— Mais entre-temps, où sont les morts ? Que font-ils ?

Grunberg se tourne vers moi avec un sourire amusé.

— C'est une drôle de question pour un adepte du matérialisme dialectique.

— Je n'ai pas changé sur mes convictions matérialistes. Simplement, depuis quelques mois, certaines choses me sont arrivées…

Et je lui sers en quelques mots un condensé des deux mois précédents. Grunberg se frotte à plusieurs reprises le menton et la tête. Puis il tire le petit Gédéon de sa chaise et m'invite à le suivre à travers son appartement, un logement assez vaste mais terriblement sombre, vers une chambre d'enfant. Là, le rabbin allonge délicatement son petit-fils sur une table à langer, dépaquette sa couche et essuie consciencieusement ses petites fesses maculées de caca verdâtre. Après l'avoir emmailloté d'une couche neuve, il lui fait quelques bisous sur le ventre, ce qui déclenche immédiatement des cris et des rires sonores du bébé. Puis il le couche dans un lit à barreaux et m'entraîne par le bras dans le salon. Il attrape deux verres dans un placard, nous sert de la citronnade et s'assoit en face de moi.

— Tout d'abord, je vais te poser une question, dit-il. Est-ce que cela changerait ta vie si quelque chose existait après la mort ? Si notre âme survivait à notre corps ?

— Bien entendu. Cela changerait tout !

— Cela changerait tout ? Ah, bon ? Tu veux dire que ta vie serait totalement différente si tu croyais à la survie de ton âme ?

— Ma vie peut-être pas. Mais je verrais les choses très différemment.

— Eh bien, Moïse, est-ce qu'il ne faut pas commencer par là ?

— Que voulez-vous dire, Rebbe ?

— Est-ce que ta vie serait plus heureuse ou moins heureuse ?

— Je ne me suis pas posé la question.

— Est-ce que ce n'est pas ça, Moïse, la question la plus urgente ?

Je sens bien que Rebbe Grunberg, qui a la réputation d'être malin comme un singe, essaie de me coincer. Mais un demi-siècle de dialectique militante me donne la force de lutter bec et ongles.

— Avez-vous oui ou non une explication à la présence de Félix dans ma vie ? Un homme que je ne connaissais pas il y a quelques mois ?

— Cette présence est-elle bienveillante ou malveillante ?

— Plutôt bienveillante.

— Alors de quoi te plains-tu ?

— Je ne me plains pas, j'essaie de comprendre.

— Tu essaies toujours de tout comprendre, Moïse. Pourquoi n'essaies-tu pas de vivre les choses sans chercher à les comprendre ?

Et voilà ! Je cherchais des réponses à des questions et me voici devant une sorte de psy qui me retourne mes questions. Vraiment, les rabbins n'ont pas usurpé leur réputation.

— Reviens me voir un jour prochain, Moïse, nous reparlerons de tout ça. Entre-temps, je vais y réfléchir.

*

En sortant de chez Grunberg, je reçois un SMS de Colette Grimaud :

Moïse, venez vite ! Il se passe des choses.

*

Arrivé chez elle, elle m'entraîne aussitôt dans le bureau de Félix, une pièce avec une table, un fauteuil, une télévision, une bibliothèque, où il avait l'habitude de se retirer pour lire ou regarder des films et des séries dont il était friand. Elle me désigne une dizaine de dossiers qui jonchent le sol.

— Ils sont tombés de la bibliothèque cette nuit. Je ne viens presque jamais ici depuis la mort de Félix. C'est une sorte de sanctuaire.

Je regarde les dossiers et les chemises épars sur le parquet, puis je lève les yeux et je discerne, dans l'alignement méticuleux des étagères, l'emplacement vide où ceux-ci sont ordinairement rangés.

— C'est là que Félix classait tous ses papiers professionnels. Pouvez-vous m'expliquer comment ces dossiers sont tombés par terre ? Il n'y a pas eu de tremblement de terre à Paris cette nuit, que je sache.

Le ton de Colette est sec et agacé, comme si elle anticipait de ma part la réponse empreinte de scepticisme que je m'apprête à lui faire. Mais je ne dis rien. Je m'accroupis et examine les dossiers à ruban répandus au sol.

— De quoi s'agit-il ?
— Ce sont ses contrats. Notamment ceux qui le liaient à son agent, Edwige Montserrat. Ils travaillaient ensemble depuis trente ans.

Je jette un regard circulaire autour de la pièce : il y a une fenêtre, fermée à l'espagnolette et deux portes en vis-à-vis dans deux cloisons opposées.

— Il y a très bien pu y avoir un courant d'air, Colette.
— Trois kilos de dossiers déplacés par un simple courant d'air ? me répond-elle sèchement.
— Quelle est votre interprétation ?
— Moïse, Félix essaie de nous dire quelque chose.

Je me relève, lui lançant un regard incrédule.

— Tout ceci est extrêmement troublant, dis-je, mais il faut raison garder.

Elle hausse les épaules, quitte la pièce et se dirige vers la cuisine où elle se sert un verre d'eau de Vichy sans même m'en proposer un.

— Félix était votre ami, Moïse. Vous devez l'aider, il semble avoir besoin de quelque chose.

Je dois céder.

— D'accord, Colette. Je vais m'installer dans son bureau et compulser les dossiers qui sont tombés au sol. Peut-être trouverai-je une explication.

Colette sourit et se détend. Elle m'installe confortablement dans le bureau de son mari et me dit de l'appeler si j'ai besoin de quoi que ce soit.

Je me plonge dans les différents contrats. Chacun d'eux est cosigné par Félix, par Edwige Monserrat et par un producteur. N'étant pas versé dans le droit cinématographique, ni dans le droit tout court d'ailleurs, je ne peux mesurer la portée de ces dizaines de pages d'articles portant sur les cessions de droits et les conditions de tournage d'un film, avec des clauses parfois d'une grande futilité comme l'exigence de Félix d'avoir un frigo et des boissons fraîches dans sa caravane lors de tournages en extérieur, ou la possibilité de disposer d'un billet d'avion aller-retour en première classe pour que sa femme puisse le rejoindre lors d'un tournage en Hongrie.

*

Vers 13 heures, Colette apporte un plateau-repas avec quelques sandwichs au saumon.

— Écoutez, Colette, je ne suis certainement pas la bonne personne pour résoudre cette énigme, si énigme il y a.
— Vous êtes la bonne personne, affirme Colette en s'asseyant en face de moi et en mordant dans un sandwich.
— Il faudrait peut-être que je rencontre son avocat.
— Oui, maître Signarelli, je vais vous donner ses coordonnées. Mais il faut surtout que vous voyiez aussi Edwige, son agent. Je vous préviens, ce n'est pas une tendre.

Je soupire. Je sens que résister à l'impérieuse demande de Colette serait inutile. Je regarde cette belle femme qui s'essuie délicatement la bouche avec une serviette en papier, ses yeux émeraude admirables, sa peau délicate et veloutée dont les ridules autour des lèvres et les yeux cernés rehaussent la beauté plus qu'elles ne la ternissent, ses mains fines aux longs doigts effilés, ses épaules larges mais graciles surmontant un buste ombré par deux petits seins bien ronds. Comment refuser ce que demande cette femme si belle et si intelligente, même si tout cela est contraire au sens commun ?

Je sens qu'il faut faire une entorse provisoire à la raison et accepter de cheminer quelque temps dans les territoires obscurs de l'occultisme, de ramper au milieu de ces croyances sur la survie de l'âme, venues du fond des âges, et dans lesquelles les humains ont toujours cherché espoir et réconfort. Peut-être n'y a-t-il jamais eu, et n'y aura-t-il jamais d'humanité sans cette propension à l'irrationnel. Dès que l'occasion nous en est donnée, ou dès que nous ployons sous les désastres que la vie ne manque pas de nous prodiguer, nous aimons plonger tête baissée dans cette pensée magique, incertaine mais bien douillette, où les morts ne sont pas vraiment morts, où des mondes parallèles interfèrent, et où de suaves puissances accompagnent secrètement notre séjour terrestre. Je sens bien que ma carapace d'incrédulité commence à se fissurer. Je me surprends à imaginer que les vivants et les morts pourraient vivre dans une sorte d'interdépendance affective dont nous n'aurions pas les clefs, mais qu'il faudrait se résoudre à admettre.

De fait, il y a quelque chose d'irrésolu, de trop brutal dans la mort de Félix. Cette mort subite, au faîte de sa gloire, au moment où un film très attendu était sur le point de sortir, donne un sentiment d'incomplétude. On me dira que c'est le cas de toute mort violente : un Albert Camus mourant en laissant un manuscrit inachevé, ou un Schubert, un Radiguet, un Berlioz passant l'arme à gauche en pleine période créatrice. Mais lorsqu'un cycle de vie s'interrompt avant d'être bouclé, il en reste peut-être quelque chose qui flotte dans l'air, une sorte de déséquilibre.

— Est-ce que vous acceptez ? me demande Colette.

Je hoche la tête.

— Je sens qu'il va falloir que je négocie âprement avec le Vieux, lâché-je.
— Avec qui ?
— Laissez tomber, c'est sans importance.

Je reprends en main un contrat.

— Certains artistes laissent la bride sur le cou à leur avocat ou à leur agent, poursuit Colette, mais Félix n'était pas comme ça. Il ne signait ces contrats que lorsqu'il les avait longuement étudiés. Ça prenait parfois des semaines, et ça agaçait tout le monde. Mais ça lui a évité de se faire avoir à plusieurs reprises.
— Le dernier contrat en date est celui-ci, qui est signé avec Herbert Spinelle, pour le film réalisé par Kristof Langlet, n'est-ce pas ? Pouvez-vous m'en dire un peu plus ?
— Félix tenait beaucoup à ce film. Il en avait fait lui-même, en quelque sorte, la commande à Kristof. Il y

avait beaucoup d'éléments biographiques dans le scénario, notamment dans sa relation avec les femmes, et le fait qu'il joue avec Maia Guldsmed, son ancienne compagne, renforçait encore cette particularité. C'était un peu comme une rédemption. Félix trouvait qu'il avait été trop « prédateur » avec les femmes, trop égoïste, et qu'il les avait rendues malheureuses.

— Et selon vous, Félix resterait en quelque sorte en flottement entre le monde des vivants et le monde des morts parce qu'il voudrait achever ce film ?

— Ça vous paraît absurde, non ?

— Ma chère Colette, depuis quelque temps, la notion d'absurdité a cessé d'opérer dans mon paysage intellectuel.

— Je vous ennuie avec tout ça... ?

— Non, que dit votre livre tibétain à ce propos ?

— Lorsque la mort survient, je vous l'ai dit, les défunts ne se rendent pas immédiatement compte de leur mort, prisonniers d'une sorte d'entre-deux confus qui se dissipe peu à peu, à une vitesse variable. Cette vision recoupe les vieilles traditions occidentales ou musulmanes, où l'on observe une période de deuil de quarante jours pour accompagner le mort dans son ascension.

*

Je retourne chez moi, songeur. Dans son cadre de bois, Karl Marx me toise d'un œil réprobateur sous son front austère. Je sens qu'il faut que j'aie une vraie discussion avec lui. Je prends la photo du philosophe et la pose sur la table. Me voici les yeux dans les yeux avec le vieux Karl. C'est l'heure de vérité, en quelque sorte. Je ne sais pas par où commencer. C'est exactement comme si on annonçait à sa femme que l'on souhaite divorcer. Je ne suis plus marxiste depuis longtemps, mais là, c'est encore autre chose, ce n'est plus avec une idéologie désuète que je romps, mais carrément avec le matérialisme !

— Ne crois pas, mon bon Karl, dis-je à haute voix comme pour donner plus de force à mes résolutions, que je sois en train de virer dans les illusions mystiques, que je me laisse gagner par l'idéalisme religieux ambiant. Mais enfin, il faut bien que je réussisse à comprendre ce qui m'arrive depuis quelques semaines. Il y a d'abord eu ces visions, pendant mon coma, puis, ces choses que j'ai vues, indubitablement vues, comme les gestes du médecin secouriste et le sigle de l'université sur son T-shirt. Et puis, il y a la présence rémanente de Félix depuis sa mort. Je dois explorer tout ça avec une ouverture d'esprit maximale. Tu comprends ? Cependant, je dois te dire que j'ai quelques reproches à te faire, à toi et à tous ces savants du XIXème ou XXème siècle, qui ont sommé le monde d'obéir aux lois de la matière et au diktat de l'expérience et de la preuve. Quel échec ! Nous sommes au XXIe siècle, et les gens n'ont jamais autant parlé de religion et de spiritualité. Ils ne parlent que de ça ! Je ne dis pas que c'est bien ou mal, mais quelle débandade, mon bon Karl, pour toi et pour les anticléricaux de tout poil ! Ça veut bien dire que tu t'es planté quelque part ! Donc laisse-moi explorer un peu tout ça. Et puis, je me place sous le patronage de Spinoza. Je ne suis pas un intellectuel et je n'ai pas lu Spinoza (pas plus que je ne t'ai lu d'ailleurs, à part le *Manifeste du Parti Communiste,* car c'était court et vite avalé). Mais Spinoza (tu aimes bien Spinoza, je crois ?), eh bien Spinoza, selon Popov, ne ferme pas la porte à un lien possible entre deux êtres au-delà de la mort. Et pourtant, c'était bien le *king* des rationalistes, t'es bien d'accord avec moi (ce sont les paroles même de Popov) ? Donc tu vois, je n'ai pas rompu les amarres avec la raison, je navigue juste entre deux eaux pour essayer de piger tout ça. Je te tiendrai au courant, t'inquiète pas.

— Tu parles tout seul, maintenant, me demande Alice qui sort de la chambre.

— Oh, un vieux compte à régler, dis-je en reposant tonton Karl sur l'étagère, à sa place habituelle.

*

Le lendemain matin, j'appelle le rabbin Grunberg, qui m'invite aussitôt à prendre un café chez lui. Cette fois, il me reçoit en robe de chambre et pantoufles tandis qu'il prend son petit déjeuner avec sa femme.

— Excuse-moi de t'accueillir dans un contexte si domestique, mais cela avait l'air urgent.

— Oui, monsieur.

— Rebbe !

— Oui, Rebbe. Je suis très tourmenté par ce qui m'arrive.

La femme du rabbin m'invite à m'asseoir à la table de la cuisine et à partager leur petit déjeuner. Elle paraît beaucoup plus jeune que lui. Visiblement, elle sort de sa douche, la tête ceinte d'une serviette éponge et toute gironde sous son peignoir rose. Lorsqu'elle se penche vers moi pour me servir du café, je suis provisoirement déstabilisé par une vue plongeante sur ses lolos ronds et massifs. Puis elle me beurre deux biscottes comme si j'étais un enfant.

J'en viens vite à mon propos et raconte à Grunberg la sensation de présence persistante de Félix et surtout, l'épisode des dossiers tombés par terre. Il prend un peu de temps pour me répondre.

— Il se pourrait que l'Éternel te donne une sorte de mission. Ce n'est pas impossible. Et pour ce qui est de la présence d'un défunt, les textes sont assez peu clairs, et à vrai dire, contradictoires. Le Livre affirme : « Ma vie n'est qu'un souffle... Comme la nuée se dissipe et passe, qui descend au Chéol n'en remonte pas. » Mais beaucoup de textes parlent de la résurrection des morts. Dans la religion, on observe la période dite des Chlochim, les trente jours règlementaires de deuil à respecter après la mort. Les textes évoquent l'âme quittant le corps après la mort mais restant en relation avec lui durant les douze mois qui suivent. Ce temps apparaît comme une sorte de purgatoire pour l'âme avant qu'elle ne sombre dans la Géhenne ou s'élève dans le jardin d'Eden. D'ailleurs, en hébreu, le cimetière se nomme *beth ha-hayyim,* littéralement : la maison des vivants.

— Est-ce que de tels faits se sont déjà déroulés dans le passé ?

— Je ne sais pas, Moïse.

Nouvelle déception : décidément, chercher des explications auprès d'un rabbin est la chose la plus désespérante qu'il y ait au monde. Mais je ne vais quand même pas aller consulter un curé ! Je me résous à faire ce que je dois faire sans plus rien demander à qui que ce soit. Je suis assez inculte et irrésolu et plein de doutes pour me débrouiller par moi-même dans l'inextricable entrelacs de la vie et de la mort.

Ou plutôt dans ce sacré merdier.

*

Félix

Mais qu'est-ce qu'ils fichent ? La salle de montage a bien été louée à 10 heures ? J'attends là depuis une plombe… Ah ! voilà Kristof, il est sur son scooter. OK, prends ton temps, mon vieux. Mais alors ne fixe pas de rendez-vous ! Tu dis simplement : « Je viendrai quand je pourrai. »… Moi j'attends là, j'ai pas que ça à faire. Ton assistant est déjà là, il écluse café sur café. Il fait tourner des rushes sur le banc de montage… Avant, arrière, avant, arrière… Les scènes tournées au Portugal sont assez jolies. Sauf les vues de Lisbonne, je ne sais pas ce qui s'est passé… La balance des blancs n'avait pas dû être faite correctement. Les images sont pisseuses… Et puis, quelle mauvaise idée que ces images panoramiques de la place par drone !… Tu vas les coller juste avant la rencontre de Damien et Germana ? Mais on n'est pas chez James Cameron ! C'est juste un petit film intimiste, dans la lignée de Lelouch ou de Sautet… Donc, moi je ferais plutôt simple… Une vue d'ensemble de la place prise d'un angle, juste avant de zoomer sur Germana qui l'attend assise sur le rebord de la fontaine en mangeant une glace, ça suffit. On fait simple, mon pote, simple !… Je ne suis pas le réalisateur, je sais, mais je te rappelle que j'ai le *final cut.* C'est écrit dans le contrat : je l'ai vérifié hier soir en relisant les contrats chez moi ! Et puis j'ai cinquante ans de métier, des réalisateurs, j'en ai connu ! Lorsque j'ai fait mon premier film, ton grand-père faisait encore son service militaire !

Cédric (le monteur) : Salut Kristof.

Kristof : Salut Cédric. Tu as commencé ?

Cédric : Je visionnais les plans de Lisbonne. La vue par drone sur la Praça da Figueira n'est pas mal, ça donne de la dynamique à la scène.

Félix : Nan, j'en veux pas ! Merde, on m'écoute ici, ou quoi ?

Kristof : Fais-voir… Ah oui, pas mal. Ce sont leurs premières retrouvailles, trente ans après leur séparation. Là, elle est bien, Maia.

Cédric : Elle est bien mais une Danoise qui joue une Portugaise, ça fait quand même bizarre, je te l'ai déjà dit.

Kristof : Germana est portugaise par son père et allemande par sa mère, c'est pour ça qu'elle s'appelle Germana !

Cédric : Peut-être mais ça fait bizarre, enfin passons, c'est de la fiction.

Kristof : Là, elle est bien, qu'est-ce qu'elle prend bien la lumière !

Félix : OK, mais de loin... De près on voit toutes ses coutures. Pas de plan rapproché, j'espère.

Cédric : En tout cas on sent que Maia et Félix ont été très proches dans la vraie vie. Lorsqu'il s'approche d'elle, il y a une vraie émotion.

Kristof : C'est vrai, attends... repasse au ralenti... Oui, pas mal. Il faudrait faire un contrechamp ici, il faudrait que ça dure encore quelques secondes.

Cédric : Oui, surtout qu'après, ça devient un peu catastrophique.

Kristof : Ah bon ?

Cédric : Dès que Félix se met à parler. Écoute !

Kristof : Tu as raison, il a la bouche complètement pâteuse.

Cédric : J'ai envie de couper ça. De démarrer la scène un peu plus tard, comme si on les surprenait au milieu de la conversation.

Kristof : Montre-moi un peu plus loin… OK, c'est mieux, mais ce n'est pas terrible. Si on coupe ça, on n'a plus assez de scènes avec Félix.

Félix : On coupe pas ! On retourne, ou alors on ne sort pas le film ! T'as compris ?

*

Ted Steiner, le fils de Moïse

Papa, il est trop bizarre en ce moment. Je te dis ça, je sais que ce n'est plus ton affaire, vous êtes séparés, maintenant… Hier il est venu me chercher à la banque et nous avons déjeuné ensemble à la pizzeria. On dirait qu'il plane complètement… Oui, il a toujours été un peu comme ça, mais là, c'est à un point !… Il a parlé de ses visions. Il dit qu'il voit des choses bizarres, qu'il sent des présences autour de lui depuis son accident. Enfin, il n'insiste pas trop car il sait bien qu'avec moi, ce genre de truc… Ensuite je lui ai proposé de l'aider à régler les papiers de son entreprise qui est en liquidation judiciaire. Je lui ai expliqué un certain nombre de trucs : c'est l'État qui va se servir en premier, récupérer les arriérés d'impôts et de TVA, ensuite l'argent est provisionné pour le licenciement du personnel. Les créditeurs de la société arrivent en dernier… Il m'écoutait pas, il était complètement absent. Je lui ai demandé s'il avait encore de l'argent, lui ai dit que s'il était fauché, je pouvais lui en prêter (Mamy est toute paniquée à l'idée qu'il puisse manquer). Il s'est fâché. Il m'a dit que c'était pas à un fils de prêter de l'argent à son père, que c'était le monde à l'envers, et tout ça… Mais je lui ai dit que s'il avait besoin, c'était mon rôle de l'aider maintenant, lui il l'a fait pendant vingt-cinq ans… Là, je l'ai vu écraser une larme. Et il m'a embrassé, et m'a tenu la main… Il n'avait jamais fait ça avec moi… Non, ce qui m'inquiète, c'est l'influence de sa nouvelle meuf… Oui, enfin, pardon, de sa copine… Je l'ai vue une ou deux fois, elle est sympa et très mignonne, mais franchement, elle a l'air complètement allumée… Le genre diétético-écolo-mystico… Je voudrais pas que Papa tombe dans une secte, soit *gouroutisé*… Oui, je sais qu'il est solide et hyper rationnel, au fond… mais quand même. Enfin, si tu étais restée avec lui, ça ne se serait pas passé comme ça. Oui, je sais, tu as ta vie, tu n'étais plus heureuse avec lui… Mais bon, est-ce que tu es vraiment plus heureuse maintenant ? Tu as l'impression de vivre plus fort, OK, avec un mec qui te bouge, qui te fait voyager, qui te fait vivre des tas de trucs, c'est sûr, mais au bout du compte ? Oui je sais, c'est pas mes oignons… Quoi ? Attends, je t'entends plus… Tu passes dans le tunnel de Saint-Cloud ? Tu pars en week-end ?… Je t'entends plus… Allô, allô…

*

Moïse

— Putain de merde. Fait chier !

C'est au moment où je viens de sonner à la porte de l'appartement d'Edwige Montserrat que ses exclamations me parviennent à travers la cloison. La porte s'ouvre.

— C'est qui ?
— Moïse Steiner.
— Ah ouais, entrez !
— Ce n'est peut-être pas le moment…
— Vous inquiétez pas. C'est encore mon iPhone qui fait des siennes. Je ne parviens pas à relever mes mails.
— Je peux peut-être vous aider ?

Edwige me tend son téléphone. Je le débloque en quelques secondes.

— Voilà, dis-je en lui redonnant l'appareil. Vous aviez désactivé « données cellulaires ».
— Ah, merci, fait-elle en regardant avec satisfaction ses e-mails en retard gonfler sa boîte aux lettres à jet continu. Elle esquisse un sourire.

Je sens que grâce à mes compétences informatiques, je viens de marquer des points avec Edwige, réputée « pas facile ».

Edwige Montserrat est une femme d'un certain âge, épaisse, petite, tassée sur elle-même, les cheveux coupés court. Elle a des gestes virils, une voix rauque et fume clope sur clope. Mais ses yeux sont d'une étonnante pétulance et respirent l'intelligence. Elle habite dans un petit appartement extrêmement bien situé, sur les hauteurs de Montmartre. Nous sortons sur sa terrasse en L qui domine l'ouest de la capitale. Une brume couleur corail pèse sur Paris en ce jour de canicule ; nous en sommes au troisième jour de l'alerte pollution.

— On est encore dans le smog, dit Edwige. Paris est devenu pire que Londres !

— Vous savez, on dit souvent que Paris est irrespirable, mais il faut savoir ce que c'était à la fin du XIXe siècle. L'air était saturé de poussières de charbon. Ma grand-mère me racontait que parfois, en allant à l'école, elle avait peine à ouvrir les paupières tant ça piquait les yeux. Et puis ça sentait mauvais. On croit toujours que c'était mieux avant…

— Vous avez peut-être raison. C'est quoi votre prénom, déjà ?

— Moïse.

— Ça craint ! s'exclame-t-elle en me donnant une bourrade sur l'épaule. Votre nom de famille, c'est quoi ?

— Steiner.

— C'est mieux.

Sans même m'inviter à m'asseoir, elle met ses lunettes fumées et s'allonge sur une chaise longue, offrant son visage au soleil.

— J'ai eu Colette au téléphone ce matin. Elle m'a longuement parlé de Félix. C'était un couple très uni, très fusionnel. Ça ne m'étonne pas qu'elle ait ce genre de sensations.

— Quelles sensations ?

— Qu'il est toujours présent parmi nous. C'est normal. Il faut qu'elle s'habitue. Sa disparition a été si brutale.

— Je suis bien de votre avis.

— Félix avait un charisme extraordinaire. Chaque fois que je marchais avec lui dans la rue, tout le monde venait spontanément vers lui pour lui faire signer un autographe. Et des personnes de tous les âges : des vieillards aussi bien que des ados.

— C'était vraiment une super star.

— Oui, mais il avait quelque chose en plus. Félix aimait les gens, profondément, sincèrement. Et ça, tout le monde le ressentait. Bien sûr, il était cabotin comme pas deux, mais il s'intéressait à son public presque autant qu'à lui-même, ce qui fait qu'on lui pardonnait tout.

— Je ne l'ai pas assez connu pour le savoir. Je sais juste qu'à l'hôpital, tout le monde l'adorait. Comment se passe la sortie du film ?

— C'est éprouvant. J'étais avec Kristof encore ce matin. Il est très indécis sur le montage final. Félix n'est pas très bon, il paraît fatigué.

— Le film s'en ressent ?

— Oui. J'aurais préféré qu'il ne sorte pas, mais la machine est enclenchée et nous sommes engagés auprès du distributeur. Et puis, même si le film est mauvais, ça fera tout de même des entrées. Vous pensez, la dernière apparition de Félix Grimaud ! En plus, Félix a mis beaucoup de lui-même dans cette histoire.

Je réfléchis un long moment.

— J'ai vu dans les contrats qu'il avait un droit de regard sur le montage de ses films.

— Félix exigeait d'avoir toujours le *final cut.* C'est un privilège que seule une grande star peut s'offrir. Et je peux vous dire qu'il en usait et abusait. Il a fait refaire trois fois le montage de *Ma vérité,* il y a dix ans. Le réalisateur n'a jamais voulu tourner de nouveau avec lui.

— S'il était encore vivant, il se serait peut-être opposé à la sortie de *Cadeau de vie.*

— Très probablement, admet-elle.

Saisi par cette pensée, je fais quelques pas sur la terrasse, contemplant en contrebas la foule compacte de touristes à casquettes et shorts, s'aspergeant d'eau dans la touffeur des étroites venelles de la butte. On aperçoit, un peu sur la droite, le funiculaire de Montmartre qui déverse régulièrement son flux bariolé de gobe-mouches indolents. Sur le parapet de la terrasse, un pigeon somnole, engourdi par la chaleur.

— Et si nous choisissions de prendre au sérieux les propos de Colette Grimaud ? Admettons qu'il soit encore là, quelque part, flottant, et qu'il désire ardemment que le film ne sorte pas.

Edwige se redresse et attrape un tube de crème solaire. Elle en étale une couche épaisse sur ses bras et sur ses épaules qui commencent à rougir.

— En quoi est-ce que cela vous regarde ? me demande-t-elle sèchement.

— En rien, je suis d'accord. J'ai à peine connu Félix. Mais Colette semble tenir à ce que je l'aide. Elle prétend qu'il m'avait adopté comme ami.

— Colette est ravagée par la mort de Félix. Et comme elle a tendance, parfois, à péter les plombs…

À ce moment, le pigeon qui dormait s'ébouriffe et nous jette un regard hostile.

— Vous ne vous entendez pas avec elle ?

— Avec la Maintenon ? Je pense que cela a fait beaucoup de bien à Félix de l'épouser. Mais elle a une fâcheuse tendance à tout vouloir régenter.

— Vous êtes sûre qu'il n'y a pas un moyen d'annuler la sortie du film ?

— Si vous commencez à partager les délires de Colette, vous n'avez pas fini.

Je viens m'asseoir sur la chaise longue, aux pieds d'Edwige. Celle-ci, surprise, replie brutalement les jambes.

— Avez-vous déjà perdu un être cher ? demandé-je.

— Bien sûr, comme tout le monde à nos âges.

— Qui était la personne la plus proche que vous ayez perdue ?

— Vous m'agacez, Steiner ! fait-elle en sautant au bas de son transat et en allumant une cigarette, expulsant nerveusement la fumée par les narines.

— Répondez-moi !

Après quelques fumigations, elle s'adoucit un peu.

— J'ai perdu mon père, il y a trois ans.

— Avez-vous rêvé, espéré, qu'il soit encore là, présent avec vous ?

— Bien sûr. Mais il n'est plus là.

— N'avez-vous jamais senti sa présence près de vous ? N'avez-vous jamais essayé d'entrer en contact avec lui ?

— Écoutez, vous avez frappé à la mauvaise porte. Occupez-vous de vos oignons et laissez Colette Grimaud cuver son chagrin. Le film est programmé et Félix se fout bien, là où il est, qu'il sorte ou ne sorte pas.

— En êtes-vous si sûre ?

— Monsieur Steiner, cette conversation est close. Je vous enverrai une invitation pour l'avant-première.

Elle attrape son iPhone et se rallonge sur la chaise longue pour lire ses mails.

*

Ce soir-là, perplexe, un peu désorienté, j'invite Alice à dîner dans un petit restaurant du quartier. Je remarque qu'elle mange plus lentement que d'habitude. Ses gestes sont comme engourdis. Quand elle boit, elle prend son verre et le porte mollement à sa bouche puis le repose avec un luxe de précautions.

— Qu'est-ce qu'il t'arrive ?
— Comment ça ?
— Bah, t'es toute lente...
— J'ai décidé de passer en mode *slow life.*
— *Slow life ?*
— Oui, tu n'as pas remarqué que nous faisons tout toujours trop vite ? Nous mangeons trop vite, nous marchons trop vite, nous parlons trop vite. C'est le mal du siècle. J'ai décidé de ralentir. Fabienne, ma copine avocate, fait ça depuis deux mois et ça a changé sa vie.
— Là, tu es en mode *slow life ?*
— Absolument. Le mode *slow life,* c'est le contraire du *fast living.* L'idée, c'est de maîtriser sa temporalité intérieure. C'est comme si dans ma vie, au lieu de prendre les grands axes qui me mènent d'un point à un autre, je prenais un itinéraire « bis », tu comprends ? Ça me permet de m'ancrer dans l'espace et dans le temps et de me reconnecter avec mon rythme basal. Et aussi de retrouver la pleine conscience de mon être. J'essaie de ralentir tout ce que je fais : marcher, manger, et je m'astreins à ne faire qu'une chose à la fois. Quand je fais la vaisselle, par exemple, je ne mets plus mes écouteurs. Je me concentre sur chaque verre, sur chaque assiette. Je les nettoie à fond. C'est une sorte de méditation. La vie trépidante où on court partout, suspendu à son téléphone, faisant trente-six choses à la fois, c'est devenu totalement ringard.

Alice prend alors une longue respiration. Puis, elle lève mollement la main et, décrivant une sorte d'orbe lent au-dessus de la table, saisit la salière, la positionne au-dessus de son plat, lui imprime quelques secousses de l'index, puis la repose dans un mouvement interminable. L'opération salage a duré près d'une minute.

— Imagine, dis-je, que tu vis au ralenti et que moi je suis resté en rythme normal, alors qu'est-ce qu'on fait ? On vit plus dans le même monde ?

Elle achève son plat en une demi-heure, puis se lève doucement pour aller aux toilettes en marchant à pas comptés. Elle ne revient des toilettes qu'un quart d'heure plus tard, alors que j'ai déjà payé l'addition et que je l'attends sur le trottoir.

— Et maintenant, fais-je, on rentre en métro ou on prend un escargot ?

Arrivés à la maison, il lui faut cinq minutes pour ôter sa robe qu'elle pose sur le dos de la chaise en prenant soin d'en ajuster chaque pli. Cependant, le jeu commence à me plaire lorsque, ôtant sa culotte, elle met de longues minutes à la faire glisser le long de ses jambes.

— On termine ce *slow day* par un *slow fuck ?* demandé-je en l'attrapant par la taille ?

— Naturellement, murmure-t-elle en m'enlaçant doucement, lentement, comme un boa constrictor.

— Alors, Moïse, me lance Popov, on voit toujours des fantômes ?

Dès que j'arrive au Carancho, où je suis descendu pour mon Euro Millions hebdomadaire, je suis interpelé par Popov.

— Approche ! fait le philosophe, j'ai quelque chose à te dire.

Je m'approche de Popov, dont l'haleine est déjà sévèrement chargée. Il n'est que midi et il en est sans doute déjà à son troisième Kamikaze.

— Plus près ! fait-il en me saisissant par le cou.

Lorsque mon visage est à quelques centimètres du sien, il me dit à l'oreille, mais assez fort pour que tout le monde entende au bar :

— Kant m'a toujours fait chier !

Accoudé au bar, Pulko acquiesce.

— RchRghRchRchRch... bien d'accord avec toi, dit-il en ajoutant quelques interjections dans une langue indéfinie. RchRghRchRchRch... commencé ses travaux, le trottoir est plein de gravats.

— Je te cause pas, à toi, fait Popov en levant une main menaçante.

Puis il finit ostensiblement son cocktail, laissant sa parole en suspens.

— C'est vrai ça, reprend-il : pourquoi est-ce qu'on ne pourrait rien savoir ? C'est ce qu'il disait, Kant. Notre raison est trop limitée, on ne peut rien savoir. Rien savoir du monde ! Rien savoir de l'âme ! Rien savoir de Dieu ! Mais pourquoi est-ce qu'on serait condamné à errer comme des rats dans un égout sans jamais voir la lumière ? Tout ça, c'est des trucs de curés, ou de frustrés.

— Peut-être, dis-je en sirotant mon café.

— Regarde la science : c'est incroyable, les progrès que nous avons faits en cent ans ! La physique quantique, l'ADN, les neuro-sciences ! On découvre tous les jours des choses qui expliquent un bout du chemin. Tout s'éclaire peu à peu. Même les plus grands mystères de l'histoire. Considérons par exemple les crises de folie collective. Les possédées de Loudun, t'as entendu parler ?

— Vaguement.

— Ça se passait au couvent des Ursulines, à l'époque de Richelieu. La mère supérieure s'appelait Jeanne des Anges, et elle a cru voir rôder dans le cloître le prieur Moussaut, leur confesseur mort quelques mois auparavant. Un jour, à la messe, trois sœurs se mettent à convulser, à faire d'horribles grimaces, à jurer, à blasphémer. La folie gagne tout le couvent. Tout le monde croit voir le fantôme du prêtre. Les sœurs se mettent à courir toutes nues sur les toits ou à grimper aux branches des arbres sous la pluie. Elles se précipitent vers l'église de la ville pour essayer de se faire sauter par le curé, réputé libidineux. Elles se disaient possédées par le démon Astaroth et se masturbaient en public. On a dû les enfermer et on a cherché sur leurs corps la griffe du Diable. Eh bien, on sait maintenant, je viens de lire un article très sérieux là-dessus, que ces prétendues crises de possession étaient dues à une intoxication à l'ergot de seigle ! Vous voyez, la science finit par tout expliquer. Ça prend du temps, mais on arrive à tout comprendre. Si ça se trouve, le monde est intégralement intelligible. Si ça se trouve, c'est Spinoza qui avait raison. Ah !

— Je vous trouve bien optimiste tout à coup, dis-je. Mais vous me donnez une idée. Aujourd'hui, je ne vais pas jouer à l'Euro millions pour une religion, je vais jouer pour la science !

— Kant a cru tout verrouiller en disant qu'il y a des choses qu'on ne saura jamais, poursuit le philosophe. Mais soyons raisonnables ! Ne nous fermons pas la possibilité de comprendre l'univers sous prétexte qu'il y a deux siècles, une grande gueule qui se marrait uniquement quand il se brûlait et qui n'a jamais baisé de sa vie a décidé que c'était impossible, fait Popov en poussant du doigt son verre vers le péon pour être resservi.

— Sois raisonnable ! dit le barman. Tu n'as pas encore déjeuné et tu en es à ton troisième Kamikaze.

— Bien vu ! s'écrie Popov. Tu me fais une petite omelette aux herbes pour accompagner mon quatrième verre.

Le péon s'exécute en secouant la tête et donne des ordres en cuisine.

— Vos histoires de fantômes s'expliqueront un jour, Moïse, poursuit le philosophe. Peut-être pas tout de suite, mais un jour ! Quand la science aura percé le mystère de la mort. On se rendra peut-être compte, je sais pas, que nous vivons au milieu de mondes parallèles, comme si nous étions au cœur d'une forêt obscure que nous n'avons encore jamais explorée.

— Il n'empêche que ceux qui croient en Dieu, et au Diable, ont toujours l'avantage.

— Ne croyez pas ça ! Pensez-vous que les djihadistes qui posent des bombes ou se font sauter le caisson au milieu de la foule le font parce qu'ils ont la foi ? Au contraire, s'ils agissent ainsi, c'est pour se confirmer à eux-mêmes qu'ils ont raison : ils ont une peur bleue de se tromper. Ils doutent profondément, au fond d'eux-mêmes, et c'est ça qui les tue.

— Vraiment ?

— Leur raisonnement, inconscient bien sûr, est le suivant : puisque je fais un geste définitif, irréversible, ça prouve bien que j'ai raison. Plus leur geste est spectaculaire, massif et odieux plus ils sont persuadés que leur Dieu existe et qu'il les a choisis. Ce n'est rien d'autre qu'une trouille monumentale de l'inconnu doublée d'une perversion narcissique caractérisée. Et si on y réfléchit bien, tous les rituels religieux, dans toutes les religions, servent à ça : à nous rassurer à chaque instant sur l'existence de l'au-delà. Si je m'agenouille et que je prie le bon Dieu, c'est bien qu'il existe, sinon pourquoi je ferais ça ? Le premier geste est bien celui-là, s'agenouiller. Et si Dieu, par exemple, interdit de manger ça ou ça, c'est bien que Dieu existe et que nous devons vivre sous sa Loi. C'est justement parce que je me soumets à la Loi que je me persuade qu'il existe. Il faut prendre les choses à l'envers pour les comprendre. Réfléchissez-y !

Popov se plonge dans l'omelette fumante que vient de lui apporter le péon. Ce philosophe de comptoir m'amuse et commence à m'intéresser.

Il se retourne vers moi entre deux bouchées.

— William James disait : « C'est le sourire qui rend heureux. » Réfléchissez à ça ; c'est plus profond que ça en a l'air.

Mon portable vibre. C'est Edwige Monserrat.

— *Bon, j'ai de nouveau visionné les séquences du film où Félix apparaît. C'est vraiment pas possible de garder ça ! Voyons-nous tous les trois avec Kristof, on va essayer d'arracher à Herbert l'annulation de la sortie du film à la Toussaint. Kristof est libre vers 17 heures, et vous ? On se voit où ?*

Pris par surprise, je suggère le bar du péon, en général c'est calme à cette heure-là.

*

Edwige et Kristof arrivent à 17 heures précises et le péon nous installe à une table tranquille en fond de salle. Kristof est très nerveux et explique que si le film ne sort pas, c'est une catastrophe, la fin de sa carrière ! Il sort toutes les cinq minutes fumer une cigarette. J'en profite pour lire le synopsis.

*

Synopsis de *Le Cadeau de vie* :

Un homme d'affaires à la retraite, Martial Tournaire, approchant les soixante-dix ans, apprend qu'il est atteint d'un cancer des os. Il sait qu'il va mourir dans d'atroces souffrances et décide qu'il va s'euthanasier. En faisant le bilan de sa vie, il se persuade que c'est un échec : il a passé son temps à travailler, à accumuler des richesses, mais au fond, n'est-il pas réellement passé à côté de son existence ? Que reste-t-il au soir de notre vie ? C'est la grande, l'unique question de ce film. Le pouvoir, la gloire, l'argent disparaissent sans laisser la moindre trace. Comme s'ils n'avaient jamais existé. D'ailleurs, le film est émaillé de scènes en flashback où on le voit réussir brillamment le concours de Polytechnique, être promu à la tête d'entreprises prestigieuses, enchaîner d'exaltants voyages d'affaires aux États-Unis, dans le Sud-Est asiatique ou dans les pays du Golfe persique, faire l'acquisition d'un somptueux appartement avenue de Ségur, être reçu par des ministres, et même une fois accompagner le président de la République dans un voyage au Japon. On le voit sollicité par des journalistes pour donner sa vision sur la montée irrésistible du chômage de masse et les moyens de créer de l'emploi en France. On le retrouve également à Davos, débattant avec l'aristocratie du business et de la finance qui se penchent entre deux louches de beluga sur le sort du bon peuple.

Martial n'a jamais eu d'enfants. Avant de mourir, il veut revoir les femmes de sa vie, savoir où elles en sont, ce qu'elles sont devenues. Trois femmes ont compté pour lui : Germana, sa première épouse, une Portugaise exubérante rencontrée alors qu'ils étaient étudiants, Danny, une jeune archéologue qui était devenue sa maîtresse et pour laquelle il avait quitté sa femme, et Jessica, sa seconde femme, épousée lorsqu'il avait déjà cinquante ans. Il veut faire à chacune un cadeau, ou tout au moins un geste qui va les aider pour le reste de leur existence. Il appelle ça le « cadeau de vie », une expression qui donne d'ailleurs son titre au film. Il faut que ce « cadeau de vie » soit unique, déterminant, qu'il impacte en profondeur la destinée des femmes qu'il a aimées et d'une certaine façon, leur apporte une part de bonheur. Mais pouvons-nous « apporter » du bonheur à l'autre, ou ne doit-il pas avant tout le puiser en lui-même ? Avons-nous un réel impact sur l'existence d'autrui, sur sa félicité ? N'est-ce pas ce que nous avons été, ce que nous sommes, qui a réellement de l'importance, plutôt que ce que l'on voudrait donner ? Pouvons-nous rattraper le temps perdu, les erreurs d'antan ? Pouvons-nous décréter vouloir faire le bien ?

Et puis n'est-ce pas pur égoïsme que de vouloir faire le bien à la fin de sa vie, peut-être pour s'assurer d'être sauvé dans l'au-delà, un peu comme dans les temps anciens où l'on achetait une série de messes pour le repos de son âme ? Autant de questions existentielles qui font de ce film une série de variations sur le thème de « ce qu'on laisse sur terre », sur la vie, l'amour, le bonheur.

Un article de journal est joint au synopsis :

« *Bien que ce film ne soit pas un film autobiographique de Félix Grimaud,* explique Kristof Langlet dans les colonnes du *Monde, la réputation de Félix d'avoir été un « homme à femmes » lui donne une vraie crédibilité, et mon désir est de faire un film à la manière des réalistes italiens. L'humour sera également très présent, et l'émotion sans cesse à fleur de peau. Au final, le spectateur sortira de ce film plein de questions, de perspectives nouvelles sur l'existence, plein de doutes, mais aussi, je l'espère, plein de désir de tendresse et avec un regard différent sur le monde et sur ses proches.* »

Kristof revient d'une de ses excursions tabagiques et soudain se fige net, comme s'il était saisi par quelque chose. Il devient tout rouge, s'assoit, comme s'il était entré dans une transe immobile. Puis il tire un carnet de sa poche et se met à en noircir frénétiquement les pages, le souffle court et sibilant. Je veux parler, mais Edwige me fait un geste de la main, me signifiant de me taire. Elle commande de nouveau du café et s'occupe en envoyant des SMS ou en perquisitionnant son sac à main à la recherche d'on ne sait quoi. Elle veut me faire comprendre que lorsque le réalisateur entre dans ce genre de phases d'effervescence créative, il faut le laisser tranquille.

— J'ai trouvé, lâche enfin Kristof. On va tout refaire !

En fait, l'idée d'un changement express de scénario lui est venue en quelques secondes et son cerveau produit maintenant à grande vitesse la nouvelle trame du film. Il décline chaque scène, prenant des notes, parlant tout seul, faisant tourner son stylo au-dessus de sa tête, perdu dans une sorte de délire exalté. Écumant, surchauffé, il se lève, et entame un va-et-vient dans le bistrot à pas rythmés, les yeux rivés à ses notes, déclamant quelques paroles incompréhensibles en faisant de grands gestes de la main gauche. Puis il s'immobilise et se poste devant nous.

— Ça y est ! jubile-t-il. Le film est sauvé.

Il se rassoit.

— Dans le film initial, explique-t-il, Martial retrouve successivement ses trois femmes, et cherche une chose qui va les aider à vivre le reste de leur vie. Admettons qu'il a donné rendez-vous à chacune d'elles mais qu'il meur entre-temps d'une complication foudroyante. Alors chaque femme se retrouve face à un rendez-vous auquel Martial ne pourra pas venir. Néanmoins, toutes les trois se retrouvent à son enterrement, et décident d'honorer le rendez-vous que le défunt avait fixé avec elles avant de mourir. Il ne viendra pas, mais ce sera pour chacune de ses femmes l'occasion de faire un point sur sa propre existence. Martial leur aura donc offert comme ultime cadeau ce moment privilégié de leur vie où elles vont se retrouver face à elles-mêmes et se demander à leur tour ce qu'elles pourraient bien faire pour aider les autres. Ainsi, Martial aura initié une sorte de « courant magnétique » qui se répandra de proche en proche à toute une série de gens, une onde de choc de questionnement et de compassion qui pourra s'étendre à toute l'humanité.

Kristof, les mains jointes, attend notre réaction, enfin, surtout celle d'Edwige. Mais l'agent artistique ne fait pas montre d'un enthousiasme débordant.

— Tu crois qu'Herbert va accepter ? Il va te dire que c'est cucul la noisette, que ça dégouline de bons sentiments, et que le public ne suivra pas. Et puis, il faut retourner toutes les scènes. Ça va coûter cher, pour un producteur, c'est rédhibitoire.

— La plupart des scènes se passent à Paris. Nous pouvons garder les plans filmés au Portugal. Et nous conserverons les scènes dans lesquels Félix apparaît sans parler pour en faire des moments de souvenirs ou de songes. Concernant les dialogues des trois femmes avec Félix, nous en ferons des monologues que nous tournerons à Paris.

— Tu ne sais même pas si nos comédiennes sont libres, elles ont sans doute des tas d'engagements. Et elles vont te demander une putain de rallonge pour tourner de nouvelles scènes !

— Elles le feront ! s'exclame le metteur en scène en se redressant. Elles le feront en mémoire de Félix.

Silence.

— Moi, je pense que ça se tente, interjeté-je en appuyant l'idée de Kristof.

— Et où allons-nous tourner, en trois semaines ? demande Edwige.

— Ici même ! propose le réalisateur si fort que le péon en sursaute derrière son bar.
Oui, ici ! C'est ici que j'ai eu cette idée lumineuse et géniale ! Je sens qu'il y a des ondes positives dans ce troquet. Et puis, c'est très parisien, ça plaira à l'international.

— Je pense que je vais aller fumer une cigarette, dit Edwige en se levant.

Inquiet, le péon vient vers moi.

— Qu'est-ce qu'ils veulent faire dans mon bar ?

— Tourner un film. C'est super ! La célébrité pour ton établissement ! Et toi, tu vas devenir une vedette.

— Non, non, non, Moïse. Moi, je suis bien peinard ici, je veux qu'on me foute la paix.

— Et ils vont te payer, bien sûr. Trois ou quatre mille euros.

— Non, tout ça, ça va être trop de dérangement.

*

Je n'ai pas assisté à la négociation entre Kristof, Edwige et le producteur, qui a eu lieu le soir même, mais Edwige m'en a raconté certains épisodes. Je sais qu'il y a eu des cris, des pleurs, que le producteur a déchiré sa chemise, s'est dit ruiné et a plusieurs fois menacé de sauter par la fenêtre.

Finalement, il a cédé.

*

Je reçois un appel du rabbin Grunberg.

— *Moïse, je sens bien que je n'ai pas tout à fait répondu à tes questions, l'autre jour. Tu avais l'air frustré lorsque nous nous sommes quittés.*

— Oui, Rebbe, je l'avoue.

— *Peux-tu venir ce soir chez moi, je te présenterai quelqu'un et nous parlerons un peu plus profondément que nous ne l'avons fait jusqu'à maintenant.*

J'accepte, même si j'ai le pressentiment que je vais encore perdre mon temps.

En arrivant chez le rabbin, je croise un SDF assis dans l'escalier. Le vieux bonhomme est tout rabougri, le visage perdu dans un océan de poils blancs, les yeux glutineux, le nez gros et bulbeux. Sans doute un de ces pauvres auquel Grunberg permet le gîte dans son escalier.

Le rabbin m'ouvre la porte, me fait entrer, et m'installe dans son bureau, une pièce submergée de livres en hébreu, de documents en piles et d'objets cultuels.

— Moïse, je m'en veux. Je ne peux pas te laisser ainsi, tout seul avec tes questions. Tu es sorti du marxisme, puis du capitalisme, je ne veux pas que tu retombes dans n'importe laquelle de ces sectes qui foisonnent. Je t'assure que notre foi répond à toutes les questions que tu te poses. Alors ce soir, tu vas faire une rencontre. Un juste, un *tsadik,* un des meilleurs érudits de la kabbale.

— Je ne pense pas que la kabbale, ce fatras mystique et poussiéreux, puisse m'être de la moindre utilité.

— Écoute et tu jugeras, Moïse.

On frappe à la porte. Quelle n'est pas ma surprise quand je vois débarquer l'espèce de vagabond que j'ai croisé dans l'escalier.

— Je n'arrive plus à monter les marches, fait l'homme en soufflant comme une baleine, je dois désormais m'arrêter à tous les étages. Insuffisance respiratoire, l'air n'entre plus dans mes poumons.

L'homme s'assoit pesamment dans un fauteuil entre Grunberg et moi, sans retirer sa casquette élimée.

Rebbe Grunberg brosse en quelques mots au *tsadik* un portrait de moi dans lequel je ne me reconnais absolument pas. Il raconte qu'ancien communiste, je veux revenir à la foi de mes ancêtres à la suite d'une sorte de vision mystique. Mais je n'ai nullement l'intention de revenir à la foi de mes ancêtres. Le *tsadik* se met alors à raconter les vieilles histoires : les livres de la Genèse et de l'Exode décrivent allégoriquement le grand voyage de la vie. Les patriarches : Abraham, Jacob, Joseph et Moïse symbolisent les étapes de l'existence. Jacob, par exemple, luttant avec l'ange, finit vainqueur et demande à son assaillant de le bénir. Il devient Israël, celui qui a lutté avec Dieu. Dieu est Un, cela veut dire : ton âme est Une, ne te laisse pas fragmenter, morceler, disperser par la vie, les sentiments confus et contradictoires, la joie et la peine, car ton Moi profond est au-dessus de tout cela. Blablabla…

J'écrase un bâillement mais j'écoute poliment. Ces histoires religieuses m'ennuient autant que les souvenirs de ma mère, mille fois racontés.

— Sais-tu que Moïse, ton homonyme, savait marcher et parler dès le jour de sa naissance ? dit le *tsadik.*

— Je croyais qu'il bégayait.

— Euh !... oui, il parlait en bégayant.

— Alors il s'est mis à bégayer à la naissance, c'est bizarre, non ?

Le *tasdik* se gratte le front.

— Moïse est un dialecticien hors pair, *Tsadik,* intervient le rabbin. Il va vous donner du fil à retordre.

— En tout cas, Moïse est un homme qui est né éveillé, poursuit le Sage, alors que l'éveil est un long chemin pour tous les autres hommes. Tu es peut-être de ces hommes éveillés, toi aussi, qui portent en eux des missions supérieures.

Le rabbin Grunberg me regarde avec un grand sourire, persuadé, probablement, que les paroles démagogiques du *tsadik* vont m'arrimer définitivement à la foi. Mais quand je regarde le vieil homme, je ne suis guère convaincu.

— Au début, Dieu était comme nous, poursuit le *tsadik*. Il cherchait Dieu, il se cherchait lui-même, mais il ne se trouvait pas, il ne se voyait pas car il était collé à lui-même. Alors, Dieu, pour se rencontrer, s'est en quelque sorte retiré en lui-même, il a trouvé un lieu profond au creux de son propre être et s'y est abîmé. Il s'est séparé de lui-même pour pouvoir se contempler, et c'est l'origine de la Création : l'univers, les planètes, les saisons, les animaux, les hommes ne sont rien d'autre que les formes qu'a prises la retraite de Dieu en lui-même. Et le chemin que nous avons à faire dans nos vies est en sens inverse : nous nous regardons nous-mêmes mais nous ne nous voyons pas. Pour nous voir, il faut nous répandre, nous augmenter, nous élever au niveau de Dieu, sortir de notre retraite. C'est aussi le sens de l'échelle de Jacob.

Ensuite, le kabbaliste parle de l'arbre de vie et des Sephirot.

— Stop ! fais-je alors en me levant. Vos trucs ne me parlent pas. Je suis désolé, c'est comme si vous me parliez d'un film que je n'ai pas vu…

— Moïse, s'exclame Grunberg, tu as toujours été pressé, mais, là tu devrais faire preuve d'un peu plus de patience.

— Raconte-moi ce qui t'est arrivé exactement, dit le *tsadik.*

Je raconte pour la centième fois toute mon histoire des dernières semaines. Tout à coup, le *tsadik* fait des yeux ronds, se lève et se fige en murmurant :

— C'est le guilgoul !

Tandis que le *tsadik* demeure ainsi, pétrifié, Grunberg m'explique à mi-voix que le Guilgoul, qui veut dire « sphère », ou « rotation » est le concept juif de la réincarnation, émanant des thèses kabbalistiques. Selon ce concept, les âmes effectuent un cycle à travers les vies ou « incarnations », étant attachées à différents corps au cours du temps. Mais parfois, il arrive qu'un homme se réincarne dans son propre corps pour effectuer une nouvelle mission sur terre.

— Qu'est-ce que vous me racontez ? J'ai le Guilgoul ?

— Tu étais mort et tu as été réincarné ! assure le *tsadik.* Le Zohar dit : « Aussi longtemps qu'une personne ne parvient pas à atteindre ses objectifs dans ce monde, le Saint, Béni soit-il, la déracine et la replante autant de fois qu'il faut. »

Le rabbin me précise que le Zohar est le livre principal de la Kabbale.

— L'œuvre de l'homme qui revient sur la terre, ajoute le *tsadik,* est dès lors de rassembler son âme éparse et prisonnière et de réaliser le *tikkoun,* la « réparation du monde ».

Le vieil homme se rassoit dans le fauteuil et ne prononce plus un mot.

En gros, ce que je comprends du discours du *tsadik,* qui demeure maintenant roide et immobile dans son fauteuil, c'est que je suis mort, mais que, d'une certaine façon, on m'a renvoyé sur terre pour accomplir quelque mission, genre… sauver la planète !

Quelle blague !

Je me sens seul, tout à coup, bien seul, absolument imperméable à tous ces concepts mystiques. Tellement loin de tout ça. Le rabbin Grunberg me regarde avec des yeux de biche, persuadé qu'il a gagné un croyant, que je vais annoncer solennellement ma conversion, que je vais subitement me mettre à bouffer kasher et à faire la grasse matinée le samedi matin. Mais je ne dis rien. D'ailleurs, le *tsadik* s'est visiblement endormi dans son fauteuil.

*

Je sors de chez le rabbin Grunberg les bras chargés de livres. Mais je prends le temps de m'arrêter en chemin à l'église Saint-Médard. Pendant que j'y suis, autant voir si les chrétiens n'ont pas une contre-proposition intéressante à me faire. Je suis immédiatement reçu par un jeune prêtre plein d'allant.

— Savez-vous pourquoi la religion chrétienne s'est imposée de façon si magistrale face au paganisme et au judaïsme antique, fait-il en forme d'accroche publicitaire ? Asseyons-nous, je vais vous expliquer…

*

De retour chez moi, j'enfourne tous les livres du rabbin et du curé dans un placard de l'entrée, avec la ferme intention de ne jamais les ouvrir.

Alice m'attrape par le bras et me tire vers l'écran de l'ordinateur.

— Regarde ce que j'ai trouvé, il y a une promotion sur Initiés.com ! C'est génial non ?

Je lis : « *Ananga voyages : Ladakh, Inde, Népal, Bhoutan, Tibet, séjour spirituel et initiatique. Visitez les lieux de l'énergie sacrée, rencontrez des hommes et femmes aux parcours exceptionnels : médecins tibétains, ermites, moines. Participez à une initiation chamanique et réalisez votre mandala. Du 12 au 26 octobre, vivez les traditions sacrées hindoue, sikh et bouddhiste, recevez l'enseignement sacré des yogis, maîtres spirituels, amchis (docteurs en médecine tibétaine). Ou bien pérégrinez sur les pas du Bouddha : Delhi - Sravasti - Lumbini - Bodhgaya - Varanasi - Sarnath. Méditations, activités diverses, jeux sacrés. Ressourcement garanti, avec comme guide le sage Jaka. 2 050 euros. Prix cassé : 1 750 €. Repas inclus (boissons non incluses). Option : excursion de trois jours auprès d'un médecin-mage bhoutanais : 850 €.* »

— Mais Alice, je n'ai plus d'argent.
— Moi j'ai des économies, je peux nous payer ça.

Je m'assois sur un bras du fauteuil et je prends les deux mains de ma compagne.

— Alice, je suis fatigué de tout ça : la Kabbale, le Bouddha, l'Ayurveda, la spiritualité par les plantes, par le cri primal, par les massages holistiques, par la psychologie positive ou par l'artichaut grillé. Je ne sais plus où j'en suis. Avec le vieux Karl, au moins, je savais où j'allais, c'était simple : on allait vers la Révolution et vers le bonheur universel. Là, je suis désolé, mais je sature.
— Mais tu es bien, comme moi, dans une quête spirituelle ? Je suis sûre que c'est pour ça que nous nous aimons.
— Moi, tout ce que je veux, c'est comprendre ce qui m'est réellement arrivé les quelques minutes où mon cœur s'est arrêté de battre et pourquoi je vis avec la présence du fantôme d'un homme que j'ai à peine connu. C'est ça que je veux comprendre. Et ensuite, quand j'aurai compris ce

qu'on attend de moi, vivre peinard avec mon scepticisme naturel.

— Mais Moïse, tu as un chemin à parcourir, comme moi. Nous devons le parcourir ensemble.

— Alice, j'en ai assez des religions, des bondieuseries ! Y a pas cinq minute, j'ai parlé avec un curé. Il me parlait de saint Paul. Mais qu'est-ce qu'on a fait pour que toutes les religions nous reviennent en pleine figure ? Il suffit d'ouvrir la télé, la radio on ne parle que de ça : l'islam, les juifs, les chrétiens, les bouddhistes ! Enfin, merde ! On ne va pas rayer des livres d'histoire trois siècles de science et toute la philosophie des Lumières !

— Choupinet, tu ne devrais pas t'énerver comme ça.

— Le curé essayait de me prouver la supériorité de la religion chrétienne sur toutes les autres. Il me parlait de saint Paul et de sa trouvaille géniale, qui a fait le succès fulgurant du catholicisme : alors que la religion juive est une religion où l'on doit se soumettre à la Loi, la religion chrétienne est basée sur la foi. Nous sommes tous sauvés, me disait-il ! La seule chose qui compte c'est d'accorder sa vie à l'Amour du Christ et d'aimer son prochain comme soi-même. Je suis désolé, mais moi j'ai pas envie d'aimer tous les gens que je rencontre. Quand je croise des gens dans la rue, je suis poli avec eux, je les respecte, je suis cordial, et s'il leur arrive quelque chose, bien sûr, je suis là pour les secourir. Mais ce n'est pas de l'amour ! C'est simplement que nous appartenons tous à l'espèce humaine, et que nous devons chercher à étendre sur la terre la paix, la courtoisie, la solidarité, OK, mais pas l'Amour ! Je veux t'aimer toi, les enfants, ma famille, mes amis, mais mon amour n'est pas extensible à l'infini. Les autres, je les estime, je les respecte, je les aide quand je peux, c'est bien suffisant. Tu trouves que je suis égoïste ?

— Calme-toi, Choupi, je vais te préparer une tisane de graines de courge, c'est excellent pour l'humeur.

— Et aujourd'hui, dis-je en la poursuivant dans la cuisine, il y avait ces deux rabbins qui me faisaient l'article. Il paraît que j'ai le guilgoul ! Oui, j'ai contracté le guilgoul, t'es au courant ? Mais tu comprends, je veux pas devenir chrétien, ni juif, ni hindouiste ni rien ! Je veux rester à l'écart de tout ça. C'est pas parce qu'il m'arrive des trucs que je peux pas expliquer que je dois être incorporé dans une foutue Église !

— Mais Moïse, personne ne te demande de devenir chrétien ou hindouiste. Arrête de te monter bourrich

— J'ai certainement du chemin à faire sur le plan spirituel, mais je pense que...

Mais Alice plaque à l'instant sa bouche sur la mienne pour un long baiser fougueux. J'aimerais bien qu'elle cesse de me clouer le bec en me roulant une galoche dès qu'on n'est pas d'accord. Ça ne résout rien !

Dans le café du péon, les clients habituels ont été convoqués : Popov, Pulko, Gorgina, Amanda et Azorah, les deux jeunes étudiantes, ainsi que Samantha, une retoucheuse de la rue du Banquier, et quelques autres têtes que je ne connais que de vue. Kristof Langlet a demandé que les fidèles du café soient présents et leur a acheté 150 euros une journée de figuration. Moi, je suis derrière le bar avec le péon. J'avais rendez-vous chez mon avocat pour la liquidation d'InnSoftware, mais j'ai repoussé. Tout en essuyant la vaisselle pour m'exercer à mon rôle de figurant, je jette un coup d'œil aux premières lignes du script que le chef de plateau a distribué à tout le monde.

Intérieur jour. Une femme est attablée à la terrasse du café « Au Beaujolais » (ce nom bien franchouille est une concession au producteur pour vendre à l'international, le « Carancho », ça ne faisait pas assez couleur locale).

La femme est jouée par Maia Guldsmed, une femme mûre que j'avais aperçue à l'enterrement de Félix, au visage lisse et effectivement rigidifié par la chirurgie esthétique, comme l'avait cruellement fait remarquer Félix. Elle relit le scénario tandis qu'autour d'elle s'affairent l'assistant réalisateur et le chef décorateur. Debout sur le bar, les deux éclairagistes fignolent les installations lumière, affermissant les supports des projecteurs, réglant les *soft sun.* Le premier assistant vole de figurant en figurant pour ajuster les poses tandis que la maquilleuse leur farde le front. Le chef opérateur fait les cent pas en traquant les détails avec la scripte. Sa seconde assistante essaie de trouver un moyen pour éliminer certains reflets sur les vitres du café. Le steadycameur et le cadreur sélectionnent la balance des blancs tandis que l'ingénieur du son furète à l'intérieur et à l'extérieur du café pour prélever des ambiances sonores.

Action !

Maia Guldsmed, alias Germana, est attablée et le péon, stressé d'être filmé, lui apporte son café avec des gestes inhabituellement gauches. Maia tripote son téléphone portable, les yeux dans le vague. Ces plans sont destinés à insérer les images-souvenirs de sa jeunesse avec Martial Tournaire, alias Félix Grimaud : leurs rencontres, leurs voyages, leurs ébats. Cette discussion sera entrecoupée, au montage, de scènes de vie en forme de flashbach, pour la plupart déjà tournées. Pour celles qui font référence à un passé ancien, ce sont deux jeunes acteurs en vue, Klaus Pélouard et Marie Bockel, qui ont tourné. Pour les scènes plus récentes, Martial sera filmé de dos, doublé par Claude Razikov, qui possède la même tignasse blanche que Félix et à peu près sa corpulence. Ces scènes souvenirs, Kristof les veut non chronologiques. On se balade donc d'un Martial vieillissant à un Martial jeune dans un ordre purement aléatoire. Selon Kristof Langlet, une histoire n'a pas besoin d'être chronologique : c'est le cerveau des spectateurs qui rétablira de lui-même le déroulé de la vie de Martial dans le souvenir qu'il conservera du film.

Deux autres femmes entrent dans le café et rejoignent Germana : Danny et Jessica ont à peu près le même âge, environ cinquante ans. Germana a décidé de balayer ses rancœurs envers Martial, qui l'a trompée et quittée, et les trois femmes doivent évoquer le défunt. Jessica, sa dernière épouse, est la plus affectée.

La discussion s'enchaîne naturellement. Chacune évoque un épisode de sa vie avec Martial. On fume, on boit du café, on cause. Les scènes de papotages s'enchaînent donc, entrecoupées de pauses où l'on réajuste les caméras, les plans, où l'on remaquille les actrices. Les clients du café, qui doivent mimer des discussions individuelles, finissent par se lasser et ne plus trouver de sujets de conversation. Le chef opérateur les relance en leur donnant des idées, tandis que le péon remplit de nouveau les verres et les tasses. Et les conversations des trois femmes repartent.

— Qu'est-ce que c'est chiant ! me murmure soudain Edwige à l'oreille.

Pour moi, la remarque d'Edwige est une sorte de révélation : mais oui ! C'est chiant, super-chiant ! J'ai été impressionné par les caméras, l'ambiance, le décorum, car c'est la première fois que je suis sur un plateau de cinéma, tout excité. Mais il faut bien le dire, la discussion des trois femmes évoquant l'homme qui a un moment partagé leur vie est d'un ennui profond.

Edwige va allumer une cigarette à l'extérieur. Je l'accompagne et en accepte une, pour tuer le temps. Elle hoche la tête.

— Je sens le gros plantage, dit-elle. Kristof veut faire du néoréalisme contemporain, mais il est totalement à côté de la plaque. Au moins, nous aurons sauvé l'honneur de Félix.

Nous rentrons de nouveau dans le café où le dialogue des trois femmes ronronne, chacune évoquant un épisode de sa vie avec Martial. Au fil du temps, les cadreurs bâillent, les figurants s'ennuient, le péon essuie nonchalamment sa vaisselle. N'y tenant plus, Edwige explose.

— Mais, bordel, Kristof! Tu ne te rends pas compte que c'est nul?

Le chef de plateau fait un geste de la main pour arrêter le tournage. Je sens que tout le monde autour de nous approuve silencieusement l'esclandre d'Edwige.

— Tu ne vois pas qu'on s'endort? poursuit-elle.

Le réalisateur hoche la tête, ferme les yeux.

— T'as raison…, murmure-t-il.

Et, glissant lentement le dos le long du mur, il s'assoit par terre.

Un silence pesant règne soudain dans le café transformé en studio. Le chef électro éteint les projecteurs. Au bout de quelques minutes, quelqu'un risque :

— Alors, on fait quoi ?

Kristof esquisse un geste de la main signifiant que tout le monde peut partir. Aussitôt, tout s'anime de nouveau. Ce sont des clappements d'appareils que l'on range dans leurs étuis, des cliquetis de perches, des ronflements de câbles que l'on enroule sur leurs bobines, des crissements de papier adhésif qu'on arrache, un tapage de chaises que l'on déplace, une déflagration de consignes hurlées par le régisseur. Au bout de dix minutes, le café du péon s'est vidé, les figurants ont été payés et se sont éclipsés, le personnel du tournage aussi. Kristof est resté assis par terre, les jambes repliées, la tête enfouie dans les genoux.

— Je n'ai réalisé que de mauvais films, gémit-il. Dix ans de travail sans trouver ma voie.

Loin de le consoler, Edwige en rajoute :

— Certains ne la trouvent jamais.
— On va garder le film tel qu'il est. On aura essayé…

Edwige acquiesce.

— Quand j'étais petit, poursuit le réalisateur, je me cognais volontairement la tête contre les murs, comme ça (il frappe de manière répétée le mur de l'arrière du crâne). Ma mère, ça la rendait folle. Elle me hurlait d'arrêter. Mais moi je continuais de plus belle, jusqu'à me faire de sacrées bosses. Je ne sais pas pourquoi, mais quand ça va pas, je recommence à faire ça.

Les comédiennes partent à leur tour, sauf Maia Guldsmed, qui reste attablée, l'air songeur.

*

Félix

Bah ! Qu'est-ce qu'ils fichent ? On s'arrête déjà ? On a à peine commencé, c'est quoi cette histoire ? Kristof ! Moi je suis prêt, je suis là, je sais mon texte… Enfin, mon texte, ce moignon de scénario indigent que tu nous sers… Tu ne sais pas ce que c'est qu'une émotion, mon grand ! Enfin, le jeu des acteurs va pallier les déficits des dialogues, comme souvent… Si tu sais les diriger, ce dont je doute. C'est vrai que j'ai été mal habitué, j'ai côtoyé les plus grands : Antonioni, Melville, Duvivier, et même Losey. Mais bon, c'est ainsi. L'époque des grands metteurs en scène est finie, il faut faire avec les petits marquis du cinéma… Bon, mais qu'est-ce qu'on fout, alors ? On reprend demain ? Je vais demander à Maia… Maia ! Maia ! Elle m'entend pas. Elle est plongée dans ses pensées. Maia ! Maia ! Qu'est-ce qu'on fait ? On reprend demain ?... Écoute-moi, je te suggère quelque chose. Tu sais, le moment où tu dois dire : « Lorsque je repense à ce petit appartement que nous habitions avec Martial, place Sainte-Opportune, lorsque nous faisions nos études, je me dis : j'ai été heureuse », à ce moment, lève-toi, va vers la vitre, regarde au-dehors. Qu'on ne voie pas tes yeux, surtout pas de larmes, ça serait trop mièvre. Ça sera beaucoup plus fort si on te voit de dos. Il faudrait que la pluie tombe au-dehors. Bon, je sais, c'est très cliché, mais c'est pas grave. La pluie, c'est associé à la nostalgie, au passé. Ça marche toujours.

*

Maia

Mon dernier film. Oui, je veux que ce soit mon dernier film... J'ai soixante-huit ans. Plus envie de jouer... On ne me propose plus que des rôles de vieilles, c'est normal... Tiens, je pense à une chose : lorsque j'évoque ma vie passée avec Martial, je devrais me lever et regarder au-dehors. De dos, en plan serré, je n'ai plus d'âge. Je suis dans le présent et dans le passé à la fois. Et puis, s'il pleuvait ce serait encore mieux. C'est très cliché mais c'est pas grave, on fait du cinéma populaire, après tout ! Je vais le proposer à Kristof... C'est compliqué de tourner avec Félix alors qu'il n'est plus là. C'est étrange. En même temps, je suis émue. C'est drôle, depuis qu'il est mort, je ne lui en veux plus pour Lana. À quoi bon ? Je lui ai pardonné. C'est son affaire après tout, s'il n'a jamais voulu voir sa fille. Oui, je me sens apaisée par rapport à ça... Ah, Félix, Félix ! On peut dire que je t'ai aimé, que je n'ai peut-être aimé que toi...

*

Moïse

Dans le café désormais désert et assombri par le jour finissant, une sorte de torpeur s'est durablement installée. Kristof est resté assis par terre et cause au téléphone avec son amant pour lui dire que cela ne va pas du tout et qu'il a envie qu'il vienne le chercher et qu'il le serre dans ses bras. Edwige s'est installée nonchalamment en terrasse, la cigarette au bec, offrant son visage au soleil couchant. Le péon remet de l'ordre dans son établissement.

Je m'approche de la table de Maia.

— Nous ne nous connaissons pas : je m'appelle Moïse Steiner, j'étais un ami de Félix.
— Vous êtes technicien sur le tournage ?
— Non, je suis là en spectateur. J'ai senti que vous pensiez à lui.

Elle soupire.

— Oh, vous savez, Félix et moi c'est une vieille histoire.
— Vous voulez m'en parler ?
— Pourquoi pas.

Je m'assois près d'elle.

— Où avez rencontré Félix, monsieur Steiner ?
— À l'hôpital. Il m'a beaucoup parlé de vous.
— Lorsque j'ai rencontré Félix, je débarquais de mon Danemark natal. Je suis entrée au cours Simon, malgré mon accent à couper au couteau. C'est là que j'ai rencontré Félix. Nous avions vingt et un ans…
— Vous vous êtes mariés très rapidement, je crois.
— Oui, au bout de six mois. Nous n'avions pas un sou. C'était mai 68, la vie était merveilleuse. Et puis, le temps a passé.
— Combien de temps êtes-vous restés ensemble ?
— Pourquoi me posez-vous toutes ces questions ?
— Parce que je n'ai connu Félix que trois semaines, et j'ai envie de savoir quel genre de bonhomme il était vraiment.
— Quel genre de bonhomme ? Il était charmant, charismatique, enjoué, merveilleux acteur.
— Pourtant, il semblait y avoir un contentieux entre vous.
— C'est exact.
— Pouvez-vous m'en dire un peu plus ?
— Je ne lui en veux plus, vous savez.
— Il vous a fait quelque chose ?
— À moi, non.

Elle marque un moment de silence, mais ses yeux s'emplissent subitement de larmes, qu'elle éponge immédiatement avec une serviette en papier.

— Puisque vous étiez son ami, je peux vous le dire. Nous avons eu une fille ensemble, Lana. Lana a eu le malheur de naître avec un handicap très lourd. Elle parle à peine, est paralytique, et a le développement intellectuel d'une enfant de cinq ans, quoiqu'elle en ait maintenant trente-sept. Son visage est déformé par les problèmes qu'elle a eus à la naissance. Félix n'a pas supporté. Nous nous sommes séparés à ce moment. Il est venu la voir de temps en temps, mais dès qu'elle a eu six mois, il n'est plus venu. Je m'en souviens très bien, c'était au moment du tournage de *Neiges,* un film où il jouait un moniteur de ski perdu dans la montagne avec un de ses clients à la suite d'une tempête de neige... Quant à moi, j'ai assumé. Je me suis dit : voilà, Lana est là, elle est comme elle est, elle ne parlera pas et se déplacera toute sa vie en chaise roulante, mais je l'accepte et je l'aime. Félix lui a versé une pension confortable, mais il n'est plus jamais venu la voir. Je ne crois pas qu'elle en soit consciente. Je ne sais pas si elle sait qu'elle a un père. Lorsque je vais la voir, nous passons des heures à peindre et à dessiner. Elle fait de très beaux tableaux, avec des motifs géométriques et de très jolies couleurs.

— Vous en voulez à Félix de n'être jamais venu la voir ?

— Non, pas vraiment. Si Félix s'est détourné de sa fille, ce n'était pas par désintérêt, ou par égoïsme. Simplement, il ne supportait pas de la voir ainsi, c'était viscéral. Mais ça a dû le torturer.

J'abandonne Maia à ses souvenirs et retourne dans le café, dans lequel il n'y a maintenant plus que Kristof, prostré à terre, le péon et Popov, assis au fond de la salle, lisant son journal.

Celui-ci m'interpelle :

— Moïse, j'ai pensé à vous.

Je m'approche et m'assieds assois en face de lui. Je m'étonne que le philosophe ne soit pas attablé devant son habituel Kamikaze, mais devant une simple tasse de café.

— Je ne voulais pas être immortalisé au cinéma comme un alcoolique, explique-t-il. Je n'ai pas bu un cocktail de toute la journée… Oui, je disais que j'ai pensé à vous. Vos histoires de fantôme, de persistance de l'âme, ça m'excite beaucoup. J'ai passé la nuit à relire William James, et je vous ai apporté ça.

Il tire de sa sacoche en cuir usé un petit livre :

— Vous lisez l'anglais ?
— Oui.
— Alors vous pouvez lire ça.

Il me donne un petit livre, appelé *Human Immortality.*

— Lisez-le, continue Popov, vous verrez qu'il ne faut pas confondre l'approche matérialiste et l'approche scientifique. L'idée que la conscience est une fonction du cerveau, qu'on la produirait comme on sécrète de la créatine ou des enzymes, ne tient pas un seul instant. Que le cerveau est le lieu de la pensée, c'est indubitable, mais qu'il en soit la source, ça, on ne peut pas en être sûr. On peut être réaliste sans penser pour autant comme Démocrite que la conscience est purement matérielle. Dire que la conscience est une fonction du cerveau, c'est aussi absurde que dire que la musique est une fonction de l'orgue. Les touches, les tuyaux, les soufflets sont ce qui permet à la musique de se déployer, mais la musique vient d'ailleurs. Ainsi, chaque orgue n'est qu'une structure individuelle qui reproduit à sa façon l'air dans la soufflerie et la patte de l'organiste. La vie, c'est un peu pareil. Quand le poète Shelley dit que « La vie, tel un dôme de verre aux mille couleurs, souille le blanc éclat de l'éternité », il veut dire que la vie est comme un prisme qui décompose à sa manière, chaque fois individuelle, un élément supravital que nous ne connaissons pas. Vous saisissez ? Imaginez que le réel, ce soit en quelque sorte notre flux de conscience, rien d'autre. Le réel, ce serait une multiplicité d'expériences faites par une multiplicité d'individus, qui peuvent se rejoindre à différents niveaux.

— J'ai un peu de mal à vous suivre. Je ne suis qu'un modeste vendeur de logiciels. Mais admettons que notre esprit retourne dans un « grand tout », l'individualité de notre âme se perd. Ainsi, même dans ce cas, rien ne peut expliquer que l'âme de Félix survive à son corps, il s'est fondu dans l'âme universelle.

— On peut imaginer que chaque âme individuelle retourne à l'âme originelle, à ce monde de l'esprit, mais que ce monde de l'esprit n'est pas monolithique, mais est fait d'une multiplicité d'esprits, de toutes les âmes individuelles qui s'agglutineraient indéfiniment dans l'âme du monde. Et l'âme du monde serait comme un conglomérat de petites âmes individuelles qui subsisteraient dans le tout. De petites idées qui survivraient. Faites un tour dans les catacombes, vous comprendrez. Ces milliers et ces milliers de crânes enfermaient chacun une individualité, pourtant vous ne voyez qu'une montagne d'os.

— Un peu comme les grains de sable.

— C'est à peu près ça, fait Popov en replongeant dans son journal.

***

Je suis appelé vers 18 heures par mon banquier. Il m'annonce que mon découvert a dépassé les huit mille euros, et il ne constate toujours pas la moindre rentrée sur mon compte.

— Où en êtes-vous, monsieur Steiner ?

— Ma société est en liquidation. Une fois la procédure terminée, nous ferons le point.

— Vous n'avez pas le droit au chômage ?

— Non, j'étais mandataire social.

— C'est ennuyeux.

— Prenez ce qu'il reste de l'assurance-vie et mettez-le sur le compte courant.

— Cela fait 2 800 euros, monsieur Steiner. Nous n'allons pas très loin avec ça. Puis-je vous demander si vous avez des projets ?

— Des projets ? Pas encore.

— Venez me voir en début de semaine prochaine, vous voulez bien ? On reparlera de tout ça.

— La semaine prochaine, je ne suis pas à Paris, dis-je, pris au dépourvu.

— C'est bien dommage. À partir de lundi, vous ne pourrez plus utiliser votre carte Visa. Ne m'en voulez pas, ce sont des mesures administratives automatiques dans ce genre de circonstances.

Je raccroche en maudissant la banque et les banquiers. À l'époque où je gagnais bien ma vie, on me proposait toutes sortes de placements avantageux, et je pouvais négocier tous les crédits que je voulais. Maintenant, je suis passé dans la catégorie des clients à problématique, des PD, comme ils disent (probabilité de défaut).

— C'était encore le banquier ? me demande Alice.

— Ouais.

— Il a déjà appelé deux fois aujourd'hui.

— Ce sont des parasites. Les chiens écumants de l'enfer capitaliste.

— T'en fais pas, me dit Alice en s'asseyant sur mes genoux. Moi je suis là ! Je gagne ma vie.

— Tu aurais dû rester avec Wang.

— Dis pas de bêtises !

Et elle m'embrasse.

— Je ne sais pas si je te dis assez que je t'aime, déclaré-je le plus connement du monde.

*

Vers le milieu de la nuit, je suis réveillé par une idée qui vient de me traverser l'esprit comme une flèche.

— C'est toujours le banquier qui te tourneboule ? fait Alice, que j'ai réveillée.

— Non, excuse-moi.

J'enfile en un clin d'œil une robe de chambre et file à mon ordinateur. Je cherche sur Internet des informations sur le film *Neige.* En deux secondes, j'ai trouvé, magnifique instantanéité du web qui nous met à deux clics de tous les savoirs de l'univers !

Neige - 1979

Film français écrit et réalisé par Frédéric Benayoun, produit par Jacques Jérôme.

Je poursuis la lecture de la fiche technique et je tombe sur :

Tourné à Kitzbühel en Autriche au cours de l'hiver 1978-1979.

Je suis soudain parcouru d'une onde de choc : les dates concordent ! Je me lève, fais quelques pas dans le salon, reviens à l'ordinateur. Je parcours de nouveau toute la fiche technique, mais celle-ci ne laisse guère de doute.

Il est 5 heures du matin. Il est trop tôt pour appeler Maia Guldsmed.

J'attends impatiemment 9 heures, en buvant café sur café. N'y tenant plus, j'appelle Maia avant qu'il soit 8 heures.

— Je suis désolé de vous déranger si tôt, mais j'ai quelque chose d'important à vous demander.

Et je lui expose mon étrange requête.

— *Pourquoi donc ?* me demande-t-elle.
— Je vous expliquerai.

Troublée, Maia me donne néanmoins rendez-vous dans un établissement de la proche banlieue, dont elle m'envoie l'adresse par SMS, à 15 heures.

Me voici parti, cette fois chez Colette Grimaud. Elle ouvre, surprise de me voir si tôt.

— Puis-je avoir le nounours ? dis-je.
— Quel nounours ?
— Celui qui est au-dessus de l'armoire, dans votre chambre, et qui est tombé l'autre jour.

Surprise, elle va chercher l'ours en peluche et me le rapporte.

— Je peux l'emporter avec moi ?

— Qu'est-ce que vous voulez en faire ?
— Je vous expliquerai plus tard.

*

En début d'après-midi, assis sur la banquette arrière du taxi qui m'emmène à Sceaux, je regarde le ciel où un plafond de nuages gris menace pluie. La canicule est toujours là, mais elle s'est faite humide et poisseuse, orageuse. L'ours en peluche, sagement assis sur mes genoux, son chapeau vert piqué d'une plume posé de travers sur sa grosse tête, le museau farceur, les yeux ronds et interrogateurs, se demande certainement quel va être désormais son destin, après des années passées à prendre la poussière sur le toit d'une armoire. Je me surprends à vouloir lui parler, le rassurer. Lui dire que tout ira bien. Le chauffeur de taxi doit me prendre pour un fou !

*

Je retrouve Maia Guldsmed devant la Fondation Sainte-Barbe, un petit immeuble chic en lisière du parc de Sceaux. Dans cette maison d'accueil spécialisée dans les handicaps lourds, les pensionnaires habitent de petits studios propres et bien aménagés donnant sur une langue de verdure qui prolonge le parc. Maia me conduit au deuxième étage. Là, une femme, de dos, assise sur une chaise roulante, la tête penchée sur l'épaule, peint un tableau multicolore posé sur un chevalet. Maia s'approche d'elle et la saisit par les épaules. Lana, la fille de Maia, se retourne alors. La jeune femme, qui n'est pourtant âgée que de trente-sept ans, en paraît beaucoup plus. Elle a le visage hâve et marqué et des fils blancs courent déjà dans ses cheveux blonds. Sa tête est constamment inclinée et de sa bouche, qui semble avoir du mal à se fermer, s'échappent des petites bulles de salive. Elle accueille sa mère avec un grognement joyeux et les deux femmes restent un long moment dans les bras l'une de l'autre. Maia lui parle, lui demande de ses nouvelles, la complimente sur le tableau qu'elle est en train de peindre. Lana lui répond par des grondements réjouis, des mots esquissés sur ses lèvres gourdes, qui semblent vouloir se former mais qui ne parviennent pas à maturité et s'évanouissent avant d'être prononcés. Mais sa mère la comprend et lui répond. Maia Guldsmed, l'actrice aux insupportables caprices, est transfigurée en présence de sa fille. Elle est une mère aimante, attentionnée, caressante, riant à ce qui doit être des plaisanteries privées, réservées aux deux femmes.

Puis Maia me demande de me rapprocher et met la main de Lana dans la mienne.

— Je te présente Moïse. C'est un ami de ton Papa.

Je ne sais pas si c'est une impression, mais j'ai cru voir les yeux de Lana s'illuminer lorsqu'elle a entendu le mot « Papa ». Elle me tient fermement la main et me regarde avec des yeux d'une incroyable douceur, des yeux clairs et profonds comme ceux de sa mère, mais qui semblent le seul élément fixe d'un visage en perpétuel mouvement, en perpétuel remodelage. Elle murmure quelques gargouillis auxquels je souris comme si je les comprenais. Je tiens l'ours en peluche derrière mon dos, et ému de ce regard, je mets un peu de temps à le lui présenter.

— Voilà, finis-je par dire en lui donnant l'ours en peluche, c'est de la part de ton Papa.

Lana pose le nounours sur ses genoux et se trouve soudain plongée dans une excitation extrême. Elle l'examine sous toutes les coutures, de tous les côtés, puis le serre contre sa poitrine en balançant doucement le buste et en chantonnant.

Comme elle est totalement absorbée par sa nouvelle acquisition, Maia et moi la laissons seule pour aller prendre un thé à la cafétéria de l'établissement. Là, des handicapés de tous âges et de toutes sortes sont assis avec leurs familles dans un brouhaha joyeux, formé de cris, de rires, de cuillers qui tombent par terre, de chaises qui raclent le carrelage. Un personnel attentionné s'attarde à chaque table pour plaisanter avec les convives.

— C'est un endroit plutôt sympa, dis-je. Je ne m'attendais pas à ça.

— Félix voulait ce qu'il y a de mieux pour sa fille. C'est une des institutions les plus chères de France, mais il n'a jamais regardé à la dépense.

— Sauf qu'il n'est jamais venu la voir.

— Pour lui, c'était impossible. La vue de sa fille l'aurait rendu malade, du moins c'est ce qu'il croyait. Et le temps passant, sa fille grandissant, cela rendait les choses de plus en plus difficiles pour lui. Je suis sûre que s'il était venu, ne serait-ce qu'une fois, tout aurait changé. Comment avez-vous eu l'idée de l'ours en peluche ?

— Lorsque j'ai constaté que peu après la naissance de votre fille, il tournait un film en Autriche, j'ai eu un déclic. J'ai immédiatement fait le rapprochement avec le nounours tyrolien qui était tombé de l'armoire quelques jours plus tôt. Colette m'a dit qu'il l'avait toujours présenté comme « un cadeau », mais ce n'était pas un cadeau qu'on lui avait fait à lui, c'était un cadeau qu'il voulait faire à sa fille. Mais il n'a pas pu. Le nounours est resté là, trente-sept ans, sur le haut de l'armoire. J'imagine que pendant toutes ces années, cet ours en peluche était pour Félix comme un reproche permanent à sa paternité défaillante.

Maia, émue, hoche la tête.

Nous retournons auprès de Lana, qui n'a pas quitté l'ours en peluche et semble le bercer pour qu'il s'endorme. Je décide de laisser les deux femmes à leur intimité et je m'en retourne, rêveur.

C'est bizarre, j'ai une sorte de sentiment de devoir accompli. Je me dis que même si toutes les sensations de présence de Félix sont purement illusoires, que la chute de l'ours en peluche de l'armoire et celle des dossiers de Félix de leur placard n'étaient que des coïncidences, j'ai quand même fait quelque chose de bien. Cette ambiance irrationnelle dans laquelle je baigne depuis mon accident d'avion a tout de même eu au moins une conséquence concrète. Le visage illuminé de Lana avec son ours dans les bras est une preuve suffisante que mon geste était le bon.

Ça doit être ça, le guilgoul !

*

Je demande au taxi de m'arrêter chez Colette Grimaud, à qui je raconte immédiatement le récit de ma journée auprès de Maia et de sa fille. Elle est émue aux larmes.

— Au début de notre vie conjugale, j'avais essayé à plusieurs reprises de persuader Félix de voir sa fille, car je sentais bien que cette inconnue était une vraie blessure dans sa vie. Mais cela lui était impossible. Il était terrorisé par les infirmités en général, les disgrâces physiques lui étaient insupportables, et plus le temps passait, moins il lui était possible de revenir en arrière. Cependant, je sais que cela le culpabilisait beaucoup. Une bonne psychothérapie aurait peut-être réglé ce problème. Maintenant que Félix a renoué avec sa fille, je pense qu'il est apaisé.

Devant ma moue sceptique, elle reprend :

— Vous n'y croyez toujours pas ?
— À quoi ?
— À la présence de Félix parmi nous.
— Non, Colette, je n'y crois pas, mais j'ai le sentiment d'avoir accompli quelque chose de juste, pour lui et pour sa fille. Je l'ai senti.

Elle me raccompagne jusqu'à la porte.

— Encore merci de ce que vous avez fait. Restons en contact, tous les deux, prenons un café ensemble de temps en temps. Ça vous va ?

Je hoche la tête.

*

Le temps est magnifique sur Paris et une brise légère a rafraîchi l'atmosphère. Je décide de prendre un vélo en libre-service pour aller chez Edwige Montserrat. Mon excursion cycliste jusqu'à Montmartre devrait me prendre environ trois quarts d'heure. Ce rendez-vous avec l'agent artistique a pour finalité de boucler toute cette affaire et de passer enfin à autre chose. Ces derniers jours, j'ai négligé mes activités : la clôture de ma faillite, pour laquelle on me réclame des tas de papiers que je dois avoir dans mes dossiers et que je n'ai toujours pas eu le courage de chercher. Mais tout cela me paraît bien insignifiant face au sourire de Lana qui reçoit à trente-sept ans un premier message de son père. Je pense à ma famille, à Alice, et même à Béa qui coule des jours heureux avec son bellâtre. J'ai envie de tous les embrasser, et même les gens dans la rue. Subitement, tous les passants me paraissent beaux et bons.

Je remonte la rue Bonaparte, m'attarde sur les quais de Seine où des bouquinistes sans âge ne vendent plus de livres depuis des années et vivotent en fournissant des plans de métro et des gravures touristiques. Je pense que la Mairie de Paris doit les subventionner pour les maintenir dans le paysage comme des santons dans une crèche. Je traverse la Seine en regardant Notre-Dame, qui ressemble finalement plus à un temple païen qu'à un édifice religieux, et paraît dédiée moins à la Sainte Vierge qu'aux puissances du commerce et de la prospérité matérielle. L'édifice est vénéré par des millions de voyageurs qui le photographient à des milliards d'exemplaires, comme s'ils déposaient à ses pieds l'offrande d'un voyage qui leur a coûté plusieurs milliers de dollars, de yuan, de yen, ou de roubles. Je remonte ensuite par la rue du Louvre et la rue Montmartre, embarrassées par une circulation brouillonne.

Je me sens bien.

*

J'arrive enfin chez Edwige.

— Vous tombez en pleine crise, dit-elle en ouvrant sa porte.

Je pénètre dans son salon où Kristof Langlet, allongé sur le canapé, est agité de convulsions quasi épileptiques, le visage baigné de larmes, hurlant qu'il est fini, lessivé, et qu'il n'a plus qu'à se foutre par la fenêtre. Son amant, un métis à la voix douce, essaie de le consoler comme il peut en lui tenant les mains.

— Le producteur a refusé de financer des scènes supplémentaires du film, me révèle Edwige. Il faut arrêter le tournage et achever le montage dare-dare.
— Ce sera le film le plus catastrophique de ma catastrophique carrière ! Je suis un raté qui s'est cru du talent. Je ne laisserai pas plus de trace dans l'histoire du cinéma que celle d'un pet foireux dans une culotte de nonne ! Et en plus, je me serai déshonoré en offrant à Félix pour dernier film la plus infâme des daubes !

Et il pleure de plus belle.

Edwige me sert un scotch en hochant la tête.

— Qu'allez-vous faire ? demandé-je.
— J'avoue que je n'en sais rien, soupire l'agent artistique.

Les cris et les clameurs de Kristof se sont tus et ont fait place à un léger ronflement : le whisky aidant, le réalisateur s'est endormi.

— Ouf ! fait Edwige, un peu de calme. Mais vous vouliez me dire quelque chose ?
— Saviez-vous que Félix Grimaud avait une fille ?
— Bien sûr.

Je lui raconte alors ma rencontre avec Lana et la remise de l'ours en peluche tyrolien.

— C'est très beau, ce que vous avez fait, dit-elle, très émouvant.

— Il y a peut-être quelque chose à faire de cette histoire, d'un point de vue cinématographique...

À ce moment Kristof, qui ne dormait que d'un œil, soulève la tête. Soudain, il saute sur ces jambes comme un diable. Puis il se prend la tête à deux mains en disant :

— Attendez... attendez... attendez.

Il se met à arpenter le salon de long en large en agitant les bras au-dessus de sa tête.

— Et c'est reparti ! lâche Edwige. Je crois qu'on va avoir droit à une nouvelle révélation du génie de la pellicule.

— Mais oui, c'est ça, c'est ça ! hurle Kristof. *Le Cadeau de vie,* c'est ça ! À l'article de la mort, Martial Tournaire finit par rendre visite à sa fille et lui offre un cadeau qui attendait depuis trente-sept ans. C'est évident ! Nous y sommes, nous y sommes ! La vie, le cinéma ce n'est rien d'autre que la vie, que la vraie vie. Il suffit humblement d'allumer sa caméra et de filmer le réel !

Et il saute de joie comme un enfant.

— Il est toujours comme ça ? demandé-je à Edwige.

— Oui, c'est épuisant !

Kristof a pris un stylo, s'est assis à table, et remplit de nouveau frénétiquement les pages de son petit carnet. Son amant vient alors se présenter à moi.

— Je m'appelle Caetano, dit-il avec un accent sud-américain. On peut dire que vous avez accompli un miracle.
— J'ai l'habitude, répliqué-je.

Kristof convoque Edwige à sa table.

— Tu vas appeler Maia tout de suite. Je veux que ce soit sa fille qui tourne.
— C'est impossible, rétorque Edwige. Le droit à l'image des personnes handicapées est strictement protégé. Il faudrait l'autorisation expresse, libre et éclairée de Lana Grimaud, une autorisation qu'elle n'est probablement pas en mesure de donner.
— Alors, nous prendrons une actrice.
— Herbert ne te donnera jamais les moyens de tourner de nouveau.
— Je vais immédiatement lui demander.

Edwige ferme les yeux et pousse un long soupir. Elle ne peut qu'abdiquer.

*

Paradoxalement, le producteur du film est immédiatement séduit par l'idée. Les histoires de handicapés marchent bien (si j'ose dire) et le producteur lâche même subitement des financements supplémentaires, et il trouve miraculeusement des possibilités d'assouplir l'agenda de sortie du film. Pour ma part, je suis très choqué de ce consensus trouvé *in extremis* sur l'exploitation du cas de Lana. Félix, me semble-t-il, n'y aurait pas consenti.

— Faites taire vos scrupules, me dit Edwige, et sortons de cette affaire par le haut.
— Que va en dire Maia Guldsmed ?
— Kristof se débrouillera pour la convaincre. Il peut être très fort pour ça.

Je me retire. Après tout, ce ne sont plus mes affaires.

*

Au bas de l'immeuble, avant de reprendre un vélo, je veux retirer un peu d'argent à la pompe à phynances, mais je m'aperçois que mon banquier a mis ses menaces à exécution : un message laconique à l'écran me fait savoir que l'opération est impossible. Je regarde tristement ma carte Visa comme si elle avait perdu son pouvoir magique de prodiguer à volonté des billets de 10, 20 ou 50 euros. Elle n'est plus désormais qu'un vulgaire bout de plastique désenchanté. Je la remets mécaniquement dans mon portefeuille et glisse la main dans ma poche afin d'évaluer le nombre de billets qu'il me reste. Je me dis que je suis en train de sombrer dans les tracasseries de l'indigence, mais je n'en ai pas d'angoisse particulière, comme si j'étais désormais ailleurs.

Florence Duvauchelle, directrice de la Fondation Sainte-Barbe, à Sceaux

Tu comprends, ma première réaction a été négative, presque épidermique : tourner un film dans mon établissement, pas question ! J'imaginais les centaines de problèmes administratifs et fonctionnels que ne manqueraient pas de poser l'arrivée d'une équipe de tournage et son installation dans les locaux : les projecteurs, les caméras, les câbles, tout ce personnel technique investissant d'un coup notre petite résidence tranquille. Je voyais déjà à l'avance l'excitation de mes pensionnaires. Ce sont des êtres fragiles, sujets au stress pour un rien, et cette invasion intempestive, pendant trois jours, peut déclencher des réactions d'angoisse, voire de panique. Et puis j'ai réfléchi, je me suis dit qu'avec une bonne préparation, ça pourrait bien se passer, et même, cela pourrait être l'occasion d'un événement festif, un peu comme Noël, et rompre la monotonie de la vie. Alors j'ai convoqué l'équipe pédagogique et nos deux psychiatres, et je leur ai posé la question. Les réactions ont été plutôt positives, mais je soupçonne mes équipes d'être émoustillées par le tournage d'un film dans notre établissement et je doute qu'ils aient véritablement mesuré la désorganisation profonde que cela risque d'entraîner. Toutefois, j'ai fini par accepter lorsque le juge des tutelles m'a fait savoir qu'après un entretien approfondi avec Lana Grimaud et sa mère, il avait donné son accord pour que la jeune femme joue son propre rôle dans le film. Les autres pensionnaires de l'établissement pourraient être des figurants, en respectant toutefois une charte éthique qu'il m'a envoyée par mail. En gros, aucun mineur ne doit être filmé sans flouter son visage, et aucun pensionnaire ne doit être présenté dans une situation scabreuse ou dégradante. J'ai appelé le producteur du film, Herbert Spinelle, pour lui signifier que j'acceptais, mais à condition qu'il respecte strictement les horaires de la maison, en particulier l'heure des repas, de la toilette et des activités ludo-éducatives… Qu'est-ce que tu dis ? Ça fera de la publicité pour notre institution ? Ça m'étonne de toi, ma vieille camarade d'étude. Si nous avions voulu devenir des stars, nous aurions fait un autre métier. Non je n'ai guère envie de ce genre de publicité et encore moins de devenir une star. Si le film est un succès et que l'on doit gérer, le dimanche, des centaines de curieux qui viendront voir l'endroit où ont été tournées de nombreuses scènes du film *Le Cadeau de vie* (oui, c'est le titre du film), ça va être ingérable. Si j'aurai un rôle dans le film ? Oui, je vais jouer mon propre rôle, comme tous les autres membres du personnel. Ce sera presque un documentaire, l'équipe qui écrit le scénario et les dialogues travaille avec nous et nous pose des tas de questions sur notre activité, nos relations avec les résidents, la vie du centre, etc. L'histoire ?... C'est un type d'environ soixante-dix ans, un homme d'affaires à la retraite, qui se sait malade d'un cancer incurable et qui décide de mettre fin à ses jours. Mais avant de mourir, il décide de racheter sa conduite auprès de sa fille, handicapée, qu'il a totalement négligée... Oui, c'est une histoire vraie, ou quasi vraie : Lana Grimaud est la fille de Félix Grimaud, tu sais, le célèbre acteur qui vient de mourir, oui, celui qui jouait dans *Saucisses cocktail*... Il n'est jamais venu la voir. Au début, la jeune femme handicapée devait être jouée par une comédienne, mais finalement, le réalisateur a fait des pieds et des mains pour que ce soit la fille de Grimaud qui joue son propre rôle. Sa mère est actrice aussi, c'est Maia Guldsmed, tu sais ? Une grande blonde avec un petit accent nordique qu'on voit souvent dans des fictions télé. Au début, elle aussi était contre, et puis, tu sais comment sont les acteurs. L'idée de voir sa fille handicapée devenir à son tour une star de cinéma... Elle n'a pas résisté longtemps. Ils sont comme ça, ces gens-là, ils vivent constamment dans la recherche de la gloire, et lorsque leur narcissisme trouve un prolongement dans leur descendance, c'est une sorte de consécration. Le public, apparemment, adore les histoires de handicapés, il paraît que ça l'émeut. Mais il faut que ce soient des histoires positives, heureuses, qui fonctionnent comme une sorte de rédemption (je te cite les propos du réalisateur, Kristof Langlet. Un cas celui-là ! Une espèce de grande folle aux cheveux peroxydés qui passe du rire aux larmes en quelques secondes, mais il paraît qu'il a un talent fou). Bref, c'est une histoire qui se termine bien, car l'homme d'affaires renoue *in extremis* avec sa fille, et tu sais pas quoi ? Au contact de sa fille, qu'il n'a jamais vue, eh bien il renonce à se suicider ! Il passe les dernières heures de sa vie auprès d'elle, près de la résidence, à jouer, à lui lire des livres, à la faire manger, et même à faire sa toilette. Et il meurt heureux et apaisé, ayant appris le vrai sens de l'existence. Oui, c'est une super belle histoire, enfin je trouve ça un peu larmoyant, avec des effets faciles, mais tout le monde dit que ça va faire un carton… Lana, comment elle est ? C'est une handicapée profonde. Elle ne parle pas et se déplace en chaise roulante, elle a le niveau intellectuel d'une enfant de cinq ans, mais elle dessine et peint très bien, et elle a hérité de sa mère de très beaux yeux bleus et une magnifique chevelure blonde. Bien filmée, elle peut être magnifique.

*

Moïse

Compte tenu du tournant qu'a pris le scénario du *Cadeau de vie*, le distributeur a accepté de repousser la sortie du film à décembre. Il veut désormais en faire une sorte de conte de Noël, qui joue sur deux problèmes de société « porteurs » : le handicap, et le choix de sa propre mort, en montrant comment la relation avec un enfant handicapé peut faire renoncer un homme à mettre fin à ses jours et lui faire accepter les ultimes souffrances de la maladie. Les promoteurs du film ont déjà prévu des avant-premières et des discussions dans toute la France. Des associations et fédérations de personnes handicapées ont déjà été contactées.

Ce marketing programmé me laisse une impression de malaise. Je me demande ce qu'en penserait Félix. J'ai posé la question à Colette, qui partage mes doutes et mon trouble. Elle m'a demandé si je percevais toujours sa « présence », et je lui ai répondu que non. Félix ne se manifeste plus. Il a dû enfin rejoindre l'Empyrée...

*

Je suis invité d'honneur au tournage du *Cadeau de vie,* qui doit durer trois jours.

À notre arrivée avec toute l'équipe, la directrice de la fondation, Florence Duvauchelle, nous fait une rapide présentation de son établissement et du type de pensionnaires que l'on va y rencontrer, des handicapés mentaux lourds. Ensuite, nous visitons la *Salle des cinq sens,* destinée à émoustiller les dispositions sensorielles des pensionnaires. La salle contient des lits à eau qui ont une fonction de relaxation, une baignoire à bulles destinée à stimuler les effets tactiles, des panneaux muraux avec différents miroirs, des accessoires pour les effets lumineux (néons, fils de lumière fluorescents, projecteurs, boule à facette,...), le tout relié à un ordinateur et à un clavier qui permettent de composer des musiques et des sons corrélés aux créations optiques. Nous avons visité cette grande salle alors que trois pensionnaires étaient en pleine création. Résultat : une symphonie d'éclairs, d'esquilles de lumières, de raies multicolores balayant le plafond sur fond de rythmes lancinants aux basses plantureuses et de *samples* disloqués. Un des pensionnaires, un petit bonhomme râblé au cou de taureau et aux yeux fendus, est concentré sur son clavier, la langue tirée. Plusieurs femmes et jeunes filles contrôlent les effets de lumière dans une sorte de danse incantatoire.

— Ils composent une symphonie pourle vingtième anniversaire de notre institution, nous confie la directrice. Ce sera une grande fête avec promenades en calèche, animaux exotiques, pêche aux canards, jeux d'adresse et jeu de massacre.

— Jeu de massacre ? s'étonne un cameraman.

— Oui, il faut renverser des figurines d'hommes politiques avec des balles de mousse. Ça amuse beaucoup nos pensionnaires.

*

Nous visitons ensuite une enfilade de salles au rez-de-chaussée : le réfectoire, baptisé « Espace Bocuse », où sont pris les repas à midi et le soir, le foyer, appelé « le bocal », où les résidents peuvent regarder la télévision, boire un café, discuter sur de confortables canapés, des coussins et des poufs. En enfilade, se trouve une salle d'animation où se déroulent les divers ateliers : jeux de cartes, peinture, jeux de société, informatique, atelier cuisine, atelier parfums… Au mur, un panneau surchargé de papiers scotchés, de post-it et de papillotes donne un aperçu des activités de la semaine. Ah ! J'allais oublier, la salle d'ergothérapie, entièrement équipée. C'est un préau parqueté entièrement vitré qui prolonge le bâtiment, avec des marques aux sols délimitant les terrains de différents jeux de ballons, des buts de handball, deux paniers de basket, des poutres, un cheval d'arçon, des agrès, deux tables de ping-pong, un mini tennis, mais non, ce n'est pas une salle de sport, c'est une salle d'ergothérapie ! C'est l'endroit où l'ergothérapeute travaille *l'autonomie générative* avec les résidents, c'est-à-dire l'apprentissage des *repères spatio-temporels.*

Je vois le chef opérateur soulever sa casquette pour se gratter la tête.

— Ce film va être mon chef-d'œuvre, piaffe Kristof en visualisant déjà dans sa tête les scènes qui vont être tournées ici. J'ai l'impression que tous mes autres films n'ont été qu'une préparation de celui-ci.

*

Toute la première partie de l'action, centrée sur les femmes de la vie de Martial, est immédiatement remontée. Kristof y recycle principalement les scènes tournées au Portugal et en France pour *Le Cadeau de vie,* première version, et il y ajoute celles tournées au café du péon. Martial est joué par la doublure de Félix Grimaud, Claude Razikov.

*

Le tournage à Sainte-Barbe démarre le 25 août. Dans les premières scènes, tandis que Martial découvre pour la première fois le centre où séjourne sa fille, qu'il n'a jamais rencontrée, les pensionnaires doivent jouer au basket dans la salle de sport… pardon, d'ergothérapie. Tout se passe bien jusqu'au moment où, dans l'excitation, deux fauteuils roulants se heurtent violemment et où l'un d'eux se renverse, projetant à terre son occupante, une jeune fille qui se met immédiatement à pleurer. Elle est emmenée sur-le-champ à l'infirmerie et remplacée par un homme d'une quarantaine d'années, valide mais incapable d'attraper un ballon. Il voit le ballon arriver, ouvre les bras, mais ne les referme qu'un bon moment après que celui-ci soit passé. On le remplace à son tour et il va pleurer dans le giron de la directrice parce qu'on l'a exclu du film. On tourne la scène tant bien que mal, puis l'on passe à la suivante, dans la salle de jeux, celle où Martial doit rencontrer pour la première fois sa fille Lucie.

Mais à ce moment, un incident intervient. Une escouade de policiers frappent à la porte de la Résidence et demandent à voir la directrice. Les camions et camions-loges de l'équipe du film sont mal garés et entravent la circulation dans la rue. La demande d'autorisation préalable prévoyait un emplacement un peu plus loin, à l'entrée d'un square, pas devant la façade de la résidence. Le problème est que les camions sont plus gros que ceux prévus par la société de louage, qui, prise de court par Kristof, n'avait de disponibles que des modèles plus gros qui ne tiennent pas dans l'emplacement prévu. Kristof argumente, négocie, minaude, tape sur l'épaule des flics, les invite à voir le tournage, leur offre un jus d'orange avec des langues de chat, charme, cajole, tapine, mais rien n'y fait. Les gardiens de la paix restent inflexibles.

On emmène les policiers à l'extérieur pour voir si on peut trouver une solution de garage pour les véhicules. En s'approchant du camion-loge, l'un d'eux ramasse au sol un mégot suspect. Il l'examine, le hume, le passe à son collègue qui l'examine, le hume, et le passe au brigadier qui l'observe, l'examine, etc.

— Il semble qu'il y a des personnes dans votre équipe qui consomment du cannabis, fait le brigadier.

Kritof pâlit, ou plutôt il verdit. Il sait que dans les équipes de tournage, traditionnellement, tout le monde fume un peu de shit : les maquilleurs, les machinistes, les cadreurs, et lui-même, en fin de journée, ne rechigne pas sur un petit joint réparateur entre les bras apaisants de son giton.

— Nous devons perquisitionner vos camions, annonce le brigadier, et nous allons dépêcher une équipe d'investigation. C'est la loi. En attendant, vous ne pouvez pas rester ici.

Les policiers se retirent ; Kristof s'évanouit. Il est aussitôt porté par ses coéquipiers dans un lit de la salle de repos… pardon, la salle de récupération neuronale, baignée de musique soufie. Dès qu'il émerge de son coma, il saisit son téléphone et appelle Herbert à son secours. Si le film prend ne serait-ce qu'une semaine de retard, sa sortie sera retardée et on ratera la période de Noël ! Le producteur va voir ce qu'il peut faire.

Herbert Spinelle essaie de contacter un de ses amis, conseiller du ministre de la Culture, mais on lui dit qu'il n'est pas joignable. En fait, il y a eu un remaniement ministériel quelques jours auparavant, l'ancien ministre ayant été remplacé par un ex-patron d'une société du CAC 40 qui s'est toujours rêvé artiste. Le correspondant d'Herbert a été prié de faire ses bagages pour faire place nette à la nouvelle équipe. Herbert parvient néanmoins, après avoir étrillé son carnet d'adresse, à toucher un haut responsable du ministère de l'Intérieur dont il a accueilli le fils en stage lors d'un tournage. Le fonctionnaire va voir ce qu'il peut faire. Il en touche un mot au ministre de l'Intérieur, lequel n'est pas insensible au projet de ce film à la mémoire de Félix Grimaud, l'un des comédiens français les plus populaires. Quelques minutes plus tard, le fonctionnaire rappelle le producteur en lui disant que le ministre va appeler le préfet de police pour ne pas entraver le tournage et que l'équipe en sera quitte pour une amende et une promesse de ne pas consommer de substances prohibées. Herbert respire.

— *Le ministre, ajoute le fonctionnaire hésitant, demande autre chose.*

— Quoi donc ?

— *Il veut un caméo.*

— Un caméo ? Pour lui-même ?

— Oui, fait le fonctionnaire, visiblement gêné. Je ne sais pas quoi vous dire. Pourquoi veut-il un caméo ? Je ne sais pas. Le ministre n'a pas la réputation d'être un homme corrompu. Je vous répercute juste sa requête. Moi, je ne juge pas, je suis en dehors de tout ça, vous comprenez ?...

Herbert éclate de rire au téléphone.

— Dites-lui qu'il l'aura, son caméo !

Herbert appelle aussitôt Kristof pour lui faire part de la bonne nouvelle : le tournage peut continuer. Le réalisateur saute immédiatement sur ses pieds et reprend la production.

*

Le lendemain, à l'heure convenue, le ministre de l'Intérieur arrive à la Résidence Sainte-Barbe précédé par deux motards. Il est accueilli par la directrice de la Fondation et conduit dans une loge où il est pris en charge par le costumier et la maquilleuse.

— Que vient faire ici un ministre ? demandé-je au chef op'.
— On lui a promis un caméo.
— Qu'est-ce que c'est ?
— Un caméo, c'est l'apparition fugace dans un film d'une personnalité qui n'a rien à voir avec l'histoire. Les caméos d'Alfred Hitchcock sont célèbres : dans chaque film il faisait une apparition, c'était en quelque sorte sa signature, sa part d'éternité.

— Et que va faire le ministre ?

— Comme c'est un socialiste, on lui a proposé un rôle très « peuple ». Il va faire le cuistot.

Et en effet, au moment du déjeuner, que l'équipe du film tourne dans l'Espace Bocuse avec les pensionnaires dans un souci d'osmose et de complicité, le ministre travesti en cuisinier passe furtivement de table en table pour demander si le repas s'est bien passé et pour discuter avec les convives. Rayonnant, en toque, veste et tablier blanc, il semble s'amuser avec les pensionnaires et s'attarde même à boire un verre à une table. Les caméras fixent toute la scène.

— Combien de temps ça va durer ? s'inquiète un assistant auprès de la scripte. On va quand même pas faire un quart d'heure sur le ministre !

— T'occupe pas, on coupera au montage, chuchote la scripte, la bouche en coin.

— Où va se nicher le narcissisme, tout de même !

Le ministre repart dans un vacarme de sirènes et le tournage peut continuer.

*

Félix

C'est bien Pouillard que je viens de voir passer, le ministre de l'Intérieur ? Qu'est-ce qu'il est venu faire sur le tournage ? Pouillard ! C'est lui qui m'a remis la Légion d'honneur ! Un vrai politique celui-là, onctueux, papelard, affublé de convictions qui fluctuent avec le vent comme un mobile de Calder, et présentant à peu près l'ossature d'un mollusque ! Il a changé trois fois de camp en vingt ans ! On dit qu'il baisait, un temps, avec Armande de Hurepoix, la journaliste. Je ne sais pas où ils en sont tous les deux. Bah ! Laissons tomber ! Alors, où se trouvent les loges ?... Ah ! C'est ici. Je vais me mettre sur le fauteuil... La maquilleuse va me voir et va venir s'occuper de moi... Mademoiselle, Mademoiselle ! Quand vous aurez fini avec cette jeune femme, venez vous occuper de moi... Je ne sais plus à quelle heure était le rendez-vous avec Kristof. J'ai perdu mon calepin, mon petit agenda vert dans lequel je notais tous mes rendez-vous. Je perds tout en ce moment. Et en plus, j'oublie tout. Tenez, je ne pourrais même pas dire ce que j'ai mangé hier soir, ou bien où j'ai passé la nuit. Je vis dans un éternel présent. Mais de temps en temps, c'est étrange : une apparition ! Quelqu'un que je n'ai pas vu depuis trente ans, quarante ans, voire cinquante ans. J'ai même revu mon grand-père hier. J'étais pourtant sûr qu'il était mort vers 1966 ou 1967. Eh bien non, il était là, fringant, bien vivant, avec sa belle moustache en guidon de vélo comme quand il avait trente ans. C'est magnifique de retrouver des gens qu'on n'a pas vus depuis si longtemps. Bon, est-ce qu'on s'occupe de moi ? Mademoiselle ! Mademoiselle ! Ma parole, elle sort fumer une cigarette... Bon, je vais en profiter pour lire le scénario. Je ne l'ai même pas lu, et bien sûr, je n'ai pas appris mon texte. Je deviens vraiment dilettante. Quand j'étais plus jeune, jamais je ne me serais permis de venir sur un tournage sans connaître parfaitement mon rôle. Pas grave, Kristof me donnera des indications et j'improviserai. Je suis un vieux routier... C'est bizarre comme endroit, pour un tournage : ça ressemble à un hôtel, mais c'est pas vraiment un hôtel, c'est un peu comme un hôpital. Avec des gens baroques . J'ai croisé un homme qui parlait tout seul en faisant des gestes au-dessus de sa tête. Et puis des mongoliens avec un tout petit crâne. Ah ! je sais, il ne faut plus dire mongolien. Je sais plus ce qu'il faut dire, d'ailleurs, j'ai oublié...

Bon, puisque personne ne s'occupe de moi, je vais me rendre directement sur le plateau...

*

Moïse

La décoratrice et le responsable lumière mettent le décor en place dans la salle du foyer où la première scène avec Lana Grimaud doit être tournée. Pour ne pas faire la potiche sur le plateau, j'aide à déplacer les meubles. Maia va chercher sa fille dans sa chambre et, avant de la confier à Sylvaine, la maquilleuse, lui explique avec un luxe de précautions que tous les gens qui sont là, les caméras, les projecteurs, sont destinés à tourner un film comme elle en voit à la télévision. Elle pourra d'ailleurs se voir dans ce film, plus tard. Intimidée, Lana ne lâche pas la main de sa mère. Sylvaine lui montre tout son nécessaire à maquillage, lui explique ce qu'elle va faire et lui promet qu'elle sera belle comme une princesse.

Les techniciens disposent le matériel lumière : trois « blondes » et deux mandarines, des diffuseurs, des réflecteurs, artistiquement répandus dans la pièce. Le dispositif crée un « intérieur jour », avec un éclairage légèrement bleuté qui renforce la lumière naturelle diffusée par les fenêtres. Tout autour, l'équipe de tournage se divise en deux catégories : ceux qui s'affairent, vont et viennent, traquent le détail, et les autres, assis ou debout, attendant le moment d'intervenir comme les musiciens d'un orchestre qui patientent jusqu'à leur entrée en musique.

L'équipe de tournage, m'explique le régisseur, est un microcosme, une sorte de réunion éphémère de compétences qui forment un groupe furtif, puis se séparent, quitte à se retrouver peut-être lors de prochains tournages, se formant et se reformant sans cesse comme une colonie d'oiseaux migrateurs. Chacun joue son rôle, s'applique à sa tâche, laisse libre cours à ses humeurs ou contrôle ses frustrations en serrant les dents.

Le chef opérateur est un Écossais chevronné qui a dirigé trois James Bond. C'est lui qui, relayé par ses assistants, donne les ordres, distribue les rôles dans l'espace, oriente les mouvements de groupe.

Enfin, Lana arrive dans la pièce.

La jeune femme est proprement resplendissante. La maquilleuse et la coiffeuse ont fait des merveilles. Ses longs cheveux blonds et souples coulent sur ses épaules, ses yeux sont rehaussés d'une ombre à paupières mauve, et un fin trait d'eye-liner noir en fait ressortir le bleu scandinave. Un fond de teint léger et un blush bois de rose empourprent son front et ses joues. Comme Lana a constamment la tête penchée, et qu'un filet de salive coule en permanence de la commissure de ses lèvres, Sylvaine a renoncé à lui appliquer du rouge à lèvres.

Une série de micro-événements ralentissent le déroulement du tournage : des soucis avec le magnéto, des lumières difficiles à doser. Enfin, Kristof demande le silence. Le tournage commence avec l'arrivée de Martial, alias Félix Grimaud, alias Claude Razikov, toujours de dos. Il s'avance vers Lana avec une grande poupée dans les bras. C'est la première fois qu'il la voit. Martial s'approche de sa fille et lui tend la poupée. Les caméras sont braquées sur la jeune femme, mais Lana ne bouge pas, ne réagit pas, ne saisit pas la poupée que lui temps son pseudo-père. La scène est reprise une demi-douzaine de fois, mais rien ne se passe, Lana est inerte. Maia vient lui parler, l'embrasser, la réconforter, la stimuler et lui chuchote quelques mots à l'oreille. Mais non, les émotions que tous ont escomptées, et que traquent quatre caméras braquées sur le visage de la jeune handicapée, n'arrivent pas. Il aurait sans doute fallu rester sur l'idée de faire jouer une actrice.

On demande au chef opérateur et aux éclairagistes des modifications, on déplace Lana, on change les champs, mais rien n'y fait : pétrifiée, sans doute terrorisée, Lana ne bouge pas, ne réagit pas et refuse de prendre la poupée.

Kristof se lève et se rassoit toutes les dix secondes, râle contre le décor, contre la lumière par endroits trop orangée… Les figurants s'impatientent. Un des résidents, un gros bonhomme rigolard à grosses lunettes d'une trentaine d'année, passe son temps à appliquer son nez sur les caméras en riant bruyamment, et finit par agacer les cadreurs qui ont pourtant des consignes de patience et de gentillesse envers les pensionnaires de l'établissement. Dans un coin de la pièce, une querelle éclate entre deux garçons qui jouent au Cluedo. Pour couronner le tout, un violent orage éclate, compromettant la prise de son.

Finalement, Kristof décide d'une pause. On reprendra à 18 heures. La directrice rétorque que les pensionnaires dînent à 18 h 30.

— Ne peut-on faire une exception pour ce soir ? supplie Kristof, et retarder le repas d'une demi-heure.

Mais la tenancière est inflexible.

— Attendez ! lance alors Maia. Silence !

Tous les regards se tournent vers l'actrice.

— Éteignez les lumières, poursuit Maia, toutes les lumières !

Les techniciens s'exécutent, seule la lumière du jour, émaillée d'éclairs, pénètre désormais dans la grande salle.

— Il se passe quelque chose, reprend Maia. Regardez !

Elle désigne sa fille. Celle-ci a relevé la tête, ses yeux sont fixes. Sa bouche est fermée et elle ne salive plus. Elle sourit ! Une atmosphère étrange s'installe dans la pièce. Même les joueurs de Cluedo ont cessé leur dispute. Il n'y a plus aucun bruit, hormis le grondement intermittent du tonnerre et la pluie qui bat les vitres. Lana émet alors un long feulement joyeux. Elle tend le bras vers l'avant, comme si elle voulait toucher quelque chose.

— Il est là, murmure Maia…
— Qui est là ? demande Kristof.
— Félix. Il est là.

Personne n'ose bouger.

Pour la première fois de sa vie, Lana Grimaud prononce un mot :

— Mat-teo.

*

Félix

Tiens, voilà l'orage. J'ai toujours aimé les orages, c'est comme s'ils créaient une déchirure dans le temps, que quelque chose de plus grand que nos vies apparaissait. Le soleil, les éclairs, tout ça, ça arrive brutalement, ça nous dépasse, ça nous reconnecte en un instant au cosmos, ça nous arrache à nos petites existences individuelles... Ah! ils ont éteint les lumières. C'est normal. Mais on n'y voit plus rien, il fait déjà presque nuit avec cet orage qui a obscurci la pièce... Je distingue une femme dans la pénombre, on dirait qu'elle me regarde. Cela doit être ma partenaire dans la prochaine scène. L'ennui, c'est que je ne connais pas mon texte, moi! Kristof ne m'a toujours rien donné. Décidément, ce metteur en scène est vraiment un amateur. Bon, tout le monde se tait, ça doit être à moi. J'attends qu'ils rallument les projecteurs? Ils n'ont pas l'air décidés. De toute manière, avec les caméras modernes, on n'a quasiment plus besoin d'éclairage. Je vais entrer en scène, on verra bien... Je ne sais pas qui vous êtes, Madame, mais nous devons probablement jouer cette scène tous les deux. C'est drôle, il me semble que je vous connais. Je ne sais pas d'où, mais je vous connais. On n'a pas déjà joué ensemble? Peut-être dans le Klapisch, il y a quatre ans? On va se tutoyer, ce sera plus simple, non? Entre comédiens... On attend le clap de départ? J'espère que toi, tu connais ton texte, parce que moi... Tu sais que tu ressembles beaucoup à une comédienne que je connais? Maia Guldsmed, tu vois qui c'est? La grande Danoise qui joue souvent des rôles de godiches dans les téléfilms. Mais c'est une très bonne actrice, elle a eu de beaux rôles dans sa jeunesse. Dans *Antigone,* le film de Vernon, elle était magnifique. Elle l'a repris au théâtre et elle a fait un triomphe. C'est à cette époque-là que je l'ai connue, elle devait avoir vingt-deux ou vingt-trois ans... Comment, si je l'ai aimée? Oui je l'ai aimée, je l'ai beaucoup aimée, mais la vie nous a séparés, la vie, tu sais ce que c'est… Elle était très belle, comme toi d'ailleurs, avec une chevelure blonde incroyable que toutes les comédiennes lui enviaient, des yeux bleus comme les tiens, magnifiques, un corps long et gracile… Et puis, son accent était vraiment craquant. Oui, je l'ai aimée. Elle aurait bien vieilli si elle n'avait pas commencé à sacrifier son visage à la chirurgie esthétique, tu sais comment c'est, ça commence par les yeux, après on veut réajuster le front, le menton, lifting, et tout le toutim. Je trouve qu'elle ne ressemble plus à rien… Oui, tu as raison, le physique n'a pas vraiment d'importance. Je vais te dire, Maia, c'est avant tout une belle âme. Elle a le cœur sur la main. Quand nous vivions ensemble et que je gagnais au jeu (j'étais très joueur à l'époque), elle s'arrangeait pour verser tous mes gains à une œuvre charitable… Et puis nous avons eu une enfant ensemble, une fille, Lana, que je n'ai jamais vue. Je ne sais pas pourquoi je te raconte tout ça… Lana est handicapée, elle vit dans un centre d'accueil spécialisé près de Paris. Je le sais, parce que c'est moi qui règle les factures, tous les trimestres… Comment ? Quelle sorte de centre ? Je pense que c'est un endroit accueillant et agréable, un peu comme un club de vacances… Il paraît qu'il y a un grand foyer avec des jeux, beaucoup d'activités, et une salle de sport, un peu comme celle que j'ai vue, de l'autre côté… Oui c'est ça, un endroit un peu comme celui-là… Bon, on commence ce tournage, ou quoi ? Oh, hé, le régisseur ! Qu'est-ce qu'ils attendent tous ? En tout cas je te trouve très belle. Tu dois avoir quoi, trente, trente-cinq ans ? Presque trente-huit ? Tu as exactement l'âge de ma fille. Elle s'appelle Lana… je ne l'ai pas vue depuis sa naissance… Pourquoi ? Je n'en sais rien. J'ai eu peur de ne pas supporter. Maia est beaucoup plus forte que moi. Moi, je suis un orgueilleux, je l'ai toujours été. J'imagine que ma fille est une sorte de monstre, qu'elle est affreuse, en plus elle ne parle pas. Je sais, c'est nul, mais c'est quelque chose que je ne pourrais pas supporter. Tu me regardes en souriant, tu te fous de moi, hein ? Tu as un merveilleux sourire. Tu es radieuse, oui, c'est ça, il y a comme des rayons de soleil qui émanent de toi, pas seulement de ton corps, de ton âme aussi, je vois tout cela… Je vais te faire une confidence, vois-tu, je crois qu'il m'est arrivé quelque chose. Je ne sais pas encore très bien quoi… Quelque chose… quelque chose de définitif. Depuis quelques jours, je ne suis plus moi-même. Il me semble que j'ai quitté le monde. Je n'en sais rien, c'est indéfinissable. Je ne suis plus le même… Avant, il fallait toujours que je sois occupé, je ne tenais pas en place, toujours des nouveaux projets, des scénarios à lire, des textes à apprendre, des voyages à préparer, des interviews à donner. En ce moment, plus rien de tout ça. C'est comme si je m'étais mis en vacances… Il m'est vraiment arrivé quelque chose. Mais quoi ? Je ne parviens pas à le savoir. Il me semble que les gens ne me parlent plus, évitent tout contact. Tu es la première à me regarder, à t'intéresser à moi. Ça me fait plaisir, même si tu ne me parles pas. J'ai cru que je n'existais plus. Mais dans tes yeux, ça y est, je me retrouve, j'existe de nouveau. Je veux rester avec toi, près de toi, tu veux ? Avec toi, je me sens bien… Tu acceptes ? C'est formidable ! On va faire des tas de trucs ensemble, un peu comme un père avec sa fille, des tas de choses que je n'ai pas pu faire avec la mienne. Si j'ai envie de voir ma fille ? Bien sûr, un jour, j'irai la voir, mais un peu plus tard, c'est encore trop tôt. Et puis maintenant, je t'ai, c'est comme si j'avais retrouvé ma fille. Tu veux bien que je reste avec toi, alors ? J'ai aperçu ton petit studio, là-haut, c'est très joli, très bien arrangé. J'ai vu des tas d'aquarelles sur les murs. C'est toi qui les as peintes ? Bravo, c'est magnifique. J'ai vu qu'il y avait un canapé, je dormirai là, tu veux ?... Non, je m'en fiche que ça soit pas confortable, de toute manière je dors très peu. Le matin, je te ferai ton petit déjeuner. Tu prends quoi, du thé, du café ?... Et puis je me remettrai à la peinture, tu veux ?... Mais oui, j'ai beaucoup peint dans ma jeunesse. Je me débrouillais pas mal, tu sais, mais cela fait des années que je n'ai pas touché un pinceau… C'est décidé, je vais m'y remettre, avec toi. Mais je ne t'ai pas encore demandé ton nom. Comment t'appelles-tu ?...

*

Moïse

Le silence de la pièce n'a pas été rompu. La tête de Lana, qui était restée quelques instants toute droite, s'affaisse de nouveau lentement sur son épaule. Mais sur ses lèvres, son sourire est resté.

La directrice de la fondation s'approche de Kristof.

— Que se passe-t-il, on ne tourne plus ?
— Non, répond Kristof, on ne tourne plus.

Maia, émue, rejoint sa fille et la ramène dans sa chambre.

*

Deux policiers s'annoncent.

— Brigadier Colin, et sergent Bianco, disent-ils, on s'est vus ce matin. On a trouvé un emplacement pour vos cars, juste à quelques dizaines de mètres.

— C'est inutile répond Kristof, évanescent. On ne tourne plus.

— Comment, le film ?

— On arrête tout.

— Mais on vous accorde une autorisation exceptionnelle pour que vous restiez garé sur l'avenue Claude Perrault, ça vient du ministère de l'Intérieur.

— Inutile, je suis désolé, il n'y aura pas de film.

Interview de Kristof Langlet par Gérard Rominger, journaliste à *L'Express*

Gérard Rominger : Vous avez pris la décision de ne pas sortir le film Le Cadeau de vie, *le dernier long métrage dans lequel apparaissait le regretté Félix Grimaud. Dans une précédente interview à Libération, il y a quelques semaines, vous aviez pourtant dit que le film sortirait et qu'il serait une sorte d'hommage au grand comédien disparu. Qu'est-ce qui a motivé ce revirement ?*

Kristof Langlet : En effet, j'ai changé d'avis. Le film ne verra pas le jour. Nous ferons à la place une sorte de making of sur Internet où nous pourrons voir les dernières images de Félix.

Gérard Rominger : Vous aviez pourtant tourné l'essentiel avant la mort de l'acteur.

Kristof Langlet : C'est vrai. J'ai pensé à un moment pouvoir le monter dans l'état, mais c'était impossible. Ensuite, j'ai voulu faire un film totalement différent. Mais il s'est passé quelque chose sur le tournage, quelque chose d'étrange.

Gérard Rominger : Quoi donc ?

Kristof Langlet : Je ne peux pas révéler cela au public.

Gérard Rominger : Le public a envie de savoir. Grimaud était très populaire.

Kristof Langlet : Pouvez-vous arrêter votre magnéto ?

Le journaliste s'exécute.

Kristof Langlet : Je voudrais dire ça en off. Pouvez-vous garder un secret ?

Gérard Rominger : À vous de voir, n'oubliez pas que je suis journaliste…

Kristof Langlet : Oui, mais vous pouvez peut-être m'aider à comprendre ce qui s'est passé. Et puis cette histoire sortira dans la presse un jour ou l'autre, alors autant que ce soit par vous. Voilà, il faut que vous sachiez que Félix Grimaud avait une fille. Elle est lourdement handicapée et vit dans un centre spécialisé près de Paris. Il l'a eue avec Maia Guldsmed à l'époque où ils étaient ensemble.

Gérard Rominger : Je ne connaissais pas cette histoire.

Kristof Langlet : Moi non plus. Personne ne la connaissait. Félix et Maia ont tenu à ce que cela reste secret. J'ai voulu faire un film mettant en scène cette femme, qui se prénomme Lana. Maia était d'accord. Nous avons commencé le tournage la semaine dernière, mais il s'est passé quelque chose. Nous tournions une scène dans la maison d'accueil qui héberge Lana, et à un moment, pendant un orage, nous avons tous senti une présence. C'était Félix.

Gérard Rominger : Vous voulez dire son fantôme ?

Kristof Langlet : Tout le monde sur le plateau l'a senti. À ce moment-là, sa fille a dit quelques mots. C'était la première fois de sa vie qu'elle parlait.

Gérard Rominger : Vous êtes sérieux, Kristof ? Croyez-vous vraiment aux revenants ?

Kristof Langlet : Je n'en sais rien, mais vous pourrez interroger l'équipe de tournage. Tout le monde a été bouleversé. Et lorsque j'ai pris la décision d'abandonner le film, tout le monde a été d'accord. Sauf le producteur, bien sûr...

Le visage du journaliste s'illumine soudain, comme s'il avait trouvé le filon d'un bon papier.

Gérard Rominger : Kristof, me permettez-vous de faire une enquête rapide ? D'interroger les gens qui étaient présents ce jour-là et de laisser, en quelque sorte, le lecteur du journal juger et se faire sa propre opinion ? Qu'en pensez-vous ?

*

Interview de Maia Guldsmed par Gérard Rominger

Tout d'abord, je veux que vous me promettiez que ma fille restera en dehors de tout ça, n'est-ce pas ? Je ne veux en aucune manière la perturber, c'est une personne fragile. De toute manière, je savais qu'un jour ou l'autre un journaliste déterrerait notre secret. Kristof a l'air d'avoir confiance en vous, autant que ce soit vous qui en parliez le premier. Si la presse people s'empare de l'affaire et apprend que Félix avait une fille qu'il avait en quelque sorte répudiée, sa popularité en prendrait un sacré coup. Je veux à tout prix épargner sa mémoire. Félix était la figure même du bon Français, jovial, gouailleur et généreux, aimant la vie et la bonne chère. Il faut que cette image demeure dans le cœur de ses admirateurs. On l'imagine mal en père névrosé et pusillanime. Oui, on peut dire que Félix a manqué de courage avec sa fille, mais il l'a payé toute sa vie. Il adorait les enfants et je pense que chaque fois qu'il était en leur présence ce devait être comme un coup de poignard en plein cœur, il devait penser à Lana qui vivait à quelques kilomètres de lui et qu'il n'avait jamais vue. Mais son handicap lui faisait trop peur, le terrorisait… Ce qui s'est passé à Sceaux la semaine dernière m'a bouleversée. Je ne sais pas ce que ma fille a vu exactement, mais depuis ce jour elle n'est plus la même. Tout d'abord, il y a ce mot, ou plutôt ce nom qu'elle a prononcé : Matteo. Matteo était le deuxième prénom de Félix, et c'est par ce nom que sa grand-mère, qui ne parlait pas français mais uniquement piémontais, l'appelait. Tenez, je vais vous montrer quelque chose… Regardez cet album : ce sont les dessins de Lana, j'en ai gardé un florilège depuis ces premières esquisses à l'âge de cinq ans. Comme elle ne parle pas, c'est par le dessin et la peinture qu'elle s'exprime. Elle a toujours peint ou dessiné des motifs géométriques : des suites de carrés, de losanges ou d'autres formes, toujours très colorées. Il y a quelques jours, pour la première fois, elle a peint un humain. Regardez, c'est très maladroit, c'est le dessin d'une enfant de cinq ans, pas celui d'une adulte, mais vous voyez cette esquisse : ce visage rond, ces cheveux blancs frisés, ce sourire. C'est exactement ceux de Félix… C'est tellement troublant… Excusez-moi, c'est l'émotion… Une chose est sûre, c'est que ma fille est différente depuis la semaine dernière. Elle rit pour un rien, elle se tient plus droite, et parfois elle essaie même de marcher. Par moment son regard se fixe et on dirait qu'elle écoute quelqu'un, à d'autres moments elle cherche à attraper quelque chose comme si elle jouait au ballon avec un être imaginaire. Comment voulez-vous que je ne sois pas troublée ? Vous voulez la rencontrer, je suppose. Surtout dans votre article, ne donnez aucune indication sur son lieu de résidence. Je ne veux pas que les curieux de tous poils en fassent le but de leur promenade dominicale. Vous me le promettez, hein ?

*

Extrait de l'interview de Colette Grimaud par Gérard Rominger

Mon point de vue n'engage que moi. J'ai eu une éducation catholique, et ma foi en l'immortalité de l'âme ne m'a jamais quittée. Félix aussi était profondément croyant. Aussi suis-je naturellement encline à penser que la mort n'est qu'un passage vers une autre forme d'existence. J'ai vécu aux États-Unis avant mon premier mariage. Là-bas, les gens s'intéressent à l'après-vie depuis très longtemps, en France, c'est un sujet tabou. Sans vouloir être paranoïaque, je pense réellement que la médecine officielle bloque toute étude sérieuse sur le sujet. Lorsque Moïse Steiner m'a dit, quelques jours après la mort de mon mari, qu'il sentait toujours sa présence flottant quelque part, j'ai aussitôt pensé que Félix était toujours là, parmi nous. Et mon idée était que, sa mort ayant été brutale, il y avait quelque chose d'inachevé dans la vie de Félix. Avez-vous interrogé Moïse Steiner ?... Non ?... Vous devriez le faire... Félix s'était lié d'amitié avec lui pendant les dernières semaines de sa vie. Je suis persuadé que mon mari a voulu entrer en contact avec lui après sa mort pour qu'il l'aide à se mettre en règle avec sa conscience... Ça vous paraît dingue, ce que je vous dis, non ? Félix a aidé Moïse lors d'une émission de télévision dans laquelle il pataugeait lamentablement. Il lui a également demandé de lui rendre service : il l'a incité à tout faire pour que son dernier film, dans lequel il n'était pas au mieux de sa forme, ne sorte pas. Il voulait qu'on garde de lui une image intacte pour l'éternité. Il était très orgueilleux. Enfin, il a voulu que Moïse l'aide à créer un lien avec sa fille. Si Félix avait vécu un peu plus longtemps, je suis sûre qu'il aurait été lui rendre visite, un jour ou l'autre, qu'il lui aurait consacré du temps. Ça le travaillait depuis longtemps, il repoussait toujours au lendemain. Moïse a été en quelque sorte son intercesseur. Vous devez me prendre pour une cinglée!... Allez! ne dites pas le contraire. En fait, je m'en fiche pas mal. Vous verrez qu'un jour, la science découvrira que notre âme ne disparaît jamais, qu'elle se recompose quelque part dans le cosmos, sur terre ou ailleurs, que nous avons tous un chemin à accomplir. Oui, je crois en tout ça. J'ai vu sur Internet que vous écriviez aussi sur la musique. Si vous aimez la musique, faites cette expérience, très simple, mais faites-la en toute honnêteté, sans a priori: écoutez un morceau d'Érik Satie, de Mozart, de Miles Davis, ou une chanson d'Ella Fitzgerald, et dites-vous que ces gens n'existent plus. Si vous êtes un tant soit peu clairvoyant, cela vous paraîtra impossible... Mais non, ce n'est pas seulement leur musique qui subsiste: des sons, des rythmes, tout cela n'aurait aucun sens si leur âme ne continuait pas à les envelopper. Oui, je crois à la survie de l'âme. Vous pouvez le mettre dans votre article, ça ne me fait pas peur de passer pour une allumée...

*

Extrait de l'interview de Pamela Hatier, scripte sur le tournage du film *Le Cadeau de vie*, par Gérard Rominger

Il faisait sombre, il y avait un gros orage. Kristof attendait une accalmie pour reprendre le tournage. On venait d'installer Lana Guldsmed, la fille de Maia, dans un fauteuil au centre de la pièce. Là, il s'est passé quelque chose. Chacun s'est immobilisé et le silence s'est fait, comme si on démarrait les moteurs, mais Kristof n'avait donné aucun ordre dans ce sens. Une sorte de sidération a enveloppé tout le monde. On ne voyait rien, mais on sentait quelque chose. La jeune handicapée s'est redressée sur le fauteuil et elle a prononcé un prénom, de façon très claire. Il paraît que c'était la première fois qu'elle parlait. Elle avait l'air de s'adresser à quelqu'un. Oui, c'est dingue, mais on a tous senti une présence nouvelle et familière dans la pièce. Et quand Kristof a décidé de mettre fin au tournage, personne n'a rouspété, tout le monde a compris, enfin tous ceux qui se trouvaient là à ce moment-là. C'est inexplicable. J'en suis encore toute chamboulée…

*

Moïse

Je prends mon café au « Carancho », comme chaque matin désormais, quand Alice est partie au travail. Popov, accoudé au bar, ne boit plus une boisson verte, mais une boisson bleue.

— J'ai remplacé le Kamikaze par un nouveau cocktail, m'annonce-t-il : le Blue Lagoon. Le meurtre du père en quelque sorte, puisque je ne bois plus « son » cocktail…

Les deux jeunes amies, Azorah et Amanda, entrent dans le café et se précipitent vers le philosophe :

— J'en ai trouvé une nouvelle ! claironne Amanda. Écoutez : on ne dit plus « concentrique » mais « idiotimpuissant ». Pas mal, non ?

Et sa copine d'ajouter :

— Et moi, j'en ai une autre : on ne dit plus « faire des vendanges » mais « péter comme un dieu ». Qu'est-ce que vous en pensez ?

— Vous feriez mieux de bosser, leur lance Popov, c'est l'année du bac, non ?

— On a le temps, la rentrée, c'est dans une semaine !

Les deux jeunes filles se mettent à rire et vont s'installer à leur table habituelle, au fond du bar, pour s'immerger dans leur correspondance SMS.

Gérard Rominger, le journaliste de *L'Express,* entre dans le bar et me cherche de son regard myope. Je l'invite à s'asseoir à ma table.

— Monsieur Steiner, ravi de vous revoir, fait-il en me tendant une paluche grande comme une chistera.

— La dernière fois que nous nous sommes vus, c'était avec Félix Grimaud, à l'hôpital, dis-je, vous vous en souvenez ? Il vous avait suggéré de m'interviewer sur mon expérience de mort imminente.

— Je m'en souviens parfaitement.

— À l'époque, mon récit n'avait pas l'air de vous passionner.

— Je suis critique cinématographique, monsieur Steiner, pas journaliste scientifique.

— Alors, pourquoi cette affaire vous intéresse-t-elle ?

— Pour tout vous dire, ce n'est pas l'affaire en elle-même qui m'intéresse, c'est d'en savoir plus sur Félix Grimaud. C'était un acteur hors pair, et l'une des personnalités préférées des Français.

Je remarque qu'il a encore du coton dans les oreilles. Ma curiosité n'y tient plus.

— Excusez-moi de vous poser cette question, mais pourquoi mettez-vous du coton dans vos oreilles ?

— Hyperacousie ! me répond-il. J'ai une grande fragilité de l'ouïe, certains bruits me sont insupportables. Je me demande bien pourquoi nous n'avons pas de paupières aux oreilles.

— C'est logique ! intervient Popov en se retournant, son verre à la main. L'ouïe, c'est avant tout le sens de l'alerte. Prenez les animaux, c'est l'ouïe qui les avertit d'un danger, c'est le sens qui porte le plus loin ! Même quand on dort, on doit pouvoir entendre ; fermer les oreilles, c'est ne plus avoir de capacité d'alerte, c'est la mort assurée dans la savane ou dans la forêt. Voyez la plupart des mammifères : les loups, les renards, les coyotes, les cerfs, les félins, ils ont de belles oreilles droites, mobiles, innervées et musclées, prêtes à capter n'importe quel bruit inquiétant, perpétuellement en éveil. Si la nature leur avait fait des paupières aux oreilles, elle aurait fait une belle connerie ! Mais la nature ne fait jamais de conneries. Malheureusement, nos chienchiens domestiques ont perdu ça : ils ont de pitoyables oreilles molles qui tombent, parce qu'ils vivent tranquillement dans nos maisons, à l'abri des prédateurs, qu'ils n'ont plus besoin d'être sur le qui-vive.

— Popov, lance le péon en astiquant son zinc, tu n'es pas obligé de te mêler aux conversations des clients.

— Merci de l'explication, dit le journaliste au philosophe, je n'y avais pas pensé. Il faudra que je vienne vous interviewer un jour, vous avez l'air de savoir des tas de choses.

Le journaliste revient vers moi, installe son magnétophone et démarre l'interview.

— Le tournage du *Cadeau de vie* a semble-t-il été interrompu sans explication. J'essaie de comprendre ce qui s'est passé. Kristof Langlet m'a donné sa version et m'a envoyé vers vous. J'ai rencontré d'autres personnes qui se trouvaient là. Quelle est votre version des faits ? Croyez-vous vous aussi à cette histoire de revenant ?

Je suis assez heureux d'avoir l'occasion de montrer ma science toute neuve sur la question.

— Cher monsieur, dis-je en me balançant sur mon siège et en faisant craquer mes doigts, nous voudrions tous croire que nos morts sont toujours présents, pouvoir entrer en communication avec eux, leur parler. La mort est une chose insupportable, depuis la nuit des temps. Je me suis beaucoup intéressé à la question ces dernières semaines. Savez-vous que le spiritisme est né aux États-Unis pendant la guerre de Sécession ? Toute une génération d'Américains n'avait jamais connu la guerre et s'est trouvée brutalement démunie alors que des milliers de jeunes hommes disparaissaient au combat. Elle s'est ruée s sur les médiums et autres charlatans de l'époque comme sur des cabines téléphoniques afin d'entrer en contact avec leurs proches disparus. Pendant la Grande Guerre, en Europe, le commerce de certains aigrefins dans ce domaine a fait florès.

— Pourtant, il a dû se passer quelque chose sur le tournage, ce jour-là.

— Probablement, mais quoi ? Félix Grimaud serait venu faire un petit coucou à sa fille ?

— Et l'expérience que vous avez vécue quelque mois plus tôt, lors de cet accident d'avion. Pouvez-vous m'en dire un peu plus ?

— Je ne sais pas exactement ce qui s'est passé. Je me suis vu partir dans le ciel, puis revenir sur terre. Mais je pense que c'était un coup de mes microtubules, rien de plus.

— Vos microtubules ? fait le journaliste déconcerté.

— Laissez tomber, cela n'a pas d'importance.

— J'ai l'impression que vous ne me dites pas tout.

Je me rapproche de mon interlocuteur.

— Cher monsieur, il y a des choses qui doivent demeurer de l'ordre de l'intime. Je ne suis pas disposé à devenir l'homme qui parle avec les morts ! Je n'ai nulle envie que l'on vienne me consulter pour intercéder avec l'au-delà.

Je ne suis qu'un modeste commercial sans emploi, qui n'a plus de carte bleue et qui vit au crochet de sa compagne.

— Vous ne pensez pas que les gens ont le droit de savoir ce qui s'est réellement passé ?

— Nous sommes dans la sphère privée.

— Pourtant, c'est de vous que tout est parti, non ? C'est vous qui avez poussé Kristof à ne pas sortir le film tel qu'il était au départ, et c'est vous qui avez découvert l'existence de la fille cachée de Félix Grimaud.

Le journaliste tente de me cuisiner, mais je reste totalement fermé. Pourquoi ? Je n'en sais trop rien. Peut-être que je n'ai pas envie de devenir « l'homme qui chuchote à l'oreille des morts ». J'imagine Ted, mon fils, se pointant un matin dans la salle des marchés de la Chase Manhattan, et voyant fondre sur lui tous ces collègues avec *L'Express* en main, raillant son père médium, ou sollicitant de lui des tuyaux financiers venus de l'au-delà... Et puis, après tout, pourquoi pas ? Il faut bien que je me trouve une occupation. Alors pourquoi ne pas me lancer dans la médiumnité ? « Moïse, Grand Marabout, voyant, médium, sorcellerie, magie, magnétiseur discret, courtier attitré des puissances de l'esprit, compétent et sérieux. Même si l'être aimé vous a abandonné, Moïse, Grand Marabout, le fera revenir en quelques jours. Amour durable, fidélité et prospérité. Résolution spectaculaire des problèmes sexuels. Même si votre cas est désespéré, je vous apporterai la solution dans tous les domaines : je fais venir la clientèle pour tout commerce, achat, vente, import-export. Succès au jeu, réussite aux concours et aux entretiens d'embauche, désenvoûtement, protection contre tous dangers, maladies connues ou inconnues, problèmes familiaux et problèmes de voisinage. Résultats immédiats 100 % garantis. Prend la carte Visa et American Express. »

— Pourquoi ne me dites-vous pas tout ? insiste le journaliste en me tirant de ma rêverie maraboutique.

— Je vais vous dire quelque chose, cher monsieur. Kristof a eu une magnifique réaction en stoppant le tournage de ce film. Là, il s'est vraiment inscrit dans l'éternité. Un film, ce n'est rien, aucun ne résistera au temps, à part quelques exceptions : quelques Hitchcock, quelques Chaplin. Avez-vous récemment revu un film sorti il y a trois ans ou cinq ans ? À de rares exceptions près, ils paraissent vieux et complètement hors de propos. On ne sait même plus pourquoi on les a aimés. Toutes nos œuvres sont vouées à l'oubli. Mais avez-vous déjà vu le regard d'une jeune femme qui retrouve son père ? Là, vous êtes hors du temps. Ça, c'est le grand œuvre de Kristof Langlet, son vrai « cadeau de vie ».

— Donc vous croyez à tous ces trucs ?

— Je leur accorde une réalité parce que je constate simplement leur effet bénéfique. Je suis un sceptique et un pragmatique, mais j'ai vu que les scientifiques qui voulaient balayer ces hypothèses retombaient sans le vouloir dans les pires élucubrations métaphysiques. Donc j'ai décidé de ne plus croire, de suspendre mon jugement, juste d'accueillir les choses sans leur donner mon aval pour exister ou ne pas exister. Après tout, je n'ai pas ce pouvoir, je ne suis pas Dieu.

— Beau discours, lance Popov depuis le bar ! Un peu cuistre, mais pas mal envoyé.

Rominger nous regarde alternativement, Popov et moi.

— Là, vous me donnez une idée, déclare le journaliste.

Le Jardin des Plantes se remet tout juste d'une bourrasque qui fut aussi brève que violente, et dont il ne reste comme vestiges que quelques nuages ramassés dans un ciel redevenu bleu. L'air est comme purifié, les fleurs ont ravivé leurs couleurs, et les arbres aux feuilles gouttelées d'argent ombragent de nouveau les pas des promeneurs. Les runners sont revenus, le corps gainé de noir ou en tenue fluo, la tête ceinte d'un bandeau ou d'un bandana, bardés d'instruments électroniques pour les tenir informés à chaque instant de leur vitesse de pointe, de leur température ou de leurs pulsations cardiaques. Un de mes amis voulait m'initier au running scientifique : il utilise la méthode Karvonen pour régler sa course sur sa fréquence cardiaque cible. Là aussi, j'ai héroïquement résisté à l'appel de la piste. Comme si, à notre époque, il était interdit de courir tranquillement sans être suturé à des appareils électroniques.

Je m'engage dans une des allées centrales bordées de platanes taillés en rideau qui mènent aux serres et aux bâtiments de la Grande Galerie de l'Évolution. À quoi peut donc ressembler Thierry Chassany ? Un jeune homme svelte, sans doute, triste et ténébreux, mortifié par la mort violente de sa femme. Je trouve mon homme comme convenu près du tilleul planté à l'occasion du bicentenaire de la Révolution française, mais Chassany n'est pas comme je l'imaginais. C'est un homme qui doit avoir la cinquantaine, aux cheveux gris, bronzé, genre vieux beau, à la silhouette épaisse, et vêtu d'un blouson en jean et de baskets blanches. Devant lui, une petite fille d'environ un an dort dans une poussette, la bouche ouverte, le nez collé au montant de la capote.

— Vous êtes le mari d'Audrey Chassany ?
— C'est moi.

Nous faisons quelques pas pour faire connaissance. Thierry Chassany a épousé Audrey sur le tard, c'est sa seconde épouse, de vingt ans sa cadette. Il me confesse que depuis sa mort ses journées sont interminables, que ses nuits, insupportables, sont entrecoupées de crises de larmes, et que seules sa fille et sa famille maintiennent en lui le goût de vivre.

— Votre femme, semble-t-il, n'avait jamais pris l'avion ?
— Comment cela ? réplique-t-il, Audrey voyage en permanence pour son travail.

Il emploie le présent plutôt que le passé, signe qu'il ne peut encore admettre que sa femme soit morte.

J'étais pourtant sûr que la jeune femme en tailleur bleu qui était assise à côté de moi dans le Paris-Bordeaux m'avait affirmé ne jamais avoir pris l'avion, mais ma mémoire me joue peut-être des tours. J'explique alors le plus doucement possible ce qui m'est arrivé : le trou béant dans la carlingue, la jeune femme qui m'entraîne au-dehors dans une sorte de flottement, mon séjour avec elle dans un entre-deux aérien, et puis notre séparation, elle restée dans les limbes, moi redescendu sur terre.

Il ne manifeste aucune réaction.

— Que cherchez-vous à me dire, monsieur ?
— Rien, je voulais simplement vous parler d'elle. J'ai senti sa présence pendant un bon moment. Vous allez me prendre pour un fou, mais je suis sûr que c'est un peu grâce à elle que je suis revenu sur terre et que j'ai guéri de mes blessures. Pourtant, les médecins m'ont donné pour mort.
— J'aimerais bien partager votre foi, dit-il tristement.
— Je n'ai aucune foi. Je vous raconte juste ce que je ressens, faites-en ce que vous voulez.

La petite Chloé se réveille et tend immédiatement les bras vers son père. Il la prend dans ses bras et je propose de mener la poussette. Nous allons faire un tour vers la ménagerie. Nous nous attardons auprès des enclos des animaux les plus rares, nous émerveillant de l'infinie créativité de la nature : le binturong, étonnant chat-ours qui grimpe aux arbres avec une agilité d'écureuil, le dendrolague, un petit kangourou arboricole à longue queue zébrée, le gaur, gros bœuf placide coiffé d'un bicorne, le takin, à mi-chemin entre la chèvre et le chou, le tamarin empereur, qui a exactement la même moustache que Nietzsche mais en blanc.

Finalement, nous ne parlons plus beaucoup. Thierry fait découvrir les animaux à sa fille qui a l'âge où le regard s'éveille. Puis nous nous séparons, après avoir échangé nos numéros de portable. Je ne voulais rien de plus que lui dire, juste lui dire, que sa femme était peut-être encore là, présente, de manière quantique ou non-quantique, on s'en fout, mais peut-être présente. Il en fera ce qu'il voudra.

L'avion amorce sa course de décollage, rugit, tremblote d'un peu partout ; il faut dire que pour ce voyage en Inde, nous avons choisi le charter le plus économique et notre aéronef doit dater des années soixante-dix, avec ses tablettes désarticulées et ses sièges en simili cuir enfoncés par des générations de culs de voyageurs. Alice me prend la main.

— Tu n'as pas peur ? me demande-t-elle.
— Non.

L'avion s'arrache à l'attraction terrestre. Nous atteignons rapidement la couche nuageuse et très vite, nous survolons une mer cotonneuse aux reflets bleus se déployant à perte de vue. Non, je n'ai pas peur, je me sens en confiance dans cette vieille carlingue qui, paradoxalement, me rassure par sa vétusté. Je me dis qu'un vieil avion, c'est comme un vieux corps : ça en a tellement subi que plus rien ne peut l'atteindre.

— L'avion vole vraiment ? demandé-je tout de même à Alice.

— Mais oui, Choupi !

Je ne sais pas quel est exactement le programme du voyage. Je ne veux pas savoir, d'ailleurs. Il y aura, c'est sûr, des ashrams, de la médecine ayurvédique, des yogis guérisseurs, de la méditation…

L'Express, qui se trouve dans la pochette du siège, arbore sans complexe en première page un titre tapageur : « Y a-t-il une vie après la mort ? », un grand dossier de Gérard Rominger auquel participe le philosophe Antoine Pétronov.

Je me cale dans mon fauteuil en souriant…

*

Odette

Ton Papa ? Ted m'a dit qu'il est parti « gouroutiser » en Inde, tu sais ?… Ah bon, ça ne t'inquiète pas, toi ?… Tu es pourtant sa fille… Il va pas se droguer, au moins, prendre de l'opium ?… Oui, il est assez grand pour savoir ce qu'il fait, mais je trouve que sa nouvelle femme a une influence bizarre sur lui… Enfin, ce que j'en dis… Attends, je te vois plus… Il faut que j'appuie sur quoi ? Que je clique sur la souris ?... Je t'entends, mais je te vois plus… Ah ! ça y est, t'es revenue. Il a l'air de faire chaud en Australie, non ? Et tu me montres ton petit ventre ?... Ah oui, on voit bien. Tu portes haut, je suis sûr que ce sera un garçon… Comment, c'est des bêtises tout ça ? Quand je portais ton père c'était pareil, c'était comme si j'avais avalé un ballon de foot... Malheureusement, je ne verrai peut-être jamais mon arrière-petit-fils... Aller te voir ? Vingt heures d'avion, à mon âge ?... Et puis je ne veux plus prendre l'avion, après ce qui est arrivé à ton père. Oui, c'est toi qui viendras. Je vais faire une chambre spécialement pour lui et toi dans l'ancienne chambre de ton père... Dis-moi, il sera comment, ton bébé ? Un noir et une blonde, ça fait des enfants comment ? J'ai vu un reportage à la télé. Il paraît que dans les îles Salomon, il y a des Noirs aux cheveux tout blonds. Il sera peut-être comme ça, ton fils. Ce serait rigolo...

Imprimé en France par CPI
en mars 2017

Composition réalisée par Léa Rolland

Dépôt légal : septembre 2016
N° d'impression : 140464

